明文東洋古典

新譯

三國志故事成語辭典

陳 起 煥 編

明文堂

三国志 故事成語辞典을 엮으며

『三国志』는 너무 잘 알려져 있기에 새삼 소개할 필요는 없을 것입니다. 필자는 그간 한문과 중국문학을 조금 공부한 것이 있어 『三国志』원본 읽기에 재미를 붙였습니다. 『三国志』를 읽다보면, 오늘날의 이 『三国志』를 만들고 다듬은 중국인들의 놀라운 지혜와 능력에 감탄하게 됩니다.

『三国志』에는 영웅과 호걸들의 삶. 뛰어난 지략과 지혜, 정의와 정도(正道), 대인 군자와 속물, 비겁한 자의 모습이 있습니다. 필자는 이제 마음의 여유를 가진 모든 사람들과 같이 『三国志』를 이야기하고 싶었습니다.

『三国志』를 읽은 분을 위하여, 그 기쁨을 다시 확인할 수 있도록 『三国志』에서 이야기 거리가 될만한 사건, 등장 인물의 행적과 언행, 비유나 교훈이 될만한 좋은 말들을 뽑아 『삼국지 고사성어 사전(三国志 故事成語 辞典)』을 만들었습니다.

이 책에는『三国志』의 고사성어와 교훈적인 이야기를 골라 우선 그 뜻을 설명하였습니다. 물론 한자의 음과 훈을 간단히 달아 참고 할 수 있도록 만들었습니다. 그리고 그 인물, 사건, 상황의 전후를 간략하게 설명한 뒤, 해당 부분을 원문 그대로 번역했고, 아울러 재미있으며 유익하며, 많은 사람이 이해할만한 "원문"을 그대로 인용하였습니다.

필자는 소설가도 아니고 역사학자도 아닙니다. 때문에 창작이나 평가를 하지 않았습니다. 인물과 사건에 대한 평가와 진단, 인정과 부인, 수용과 배척 여부는 독자들이 하는 것이라 생각하였습니다.
다만 독자들의 이해를 위하여 설명을 보탠 부분은 있습니다. 이 책을 통하여『三国志』의 원문을 읽는 재미와 교훈을 직접 체험할 수 있다고 생각합니다.

우리의 청소년들이 꿈꾸는 이상과, 30대의 패기와 40, 50대 장년의 원숙한 경륜을 이『三国志』고사성어와 비교해 다듬어보는 것도 괜찮을 것입니다. 그리고 생각의 폭 - 상상력의 세계를 넓히는 것도 괜찮을 것입니다. 1800년 전, 『三国志』의 인물들을 머리 속으로 불러내어 대화할 수 있다면 우리 자신의 삶은 훨씬 재미있을 것입니다.

지금 우리나라 모두가 경제적으로 어려운 이 시기에, 이 책을 출판하기로 결심한, 우리 고전과 한문학에 많은 애정을 가지신 明文堂의 金東求 사장님께 감사를 드립니다.

2001년 4월

陳 起 煥 씀.

- 차 례 -

- 가 -

– 나 –

– 다 –

– 마 –

– 바 –

– 사 –

– 아 –

– 자 –

- 차 -

- 타 -

- 파 -

- 하 -

假途滅虢之計 1)

(가도멸괵지계) 길을 빌려 괵(虢)을 멸하는 계략.

춘추시대의 괵국은 주(周) 무왕의 동생 괵중(虢仲)을 봉한 나라로 지금의 섬서성(陜西省) 보계현 동쪽에 있었다. 노 희공(魯 僖公) 5년에, 진(晋)은 우(虞)나라를 통과하는 원정길을 빌려 괵국을 멸했다.

적벽대전 이후 형주를 차지한 유비(劉備)에게 손권(孫權)과 주유는 형주의 반환을 끈질기게 요구한다. 이에 유비는 서천(西川; 촉)을 차지하여 근거를 마련하면 형주를 돌려주겠다는 일종의 각서를 써준다. (秦晋之好, 緘口無言 참고)

그러자 주유는 노숙을 다시 유비에게 보내 "오에서 군사를 동원하여 유장(劉璋)의 서천을 칠 터이니 길이나 빌려주고 약간의 군량이나 공급해달라"고 요청한다. 이는 서천을 치러 가려면 형주를 지나야 하므로 명분은 서천을 공격한다지만 실은 형주를 칠 계획이었다.

이에 유비가 제갈량(諸葛亮)에게 오 나라의 제의에 대한 승낙 여부와 대응책을 묻자 제갈량이 대답한다.

"주공께서는 걱정하지 마십시오.(主公寬心) 그저 덫을 놓아

---

1) 假(빌릴 가) 途(길 도, 道) 滅(없앨 멸) 虢(범 발톱 자국 괵. 나라 이름)

맹호를 잡고 좋은 미끼로 대어를 낚는 것이나 구경하십시오. (只顧準備窩弓 以擒猛虎 按配香餌 以釣鰲魚)"

이미 간파된 책략은 성공할 수 없는 법! 5만 군을 거느리고 형주까지 온 주유는 제갈량에게 당한 뒤, 철수하다가 파구란 곳에서 36세의 젊은 나이로 죽는다.

肝腦塗地 2)

(간뇌도지) (몸이 찢어지고 머리가 터져서) 간과 뇌수로 땅을 적시다. 처참하게 죽어도 충성을 다 할 것이라는 각오의 표시.

조운(趙雲; 자룡)은 상산 진정(常山 眞定; 지금 북경 근처) 출신으로 본디 원소(袁紹) 휘하에 있었으나 원소가 충성스런 마음이 없는 것을 보고 공손찬에게 의탁했다. 그때 유비는 공손찬 휘하에 머물다가 평원상(平原相)으로 부임하게 되었는데 조운은 유비를 마음 깊이 흠모하고 있었다. 유비 또한 조자룡과의 이별을 아쉬워하며 말한다.

"그대는 잠시 몸을 굽혀 태수를 섬기고 있으시오. 다시 만날 날이 있을 것이오."

그 뒤, 공손찬이 원소에게 패망하자 조운은 각지를 전전한

2) 肝(간 간) 腦(뇌 뇌) 塗(진흙 도, 칠하다)

다. 한편, 유비는 여포에게 서주를 뺏기고 원소에게 의탁하게 된다. 뒷날 원소에게서 벗어나 여남으로 가는 유비와 각지를 떠돌던 조운은 다시 만난다. 유비 또한 조운을 만나 무한히 기뻤고 조운도 평생의 소원을 이루게 되었다며 감격하여 말한다.

"제가 사방을 떠돌면서 섬길만한 주군을 만나고자 했으나 사군(使君; 유비를 지칭함)만한 분이 없었습니다. 이제야 만나 뵙고 모실 수 있으니 평생의 소원을 이루었습니다. 비록 간과 뇌수로 땅을 적시더라도 한이 없을 것입니다.(雖肝腦塗地 無恨矣)"

이후 조자룡은 유비에게 충성을 다한다.

渴思蜜水 3)

(갈사밀수) 갈증에 꿀물을 생각하다.

한때 황제를 사칭하기도 했던 원술(袁術)은 사치와 계속된 전투로 세력이 크게 위축된다. 원술은 사촌형인 원소(袁紹)에게 황제 칭호를 양보하고 참모와 병사를 이끌고 원소와 합치기 위해 서주(徐州)를 지나간다. 그러나 미리 기다리고 있던 유비의 공격을 받아 대패한다.

대부분의 군사가 흩어진 뒤, 원술은 강정(江亭)이란 곳에서

3) 渴(목마를 갈) 蜜(꿀 밀)

겨우 1천 여 병졸을 거느리고 있었다. 군량으로 남은 보리 30여 섬을 마지막으로 병졸에게 나눠주었으나, 원술은 하인이 지어 올리는 보리밥을 넘기지 못하였다. 6월 염천에 목이 마른 원술은 주방 하인을 불러 "목이 마르니 꿀물을 타 오라(蜜水止渴)"고 분부했다.

주방 하인은 "핏물이 있을 뿐 꿀물이 어디에 있습니까?(只有血水 安有蜜水)"라고 대답했다.

침상에 걸터앉아 이 말을 들은 원술은 고함을 한 번 지르더니 그대로 졸도하면서 한 말 정도 피를 토하고 죽었다.

減兵添竈 4)

(감병첨조) 병력은 철수시키면서 (취사하는) 부엌 자리 수를 늘리다.

옛날 손빈(孫臏; 孫子라 알려진 병법가)은 방연(龐涓)을 사로잡기 위해 군사를 증원하면서도 취사용 부엌의 숫자를 오히려 줄여서 상대의 오판을 유도했었다.

제갈량이 위(魏)를 치려고 네 번째로 기산에 진출하여 장마비에 지친 사마의의 군사를 격퇴하고, 한 통의 글을 써 보내 대도독 조진(曹眞)을 울분으로 죽게 만들었다. (望風遑遑 참고) 그리고 진법(陣法) 대결로도 사마의의 기를 꺾어 놓았다.

---

4) 減(덜 감) 添(더할 첨) 竈(부엌 조)

이에 사마의는 제갈량의 군량 조달관인 구안(苟安)을 이용하여 제갈량이 황제 자리를 탐낸다는 헛소문을 촉에서 퍼트리게 한다. 결국 어리석은 후주(後主)는 제갈량에게 철수명령을 내린다. 한참 승승장구하는 제갈량은 어쩔 수 없이 철수하는데, 제갈량은 사마의의 추격을 예방하기 위하여 주력 부대를 매일 철수하면서도 병사들이 취사한 흔적인 부엌자리를 더 만들게 한다.(減兵添竈)

이는 손빈의 방법(부엌 자리의 숫자를 줄여 적의 오판을 유도함)을 완전 역으로 적용한 것이었다. 사마의가 제갈량의 부대가 숙영했던 자리에서 부엌자리를 세어보면, 그 숫자가 매일 조금씩 늘었기에 철수한다는 확신이 없어 제갈량을 공격하지 못했다. 그러나 나중에 사실을 안 사마의가 하늘을 보며 길게 탄식한다.

"공명이 우후(虞詡)의 방법을 본떠 나를 속였다. 그의 지모와 책략을 나는 따라갈 수 없다."

強弩之末 5)

(강노지말) 강한 화살이 날아가기를 다해 땅에 덜어질 즈음. 힘이 다 빠진 상태. 쇠퇴 몰락의 처지.

---

5) 弩(쇠뇌 노; 크고 센 활)

적벽대전이 성사되기 전, 오를 방문하여 오의 참전을 유도해 낸 제갈량은 손권과 함께 술을 마시면서 조조를 격파할 대책을 논한다. 그때 제갈량은 조조가 비록 백만 대군이라 하지만 하루에 밤길을 무리하게 삼 백 리나 행군해 온 군사들이었다며 이는 마치 "강한 쇠뇌라도 힘이 약해지면 노(魯)에서 만들어지는 얇은 비단도 뚫지 못하는 것과 같다(强弩之末 勢不能穿魯縞者也)"라고 비유하였다. 또 북방에서 내려온 군사라서 수전에 익숙하지 못하기에 틀림없이 격파할 수 있다고 손권에게 자신감을 불어넣어 주었다.

江東二喬 6)

(강동이교) 강동 교공(喬公)의 두 딸.

강동(江東; 양자강의 동쪽 즉 양자강 하류 지역에 대한 통칭)의 교공에게 두 딸이 있었는데 큰딸은 대교,(大喬) 작은딸은 소교(小喬)라 불리었다. 이 두 여인은 그야말로 모두 침어낙안(沈魚落雁) 폐월수화(閉月羞花)의 미모를 가진 절세미인이었다.

조조(曹操)가 형주를 차지하고 손권(孫權)에게 압력을 가할 때, 제갈량(諸葛亮)은 사신으로 오(吳)에 가서 노숙(魯叔)과 주유(周瑜)와 함께 조조와의 항전 여부를 논의한다. (袖手冷笑 참

6) 喬(높을 교)

고) 이때 제갈량은 조조가 평소 여색을 좋아하니 미인계를 쓰는 것이 좋다는 건의를 한다.

즉 미인계로 강동 땅의 두 여인만 조조에게 보내면 모든 것이 다 된다면서 이는 마치 "큰 나무의 잎이 하나 떨어지고 큰 창고에서 낟알 하나 빼내는 것과 같다(如大木飄一葉 太倉減一粟)"고 말했다.

그리고는 주유를 격분시키기 위해 '조조가 동작대(銅雀臺)를 짓고 강동의 이교(二喬)를 데리고 만년을 보내려 한다'며 조식(曹植; 조조의 三男)이 지은 동작대부(銅雀臺賦)란 글을 교묘하게 바꿔 읊는다. 그러면서 여인 두 사람만 조조에게 주어버리면 간단히 해결될 일이라고 다시 강조한다.

이에 주유는 즉각 격분하며 대교는 바로 손책(孫策)의 부인이며, 소교는 자기의 아내라고 말한다. 제갈량은 짐짓 몰랐던 것처럼 용서를 빈다.

이렇듯 제갈량이 주유를 격분시켜 조조와의 참전을 유도한 이 격장지계(激將之計)는 그대로 적중했고 주유는 조조와 대결하겠다고 결심한다. 그 결과는 제갈량의 지모와 오(吳)의 군사력에 의한 적벽대전(赤壁大戰)으로 이어진다.

强賓不壓主 7)

(강빈불압주) 손님이 아무리 강하여도 주인을 누를 수 없다.

동탁을 죽인 여포(呂布)는 동탁의 잔당인 이각과 곽사에게 쫓기어 관동의 각 지역을 떠돌다가 겨우 연주(兗州)를 차지한다. 그 뒤 서주자사 도겸(陶謙)이 죽고 유비가 서주를 잠시 다스리고 있을 때, 조조한테 패한 여포는 유비를 찾아가 몸을 의탁한다.

이때 유비는 여포의 장수로서의 능력을 높이 인정하면서 서주의 통치권을 넘겨주려 한다. 여포는 유비가 건네는 서주목의 인수(印綬)를 받으려 하다가 관우와 장비가 두려워 잠시 머뭇댄다. 이때 여포의 모사 진궁(陳宮)이 재치 있게 유비에게 말한다.

"손님이 아무리 강하더라도 주인을 누를 수는 없습니다.(强賓不壓主) 괘념치 마십시오."

이에 여포는 유비의 배려로 소패(小沛)에 머문다.

---

7) 强(굳셀 강) 賓(손님 빈) 壓(누를 압)

剛柔相濟 8)

(강유상제) 굳셈(剛)과 부드러움(柔)이 서로 보완하다. 강함과 유연함을 다 갖추다.

유비는 한중(漢中) 땅을 차지하려고, 우선 황충과 법정 두 장수를 보내 조조군의 군량 보관 장소이며 요충지인 정군산(定軍山)을 공격케 한다.

조조 역시 한중을 지키기 위해 40만 대군을 동원하여 남정이란 곳에 주둔한다. 조조는 전략 요충인 정군산의 방어를 책임진 하후연(夏侯淵)에게 편지를 보낸다.

"무릇 장수가 된 자는 강하고 유연함을 다 갖추어야 하고 한낱 힘만을 믿어서는 안 된다.(凡爲將者 當以剛柔相濟 不可徒恃其勇) 만약 용맹에만 의지한다면 겨우 한 사람만 상대할 수 있을 것이다.(若但任勇 則是一夫之敵耳)"

江夏八俊 9)

(강하팔준) 강하군의 여덟 명의 뛰어난 인재.

---

8) 剛(굳셀 강) 柔(부드러울 유) 相(서로 상) 濟(건널 제,)
9) 夏(여름 하) 俊(준걸 준)

형주의 자사인 유표(劉表)와 그의 벗인 여남의 진상,(陳翔) 범방,(范滂) 노국의 공욱(孔昱) 등 7인을 사람들은 강하팔준(江夏八俊)이라 지칭했다.

당시 한 왕조의 황족들은 각 주군(州郡)의 왕에 책봉되거나 자사가 되어 그 지역 내 명사들과 교유하며, 동시에 그들에게 정치에 관한 자문을 구하는 것이 일반적이었다.

사실 유표는 '준걸'이라 부를 만큼 능력 있는 사람은 아니었으니 좀 과대 포장된 호칭이 붙었다고 할 수 있다.

蓋世英雄 10)

(개세영웅) 기개가 세상을 덮을 만한 영웅. 세상에 으뜸가는 영웅.

개세영웅은 항우(項羽)와 같은 영웅을 의미한다. 진 말기 초나라 항우는 "힘은 산을 뽑을 수 있었으며 그 기세는 온 세상을 덮을 정도(力拔山兮氣蓋世)"였다. 이 말은 항우가 해하란 곳에서 한의 군사에게 완전 포위된 날 밤에 우미인(虞美人)과 함께 마지막 술을 마시며 부른 노래의 첫 구절이다.

사도 왕윤(王允)은 자기 집의 가기(歌妓)인 초선(貂禪)을 이용하여 동탁(董卓)을 제거하려 한다. 왕윤은 여포에게 주었던

---

10) 蓋(덮을 개) 世(인간 세) 英(꽃부리영) 雄(수컷 웅)

초선을 고의로 동탁에게 보낸다. 예쁜 초선을 의부(義父)인 동탁에게 뺏긴 여포는 어쩔 줄을 모른다.

이에 여포를 격분시키려고 왕윤이 말한다.

"나 같은 늙은이야 어쩔 수 없다지만 장군은 개세영웅으로 이 모욕을 받아야 한다니 참으로 애석합니다.(可惜 將軍蓋世英雄 亦受此汚辱也)"

이에 노기충천한 여포는 결국 동탁을 죽인다. 왕윤의 계략은 일단 성공한다. (累卵之危 참고)

客反爲主之計 11)

(객반위주지계) 손님이 도리어 주인이 되다. 손님이 주인의 자리를 차지하다.

정군산(定軍山)에서 황충과 하후연이 맞서 싸울 때(剛柔相濟 참고) 황충은 매일 조금씩 전진하면서 곳곳에 병영(兵營)을 만들고 주둔한다. 이는 하후연을 유인하여 사로잡기 위한 "객이 주인의 자리를 차지하는 객반위주(客反爲主)"의 계략이었다. 결국 황충은 하후연을 죽이고 조운 등의 도움으로 정군산을 점령한다.

---

11) 客(손님 객) 反(도리어 반) 爲(될 위)

客兵倍而主兵半

(객병배이주병반) 공격(客兵)은 방어의 두 배 병력이 있어야 하나 방어(主兵)는 공격의 절반이면 된다. 공격은 어렵고 방어는 그만큼 용이하다는 뜻.

위(魏)의 조인(曹仁)이 5만 병력을 동원하여 오를 침공하자 많은 장수들이 두려워하였다. 이에 오의 장군 주환(朱桓)이 다른 장수들에게 말한다.

"병법에 나오는 공격 병력 두 배에 방어 병력 절반이라는 말은 방어하는 측이 공격하는 군사를 이길 수 있다는 뜻입니다.(兵法云 客兵倍而主兵半者 主兵尙能勝於客兵也)" (勝負在將 참고)

去邪歸正 12)

(거사귀정) 사(邪;도덕적으로 옳지 않음)를 버리고 정(正;윤리 도덕적으로 옳고 바름)에 돌아감.

관우가 유비를 찾아 여남으로 가던 도중, 황건적 잔당이었다가 산적 생활을 하는 배원소라는 사람을 만난다. 이 배원소와

12) 去(갈 거, 버리다) 邪(간사할 사) 歸(돌아갈 귀)

주창이 관우를 따라가겠다고 간청하지만 관우는 주창만을 받아들인다.(주창은 끝까지 관우를 섬겼고 관우가 죽을 때 같이 죽는다) 그러면서 관우는 배원소를 훈계한다.

"녹림(綠林; 산적 생활)은 호걸들이 발을 들여 놓을만한 곳이 아니다.(綠林中 非豪傑託足之處) 그대들 모두는 오늘 이후 사악한 것을 버리고 정도로 돌아갈 것이며 자기의 몸을 악에 빠뜨리지 않도록 하라.(公等今後 各去邪歸正 勿自陷其身)" (死亦甘心 참고)

車載斗量 13)

(거재두량) 수레로 실어야 하고 말(斗)로 퍼담을 정도의 평범한 보통 인물. 매우 많아 특이하지 않음.

익주의 별가(益州 別駕) 장송(張松)은 익주자사 유장의 명을 받고. 황건적 잔당인 장로를 막기 위한 조조의 군사력을 빌리러 위나라에 사신으로 간다. 장송은 허도에 가서 겨우 조조를 만나지만 장송의 왜소한 외모와 오기 때문에 조조의 도움을 얻는데는 실패한다. 그 대신 장송은 조조의 신하인 주부 양수(楊修)를 만나 달변과 박학을 뽐낸다.

장송이 익주의 산천과 산물 학문과 인물에 대해 달변을 토

---

13) 車(수레 거) 載(실을 재) 斗(말 두) 量(헤아릴 량{양})

하자 양수는 유장 휘하에 '당신 같은 인물이 얼마나 있느냐'고 묻는다. 이에 장송이 말한다.

"문무를 겸비한 인재와 지모와 용기를 갖추고 충의를 지키며 강직한 지사들은 백 단위로 세어야 하며(文武全才 智勇足備 忠義慷慨之士 動以百數) 나 같이 재주도 없는, 수레로 실어 나르고 말(斗)로 퍼담을 정도의 인물은 이루 다 셀 수도 없다. (如松不才之輩 車載斗量 不可勝記)" (過目不忘 참고)

또 다른 이야기 한가지로, 유비는 관우와 장비의 죽음에 대한 복수를 하려고 70만 대군으로 오나라를 공격한다. 이에 손권은 조자(趙咨)를 사신으로 위에 보낸다. 조자는 능란한 변설로 위 문제(文帝) 조비(曹丕)를 탄복하게 만든다.

"손권은 인의예지(仁義禮智)와 웅략(雄略)을 가진 군주이며 오는 위를 두려워하지 않으나 그렇다고 위와 맞설 생각은 없다"고 열변을 토한다. 그러면서 "지금 유비가 오를 공격하니 위에서 유비의 배후를 공격해 줄 것"을 요청한다.

그러자 조비가 오에 당신과 같은 인물이 얼마나 있느냐고 묻는다. 이에 조자는 "총명예지가 뛰어난 사람이 팔 구 십 명이고 나 같은 무리는 거재두량이라 이루 다 셀 수 없다(車載斗量 不可勝數)"고 말한다.

擧筆成章 14)

(거필성장) 붓을 들면 문장이 나온다. 문재(文才)의 뛰어남.

조조는 부인 변씨(卞氏)에게서 장남 비(丕) 차남 창(彰) 삼남 식(植) 사남 웅(熊)을 얻었는데 3남 조식은 아주 총명한데다가 붓을 들면 문장이 쏟아질 정도(擧筆成章)로 문재가 뛰어났었다. 뒷날 조조는 자신이 위왕(魏王)에 봉해지면서 총명한 조식을 세자로 세우려 했으나 가후(賈詡)의 진언을 받아들여 장남 조비를 세자로 세운다. (七步成章 참고)

擧賢任能 15)

(거현임능) 현인을 뽑아 쓰고 유능한 사람에게 일을 맡기다. 좋은 인재를 골라 적재적소에 등용함.

강동의 손책은 자객의 창을 맞은 상처가 미쳐 낫지 않은 상태에서 도사 우길(于吉)을 죽인다. 손책은 우길의 허상에 시달리고 …, 결국 자리에서 일어나지 못하고 죽으면서 동생 손권(孫權)을 불러 뒷일을 부탁한다.

---

14) 擧(들 거) 筆(붓 필) 成(이룰 성) 章(글 장)
15) 擧(들 거, 뽑아 쓰다) 賢(어질 현) 任(맡길 임) 能(능할 능)

"만약 우리 강동 군사력을 동원하여 조조와 원소 양 진영의 중간에서 천하를 놓고 한판 승부를 벌린다면 아우는 나만 못할 것이다. 그러나 현사(賢士)를 등용하고 능력 있는 사람을 골라 일을 맡겨 각자 임무를 수행케 하여 강동을 보존하는 일은 내가 아우만 못할 것이다.(擧賢任能 各使盡力 以保江東 我不如卿) 아우는 부모님 창업이 얼마나 어려웠는가를 유념하여 잘 꾸려나가길 바라노라.(卿宜念父母創業之艱難 善自圖之)"

劍無面目 16)

(검무면목) 칼에는 눈이 없다. 체면을 따질 수 없다. 당신을 죽일 수도 있다는 위협.

유비가 익주(蜀)를 차지하자 오(吳)의 손권은 형주를 반환할 것을 요구한다. 손권은 제갈량의 친형 제갈근(諸葛瑾)의 가족을 일부러 잡아 가두고 제갈근을 촉에 파견하면서 만약 형주를 돌려 받지 못하면 제갈근의 가족을 죽이겠다고 선언한다.

제갈근의 내방 소식을 들은 제갈량은 손권의 의도를 간파한다. 제갈량은 제갈근과 함께 유비를 찾아가 그간의 사정을 이야기하며 "형이 죽으면 이 몸이 살아 있다하여 무슨 즐거움이 있겠습니까" 하면서 거짓으로 울며 하소연한다. 그리고 제갈량

16) 劍(칼 검) 面(낯 면)

은 손권과의 예전 약속을 지켜 형주 관할 하에 있는 장사, 영릉, 계양 3개 군을 할양해야 한다고 말한다. 이에 유비는 마지못해 허락하면서 형주를 지키는 관우에게 3개 군을 넘겨주라는 편지 한 통을 써 준다.

제갈근이 유비의 서신을 갖고 관우를 만나자 관우는 "형주는 한(漢)의 영토거늘 어찌 내가 오에게 할애할 수 있겠는가 이런 때는 형님의 말도 따를 수 없다" 하고 딱 잘라 거절한다.

제갈근이 자꾸 3개 군의 할양을 요구하자 관우는 화가 나 칼을 뽑아들며 소리지른다.

"더 이상 말하지 마시오. 이 칼에는 눈이 없소.(休再言 此劍上無面目)"

그러자 옆에 있던 관평이 관우를 만류한다.

"군사(軍師; 제갈량)님을 생각해서라도 고정하십시오."

관우는 "군사의 체면을 보아 살려 보낸다"며 제갈근을 좇아 버린다. 제갈근은 아무 소득도 없이 창피만 당한 채 돌아간다.

見機而變 17)

(견기이변) 기회를 보아 대처하다.(見機而行. 見機而動)

서주를 잃은 뒤, 서로 헤어져 있던 관우와 장비는 고성(古

17) 機(기회 기; 실마리) 而(말 이을 이) 變(변할 변)

城)이란 곳에서 만난다. 이 무렵 유비는 이미 여남을 떠나 기주(冀州)로 돌아간 뒤였다. 원소의 본거지인 기주로 유비를 찾아가려는 관우에게 장비가 걱정을 해준다.

"전에 그쪽의 안량과 문추 두 장수를 죽였는데 어떻게 원소 진영으로 찾아갈 수 있겠습니까?"

이에 관우가 대답한다.

"아무 상관없어! 내가 그쪽에 도착한 뒤 기회를 보아 대처할 것이다.(無防 我到彼 當見機而變)"

見利忘義 18)

(견리망의) 재물(利)을 좇아 의리(義)를 잊어버린다. 재물 때문에 인간이 지켜야할 의를 져버린다.(見得思義의 반대)

여포는 "용감하지만 지모가 없고 이익을 좇아 의를 져버리는(勇而無謀 見利忘義)" 사람으로 알려졌다. 여포는 동탁이 보낸 적토마와 금은 보화를 받고서 자신의 의부였던 정원(丁原)을 죽이고 동탁을 섬긴다. 결국 이 때문에, 여포는 자신을 망치게 된다.

---

18) 見(볼 견) 利(이로울 이) 忘(잊을 망) 義(옳을 의)

兼聽則明 偏聽則蔽 19)

(겸청즉명 편청즉폐) 여러 의견을 들으면 밝게 볼 수 있으나 한 쪽 의견만을 들으면 바로 보지 못한다.

관우와 장비에 대한 복수전으로 오를 공격하는 유비의 대군은 서천에서 곽정까지 7백 리에 걸쳐 40여 곳에 군사를 주둔시켰다. 오의 주유는 장기전으로 나왔고, 때가 마침 한 여름이었기에 유비는 모두 군영을 산간 시냇가로 옮겨 더위를 피하라고 명령한다.

이에 백미 마량(白眉 馬良)이 오의 군사가 공격해 오면 어떻게 대응할 수 있겠느냐고 걱정하며 부대 배치도를 그려 공명에게 보여주는 것이 어떠냐고 건의한다. 그러나 유비는 자신도 병법을 어지간히 잘 안다며 꼭 그럴 필요가 있느냐고 묻는다. 이에 마량이 말한다.

"옛말에도 여러 사람의 의견을 들으면 밝게 볼 수 있으나 한 쪽 의견만을 들으면 바로 보지 못한다 하였으니 폐하께서는 통찰하시기 바랍니다. (古云兼聽則明 偏聽則蔽 望陛下察之)"

그러자 유비는 마량에게 진도를 그려 공명에게 보여 주라고 말한다. 마량은 촉에 들어가 공명을 만난다. 공명은 진도를 보

19) 兼(겸할 겸) 聽(들을 청) 偏(치우칠 편) 蔽(덮을 폐)

고 크게 놀라며 탄식한다. 유비의 70만 대군은 괴정과 이릉 사이에서 육손에게 대패한다.

兼通經史 20)

(겸통경사) 유가 경전과 역사(춘추)에 두루 능통하다.

관우(운장 字 雲長)는 하동 해량(河東 解良) 출신으로 신장은 9척(약 200cm)에 수염이 2척이고 눈은 봉황의 눈이며 누에 눈썹을 가진 당당하고 위풍이 늠름한 모습으로 등장한다.

관우는 고향에서 위세를 부리던 사람을 죽이고 5~6년 각지를 방랑했다고 자신을 소개한 뒤, 유비 장비와 함께 장비네 도원에서 의형제를 맺는다.

건안 24년(서기 219년) 10월에 관우는 맥성(麥城)을 탈출하다가 잡혀 손권의 명에 의해 죽음을 당하니 그때 58세였다. (玉可碎不改其白, 小宴三日 참고)

『삼국지』에 나타난 관우는 가히 신의 경지에 이른 인물로 묘사되고 있다. 뛰어난 무예(武藝超群) 80근 무게의 청룡언월도(靑龍偃月刀)와 적토마, 멋진 수염,(美髥公) 경전과 춘추(春秋)에 정통한(兼通經史) 학문적 실력도 갖추었고, 무엇보다도 의리를 중히 여기며 문무를 겸비한 가장 이상적인 인물로 형

---

20) 兼(겸할 겸) 經(경전 경) 關(빗장 관) 羽(깃 우)

상화되었다.

『삼국지』에 등장하는 주요 인물들은 전쟁터에서 서로 욕을 하며 싸운다. 그러나 『삼국지』에는 관우에 대한 욕설이 없다. 기껏해야 "관모는 도망가지 마라.(關某休走)" 정도로 서술된다. 이는 소설 『삼국지』의 모습이 완성되는 명(明)나라 때, 이미 관우의 신격화가 이루어졌었다는 것을 의미한다.

중국인들에게 관우는 관성제군(關聖帝君)으로 불리며 군신(軍神) 마귀로부터 우리를 지켜주는 수호신, 또 재물을 주관하는 재신(財神)으로도 널리 숭배되고 있다. 관우를 소재로 하는 경극(京劇)에서 관우로 분장하는 배우는 목욕재계하고 관우의 신위에 절을 한 뒤 출연하며 극중에서도 이름 우(羽)를 발음하지 못한다 하니 관우에 대한 숭배가 어느 정도인지 알 수 있다. (졸저, 『중국인의 토속신과 그 신화』 중 關聖帝君 참고)

傾國之色 21)

(경국지색) 나라를 기울게 할 만한 미모.

조조가 원소를 치고 기주성을 함락시킬 때, 조조의 장남 조비(曹丕)는 당년 18세였다. 조비는 원소(袁紹)의 집을 찾았고 집안에 들어가 원소의 부인 유씨와 원희(袁熙; 원소의 차남)의

21) 傾(기울 경) 色(빛 색; 여자의 미모)

아내인 견씨(甄氏)를 만난다.

조비는 견씨의 '옥 같이 고운 피부와 꽃 같은 용모의 경국지색(玉肌花貌 傾國之色)'에 놀란다. 뒷날 조조도 견씨의 미모를 보고 "정말 내 아들의 아내로다(眞吾兒婦也)"라고 감탄하며 며느리로 맞이한다.

經天緯地之才 22)

(경천위지지재) 대단히 뛰어난 재능. 천하를 통치할 인재.

연주(兗州)를 차지한 여포와 조조가 복양(濮陽)에서 싸울 때, 여포의 참모 진궁(陳宮)은 조조를 성내로 유인할 계략을 건의하며 "조조가 비록 대단한 재능이 있더라도 여기에서 어떻게 빠져나갈 수 있겠는가(曹操雖有經天緯地之才 到此安能得脫)"라고 조조의 죽음을 장담한다. 진궁의 작전에 유인 당한 조조는 거의 죽을 지경에 처했으나 전위와 하후연의 구원으로 겨우 탈출한다.

진궁은 본래 중모현 현령으로 근무하고 있었고, 동탁을 죽이려다 도망 나온 조조는 지명 수배 중이었다. 중모현을 지나던 조조가 관리들에게 잡혀들어 왔을 때, 진궁은 조조를 알아본다. 진궁은 조조와 함께 큰 일을 이루고자 조조를 따라 도망

---

22) 經(날 경) 緯(씨 위)

길에 나선다. (燕雀安知鴻鵠之志 참고)

그러나가 조조가 자신들에게 호의를 베푸는 무고한 여백사를 잔인하게 죽이는 것을 보고 진궁은 조조와 헤어진다. 이후 진궁은 여포를 섬겨 조조를 사지에 몰았으나 뒷날 여포가 조조에게 사로잡히며 진궁도 조조의 손에 죽는다.

擎天之柱 23)

(경천지주) 하늘을 떠받칠 기둥. 국가 중책을 담당한 사람.

유비는 관우와 장비의 원수를 갚으려고 70만 대군을 동원하여 백제성에 주둔한 뒤, 오와 싸워 여러 번 승리한다. 오에서는 장비를 죽인 범강과 장달 두 범인을 잡아 보내고 형주를 돌려주겠다며 화해를 바라지만 유비는 이를 거부한다.

유비의 강경책에 놀란 손권이 대책을 묻자 감택(闞澤)이 나서서 말한다.

"지금 하늘을 떠받칠 기둥(擎天之柱) 같은 인물이 있는데 왜 등용하지 않으십니까?"

감택은 먼저 여몽이 형주를 빼앗을 때 모든 계책은 육손(陸遜, 字 伯言)의 머리에서 나왔다며 육손을 강력하게 추천한다.

육손은 그때까지 "좀 유능한 서생(書生)" 정도로만 알려졌었

---

23) 擎(들 경, 떠 받치다.) 柱(기둥 주)

다. 손권은 육손을 등용했고 대 도독이 된 육손은 지구전으로 유비에게 저항하다가 화공법을 써서 유비를 물리친다. (王法無親. 陸遜之才 참고)

鷄肋鷄肋 24)

(계륵계륵) 닭의 갈비. 먹을 것도 맛도 별로 없는 것.

조조는 유비에게 한중(漢中) 땅을 거의 다 빼앗기며 연전연패한다. 조조는 여러 번 위기에 몰리다가 겨우 둘째 아들 창(彰)의 구원으로 사곡구(斜谷口)란 곳에 주둔한다. 그러나 거기에서도 유비의 명을 받은 마초(馬超)의 군사에 밀린다.

사곡구에 주둔한 조조는 진격하자니 마초에게 밀리고 그냥 퇴각하자니 촉의 군사들로부터 조소를 받을 것 같아 마음속으로 유예미결(猶豫未決) - 결단을 내리지 못하였다.

어느 날, 조조의 저녁 식탁에 닭갈비 탕(鷄肋湯)이 나왔다. 조조는 그릇 속의 닭갈비를 보며 골똘히 생각에 잠겨 있었다. 마침 하후돈(夏侯惇)이 들어와 야간구호를 물었다. 이에 조조는 "계륵계륵(鷄肋鷄肋)"이라고 말했다.

조조 진영의 행군주부(行軍主簿)인 양수(楊修)는 "계륵"이라

---

24) 鷄(닭 계) 肋(갈비 륵)

는 구호를 듣고 곧 부하 병졸에게 퇴각할 행장을 챙기라고 지시했고 부하들은 서둘러 철수 준비를 했다. 사실을 전해들은 하후돈이 놀라 양수에게 까닭을 물었다. 이에 양수가 말했다.

"야간 구호가 계륵이라는 말을 듣고 위왕께서 곧 퇴군할 것이라는 사실을 알았습니다. 계륵이란 것은 먹자니 맛이 없고 버리자니 아까운 것입니다.(鷄肋者 食之無味 棄之可惜) 위왕께서는 지금 진격한다하여도 승리할 수 없고 퇴각하자니 웃음거리가 될까 걱정하고 계십니다. 사실, 이곳에 주둔하는 것이 무익하여 서둘러 귀환하는 것만 못할 것이니 내일은 틀림없이 퇴군을 명령하실 것입니다. 그래서 미리 행장을 수습하여 출발 당일의 혼잡에 대비하고자 합니다."

이 말을 들은 하후돈은 양수의 식견에 감탄한다.

"그대는 정말 위왕의 깊은 뜻을 헤아렸습니다.(公眞知魏王肺腑也)"

그리고 하후돈도 즉시 철수 준비를 명한다. 이날 밤, 조조는 심란하여 잠을 못 이루다가 부대를 돌아본다. 하후돈의 부하들이 철수 준비를 하는 것을 보고 크게 놀라 하후돈에게 무슨 영문인지 묻는다. 하후돈은 양수가 "대왕의 뜻을 알고 있다"고 말했고, 조조는 양수를 불러 묻는다.

양수가 계륵의 뜻으로 설명하니 조조는 대노하면서 "네가 어찌 함부로 말을 지어내어 군사들 마음을 혼란케 하는가?(汝怎敢造言 亂我軍心)" 하면서 즉시 참수하라 명한다. 조조는 양수를 참수한 뒤, 하후돈까지 참수할 양 거짓으로 대노한다.

조조는 다음 날, 공격 명령을 내린다. 그러나 조조는 전투 중에 위연의 화살에 놀라 낙마하며 앞니 두 개를 부러뜨린다. 결국 퇴군하게된 조조는 양수의 말을 생각하고 양수의 시신을 잘 거두어 주라고 명령했다.

苦肉之計 25)

(고육지계) 적을 속이기 위해 자신에게 고통을 가하는 계략.

조조의 자칭 백만 대군과 맞선 주유는 약 5만의 군사를 거느리고 있었다. 주유 휘하의 장수 황개(黃蓋)는 주유를 찾아와 왜 화공(火攻)을 쓰지 않느냐고 묻는다. 주유는 거짓 정보를 상대방에게 보내기 위하여 조조 진영에서 거짓으로 투항해온 채중과 채화 등을 이용하고 있지만(將計就計) 거짓 정보를 믿게 할 계략을 써야하는데 적당한 사람이 없다고 말한다. 그러자 황개가 그 역할을 자원하고 나선다.

이에 주유는 황개에게 절을 올리며 말한다.

"만약 이 고육지계를 기꺼이 감당해 주신다면 강동을 위해 천만다행한 일입니다.(若肯行此苦肉計 則江東之萬幸也)"

다음 날 주유는 전 막료들을 모아 놓고 3개월 분의 군량을 즉시 확보하라 분부한다. 그 명령에 황개가 일부러 불복하며

25) 苦(쓸 고, 괴로울 고) 肉(고기 육)

반항하자 주유는 황개의 살점이 터지도록 곤장 1백대를 때린다. 이 소식이 채중과 채화를 통해 조조 진영에 알려지고 황개는 조조에게 투항할 의사를 보낸다.

결국 주유의 고육지계는 성공한다. 주유가 황개를 죽이려다가 죽지 않을 정도로 곤장을 때렸다는 말을 전해들은 제갈량이 노숙에게 말했다.

"고육지계를 쓰지 않으면 어떻게 조조를 속일 수 있겠는가.(不用苦肉計 何能瞞過曹操)"

제갈량과 주유가 거둔 적벽대전의 화려한 승리는 이러한 계략들이 모여져 거둔 승리라 할 수 있다. (連環計 참고)

孤魂隨鬼 26)

(고혼수귀) 외로운 혼령이 잡귀를 따르다.

조조의 부장 하후돈이 조자룡과 대결할 때, 하후돈은 조자룡에게 "너희들이 유비를 따라 다니는 것은 마치 갈 곳 없는 외로운 넋이 잡귀를 따르는 것과도 같다(汝等隨劉備 如孤魂隨鬼矣)" 하고 욕을 했다. (驅犬羊與虎豹鬪 참고)

---

26) 孤(외로울 고) 魂(넋 혼) 隨(따를 수) 鬼(귀신 귀)

鼓洪爐燎毛髮 27)

(고홍로료모발) 큰 화로를 엎어 머리카락을 태우다.

대장군 하진(靈帝 何太后의 형제)이 십상시를 제거하려고 사방의 군사를 동원하려하자 진림(陳琳)이 반대하며 이는 마치 "큰 화로를 엎어 머리카락을 태우는 것(鼓洪爐燎毛髮)이며 칼과 창을 거꾸로 쥐고 남에게 자루를 잡게 하는 것(倒持干戈授人以柄)과 같다"고 말하였다.

큰 화로를 뒤엎어 머리카락을 태우는 짓은 쓸데없는 짓으로 공연한 화를 자초함이며 칼과 창을 거꾸로 쥐고 남에게 자루를 잡게 하는 것은 남에게 힘을 주고 자신은 스스로 불리한 위치에 머무는 것이 아니겠는가?

困龍入海 28)

(곤룡입해) 갇혀있던 용이 바다에 들어감.

건안 15년(서기 210년) 조조는 집권의 상징으로 동작대를 완

27) 鼓(북 고. 두드리다) 洪(큰물 홍. 크다) 爐(화로 로) 燎(화톳불 료. 태우다.) 髮(터럭 발)
28) 困(괴로울 곤)

성하고 문무 백관의 축하를 받는다. 이때 오(吳)에서 화흠(華歆)을 사신으로 보내어 유비가 형주를 차지했고 손권의 누이를 부인으로 맞이했다는 사실을 알려 왔다는 보고가 들어온다.

이 보고를 받은 조조는 놀라 손발을 떨며 손에 쥐고 있던 붓을 떨어뜨린다. 이때 참모 정욱이 조조에게 놀라는 이유를 묻는다.

"승상께서는 백만 대군을 거느리며 수많은 전투를 다 겪으면서도 놀라지 않으시더니 오늘 이렇듯 놀라시니 무슨 까닭이십니까?"

이에 조조가 말했다.

"유비는 용에 비유될 인물인데 평생 물을 얻지 못했었는데(劉備 人中之龍也 平生未嘗得水) 이번에 형주를 차지한 것은 갇혀 있던 용이 바다에 들어간 것과 같다.(今得荊州 是困龍入大海矣) 그러니 내 어찌 놀라지 않겠는가?(孤安得不動心也)"

共決雌雄 29)

(공결자웅) 함께 싸워 승부를 결정짓다. 최후 일전을 벌이다.

적벽대전 이후 유비는 제갈공명의 기지로 남군(南郡)과 형양(荊陽)을 차지하여 세력 근거지를 확보하였다. 그러나 오(吳)의

29) 決결단할 결 雌(암컷 자, 패배하다) 雄(수컷 웅, 승리하다)

주유는 나름대로 계책을 마련하고 병마의 손실을 감당하며 군량을 소비했으나, 적벽대전의 승리로도 얻은 것이 아무 것도 없었다. 더군다나 주유는 전투를 지휘하면서 적의 화살을 맞고 중상을 입었으니 병상에서 얼마나 화가 났을는지 짐작할 수 있다.

"만약 촌놈 제갈량을 죽이지 않는다면 어찌 내 마음속의 분을 가라앉힐 수 있겠는가?(若不殺諸葛村夫 怎息我心中怨氣)"

주유는 분노로 치를 떨었다. 이때 노숙이 위문하러 찾아오자 주유가 말했다.

"나는 다시 군사를 일으켜 유비 제갈량과 싸워 자웅을 겨루고 성을 다시 되찾고자 하니(吾欲起兵與劉備諸葛亮 共決雌雄 復奪城池) 자경(子敬; 노숙)은 나를 도와주시오."

그러나 노숙은 "유비가 형주를 차지한 것이 부당하다고 정식으로 항의를 한 뒤에 그들의 태도를 보아 거병하는 것이 좋을 것"이라고 말한다. 주유는 곧바로 노숙을 형주의 유비에게 보내 형주 반환을 요구한다. (道物歸主 참고)

攻其不備 出其不意

(공기불비 출기불의) 대비가 없을 때 공격하고 예상하지 못한 곳에 출동한다. 빈틈을 타서 공격하다.

제갈공명은 후 출사표(後 出師表)를 올리고 출전했으나 사마의의 장기전에 밀려 별 다를 소득도 없이 한중(漢中)으로 철수한다. 그러나 진창(陳倉)을 지키는 적장 학소가 와병중이라는 정보를 들은 공명은 강유를 보내 진창을 공격케 한다.

강유는 위 진영에서 전혀 눈치채지 못하게 관홍과 장포로 하여금 진창에 들어가서 성내에 불을 지른 뒤, 장수가 와병중이기에 혼란에 빠진 진창성을 쉽게 차지한다.

"대비가 없을 때 공격하고, 예상치 못한 곳에 출동한다(攻其不備 出其不意)"는 병법을 그대로 시범을 보인 셈이다.

孔明更生何懼哉 30)

(공명갱생하구재) 공명이 다시 살아난들 무엇이 두려우랴?

촉이 망하기 직전, 제갈량의 장남 제갈첨(諸葛瞻)과 손자 제갈상(諸葛尙)은 성도(成都)의 병력 7만을 지휘하게 된다. 위 장수 등애는 부성을 점령한 뒤, 강유의 원병이 들어오기 전에 성도를 함락시키려 급히 공격을 서두른다. 등애는 부장 사찬(師纂)과 아들 등충(鄧忠)을 시켜 면죽(綿竹)을 공격케 한다.

면죽 근처에서 양군이 포진했을 때, 촉군의 진영이 양쪽으로 갈라지면서 장수 수십 명이 사륜거에 단정히 앉은 제갈량을

---

30) 更(다시 갱) 何(어찌 하) 懼(두려워할 구) 哉(어조사 재)

호위하고 나온다.

이에 사찬과 등충은 놀라 소리친다.

"공명이 아직도 살아 있으니 우리들은 이제 끝장이다.(原來孔明尙在 我等休矣)"

두 장수는 수십 리를 도주하고, 이 보고를 받은 등애는 두 사람을 크게 꾸짖으며 화가 나 소리 지른다.

"가령 공명이 다시 살아난들 내가 무엇을 두려워하랴?(縱使孔明更生 我何懼哉) 너희들이 경솔하게 후퇴하여 패전하였으니, 군법을 적용하여 너희들을 참수하겠다."

나중에 등애는 두 장수를 용서하고 그것은 제갈량의 목상(木像)이라며 다시 공격케 한다. 그러나 사찬과 등충은 제갈상과 싸워 중상을 입고 물러난다.

孔明知我心

(공명지아심) 공명이 내 마음을 알아준다.

유비가 익주(蜀)을 차지할 때, 관우는 형주에서 조조와 손권의 침입에 대비하고 있었다. 관우는 유비에게 투항한 마초의 무예가 뛰어나다는 소식을 듣고 양자 관평(關平)을 유비에게 보내 자신이 촉에 들어가서 마초(馬超)와 무예 대결을 하고 싶으니 허락해 달라는 글을 올린다. 이에 유비는 크게 놀라 걱정을 하지만 공명은 아무렇지도 않다며 관평에게 편지를 한 통 써준다.

그 서신에는 "마초의 무예가 뛰어나다지만 옛날 경포(黥布; 전한의 장군) 정도의 무예로 장비의 상대는 될지언정, 무예가 그 어느 누구보다도 확실히 뛰어난 미염공(관우)의 상대가 될 수 없습니다"라고 쓰여 있었다.

이 서신을 받아 본 관우는 흐뭇한 미소를 지으며 "공명이 내 마음을 알아준다(孔明知我心)"고 말했다.

자신의 능력을 뽐내고 우쭐대고 싶은 마음은 고금 누구에게나 마찬가지라 할 수 있다.

孔明之嘆 31)

(공명지탄) 제갈공명의 탄식. 위대한 인물이 천명(天命)을 좇는 한숨.

제갈량은 서기 234년 오장원에서, 천지 신명께 수명 연장을 빌었으나 위연의 부주의로 본명등이 꺼지면서 실패한다. 제갈량은 병든 몸을 수레에 싣고 각 진영을 돌아본다. 그는 가을의 찬바람에 뼈 속까지 스미는 한기를 느끼며 길게 탄식한다.

"이제는 다시금 진을 치고 적을 토벌할 수가 없구나! 유유한

31) 歎(탄식할 탄)

하늘이여! 어찌 이대로 끝나야 합니까?(悠悠蒼天 曷有其極)"

한참을 탄식하고 돌아온 제갈량은 다시 일어나지 못한다. 제갈량은 죽기 전에 자신이 발명한, 요즈음의 다 연발 로켓과 같은, 여덟 치의 화살 10개를 한꺼번에 발사할 있는 연노(連弩)의 제조법을 강유(姜維)에게 전수한다. 뿐만 아니라 자신의 전략 연구에 관한 14만 4천 112자 24편의 저서를 넘겨준다.

"여러 장수들을 살펴보았지만 이 책을 넘겨줄 만한 사람이 없었다. 오직 그대에게 이 책을 전수하니 절대로 소홀히 하지 마라.(吾遍觀諸將 無人可授 獨汝可傳我書 切勿輕忽)"

이어 자신이 못다 이룬 북벌의 완성과 한 부흥을 부탁한다.

"나의 충성심과 내 능력을 다해 중원을 회복하고 한 황실을 부흥시키고자 했으나 하늘 뜻이 이러하니 어찌 하겠는가. 나는 이제 곧 죽을 것이다."

孔明借箭 32)

(공명차전) 제갈공명이 화살을 빌려오다.

적벽대전 전에 제갈공명이 짙은 안개를 이용하여 조조의 진영으로부터 화살 10만개를 빼어온 사건. 겨울철 양자강에 짙은 안개가 낀다는 사실을 공명은 잘 알고 그를 십분 이용했다고

32) 借(빌 차) 箭(화살 전)

볼 수 있다. (軍中無戱言, 神機妙算 참고)

攻心爲上

(공심위상) 적의 마음을 공격하는 것이 상책이다.

심리전으로 적의 투지를 꺾는 것이 중요하다. 제갈량이 남만을 원정할 때, 마속은 남만 족속이 오늘 패전하여 항복한다 하여도 내일이면 다시 배반할 것이라며 심리전의 중요성을 강조한다. "용병의 대 원칙은 적의 마음을 공격하는 것이 상책이고 성을 공격하는 것은 하책이며 심리전이 상책이요 전투는 하책이니(夫用兵之道 攻心爲上 攻城爲下 心戰爲上 兵戰爲下) 저들이 마음으로 복종하게 만들 수 있다면 족할 것입니다."

共榮辱同休戚 33)

(공영욕동휴척) 영광와 치욕, 기쁨과 슬픔을 같이하다.

조조가 한중을 차지한 틈을 타서, 손권은 대군을 동원하여 합비(合淝)에서 장료(張遼)를 공격한다. 여기에 조조의 대군이 가세하여 전투는 치열해진다. 손권은 직접 전투에 참여했다가

33) 辱(욕되게 할 욕, 수치) 休(쉴 휴, 넉넉하다) 戚(겨레 척, 슬픔)

조조군에게 포위된다.

이때 주태(周泰)는 온 몸을 창과 칼에 찔리면서도 두 번이나 포위를 뚫고 손권을 구해낸다. 전투가 끝난 뒤 손권은 주태 몸의 상처를 하나하나 어루만지면서 말한다.

"경은 나의 공신이니 나는 당연히 그대와 영광와 치욕, 기쁨과 슬픔을 같이 할 것이다.(卿乃孤之功臣 孤當與卿 共榮辱同休戚也)"

손권은 주태에게 푸른 일산을 내려 출입에 쓰고 다니게 하여 그 공적을 높이 평가해 주었다.

過目不忘

(과목불망) 한번 본 것은 잊어버리지 않다. 기억력의 매우 뛰어남. 박문강기.(博聞强記)

익주의 장송(張松)은 허도에 가서 조조 휘하의 주부(主簿) 양수(楊修)를 만나 유창한 언변으로 재학(才學)을 마음껏 자랑한다. (車載斗量 참고)

양수가 조조의 학덕과 병법을 자랑하며 조조가 지었다는 『맹덕신서』를 보여주자 장송은 "이 정도 내용은 촉의 어린 아이도 다 알고 있으며 이는 본래 전국시대 무명인의 저서를 조조가 자기 것이라 도용한 것"이라고 말한다.

양수가 그 내용을 외울 수 있느냐고 묻자 장송은 처음부터 끝까지 한자도 안 틀리고 암송한다. 이에 양수가 놀라 말한다. "그대가 한번 본 것을 잊어버리지 않으니 정말 천하의 기재입니다.(公過目不忘 眞天下之奇才也)"

장송의 달변과 기억력은 가히 "삼협(양자강의 급류 지역)의 물을 쏟는 듯 했고 한 눈에 열 줄의 글을 볼(語傾三峽水 目視十行書)" 수 있었다.

비상한 두뇌 회전으로 유명한 양수도 장송의 박학과 달변에는 놀라지 않을 수 없었다. 다음 날 양수는 조조에게 장송을 천거하면서 말했다.

"그의 구변은 마치 강물이 쏟아지듯 막히지 않고, 승상께서 엮으신 맹덕신서를 한 번 보고 암송하니, 아마 이렇듯 널리 배우고 기억력이 뛰어난 사람은 없을 것입니다.(如此博聞强記 世所罕有)"

그러나 조조는 장송이 자신의 약점을 열거하자 몽둥이로 때려 내쫓는다. 푸대접을 받고 쫓겨난 장송은 유비를 찾아간다. 유비의 환대를 받은 장송은 유비에게 익주를 차지하라고 적극 권한다. (青山不老 참고)

裹足不前 34)

(과족부전) 발(足)을 묶어 들어오지 못하게 하다. 찾아오려는 손님을 막다. 우물쭈물 멈추어 서다.

---

34) 裹(물건을 싸맬 과) 前(나아갈 전)

여포한테 서주를 뺏기고 이어 소패(小沛)마저 빼앗긴 유비는 허도(許都)로 조조를 찾아간다. 조조의 참모 순욱은 "유비는 영웅입니다. 지금 빨리 제거하지 않으면 틀림없이 후환이 될 것입니다"하고 권했다. 조조가 이런 뜻을 곽가(郭嘉)에게 말하자 곽가는 유비를 죽여서는 안 된다며 조조를 설득한다.

"주공께서 의병을 일으켜 백성들을 위하여 흉악한 자들을 제거하고 오직 신의에 바탕을 두고 세상의 영웅호걸들을 불러 모으면서, 오직 찾아오지 않을까 그것만을 걱정하셔야 합니다. 그런데 평소 유비가 영웅이라는 소리를 듣지만 지금은 근거를 잃고 곤궁하여 찾아왔는데, 그를 죽이신다면 이는 곧 찾아오는 현인을 죽이시는 것입니다. 이런 소문이 밖으로 퍼지면 지모(智謀)가 있는 사람이면 누구든 주공을 의심할 것이니 이는 발(足)을 묶어 들어오지 못하게 하는 것입니다.(裹足不前) 그렇다면 주공께서는 누구와 함께 천하를 평정하시겠습니까? 이는 한 사람의 걱정거리를 제거하여 온 천하의 소망을 져버리는 것이니, 안위지기(安危之機)를 살피지 않을 수 없는 것입니다."

조조는 곽가의 말을 옳게 여겨 유비를 예주(預州)의 지방관에 임명하고 군사와 군량을 주어 패(沛)에 주둔하게 하였다.

關公約三事 35)

(관공약삼사) 관우의 세 가지 약속.

서기 200년, 조조는 서주의 유비를 공격한다. 조조군이 하비성을 함락시키자, 유비는 청주로 가서 원소에게 의탁하고, 관우는 포위되었다가 조조군에게 조건부 투항을 한다.

관우는 투항의 조건으로 3가지 약속을 조조로부터 받아낸다.

첫째 유비와 함께 한 황실을 부흥키로 약속했던 바 지금은 황제에게 투항하는 것이지 조조에게 투항하는 것이 아니다.

둘째 두 형수가 있는 곳에 유비의 녹봉을 계속 내려주며, 외인의 출입을 일체 금하게 해달라.

셋째 유비의 거처를 알면 천리 만리를 따지지 않고 곧 떠나겠다는 조건이었다. 그러면서도 만약 이중 한 가지라도 보장되지 않는다면 결코 투항하지 않겠다는 단서까지 달았다.

관우는 조조의 동의를 받고도 다시 두 형수의 승낙을 얻은 뒤, 조조의 진영에 나가 투항한다. (安敢失信 참고)

---

35) 約(묶을 약)

關公遇害 36)

(관공우해) 관우가 시해 당하다. 관우의 죽음.

관우는 위(魏)와 오(吳)의 협공 속에 형주를 방어해야할 막중한 임무를 띠고 있었다. 관우의 군사력이 열세이기도 했지만 형주를 뺏기 위한 오의 전략은 노숙의 뒤를 이은 여몽(呂蒙)에 의해 치밀하게 진행되었다.

우선 여몽은 거짓으로 자신이 병에 걸려 육구(陸口)를 지키는 중임을 수행할 수 없다고 사임한 뒤, 후임자로 육손(陸遜)을 추천한다. 육손은 부임하면서 관우에게 아주 겸손한 뜻의 글을 올려 자신이 형주를 공격할 의사도 없고 그럴만한 능력도 없음을 인식시킨다.

이에 관우는 오에 대한 경계심을 풀고 형주의 병력을 동원하여 전심전력 번성(樊城)을 공격한다. 이것이 관우의 결정적인 오판이었다.

관우는 조조군에게 패배한 뒤 형주마저 상실하고 맥성으로 피신한다. 이에 오에서는 다시 여몽을 대도독으로 임명하여 형주를 점령한다. 관우는 조조군에게 패배한 뒤, 맥성으로 피신하나 완전 포위된다. 여기에 부사인(傅士仁)의 배반과 상용(上庸)을 지키던 맹달과 유봉도 구원병을 보내지 않았다. (一杯之

---

36) 遇(만날 우) 害(해칠 해)

水 참고)

맥성을 빠져 나와 촉으로 탈출하다가 사로잡힌 관우와 아들 관평은 손권에게 끌려간다. 손권은 관우의 항복을 기대했으나 좌함(左咸)은 관우를 빨리 처형해야 한다고 주장한다.

"옛날 조조가 관우를 데려다가 관작을 내리고 3일 마다 소연을, 5일 마다 대연을 베풀었고(三日一小宴 五日一大宴) 말을 탈 때 황금을 보냈고 말에서 내릴 때 은을 주면서(上馬一提金 下馬一提銀) 은덕과 예를 다했지만 끝내 조조 진영에 머물지 않았고 관문을 지키는 장수들의 목을 베면서 떠나갔습니다."

이어 "지금 관우를 죽이지 않으면 후환이 있을 것"이라며 좌함은 빨리 결단을 내리라고 손권에게 재촉한다.

손권은 한동안 생각에 잠겼다가 관우 부자를 죽이라 명령하니 그때는 건안 24년(서기 219년) 시월이었고 관우 나이 58세였다. (七竅流血, 移禍之計 참고)

觥籌交錯 37)

(굉주교착) 술잔과 젓가락이 교차하다. 질펀한 술자리.

조조 진영의 수군과 주유의 수군이 1차 전을 벌인 뒤, 조조

37) 觥(뿔잔 굉) 籌(산 가지 주, 젓가락) 交(서로 교) 錯(섞일 착)

는 주유의 고향 친우 장간(蔣幹)을 세객(說客)으로 주유에게 밀파한다. 장간이 찾아 온 뜻을 파악한 주유는 아무런 내색도 하지 않는다. 주유는 형주의 항장(降將)으로 조조의 수군 도독이 된 채모(蔡瑁)를 제거하기 위한 도구로 장간을 역이용한다.

주유는 친우를 위하여 막료 장군들과 함께 술잔과 젓가락이 교차하는(觥籌交錯) 질펀한 술자리를 벌여 대취한다. 주유는 거짓으로 대취한 척하면서 장간과 같이 잠자리에 든다.

장간은 주유가 만들어 놓은 가짜 편지를 훔쳐 돌아가고, 결국 조조 진영의 유능한 수군 도독 채모(형주 유표의 처남)는 제거된다.

驕兵多敗 38)

(교병다패) 교만한 군사는 패하는 경우가 많다. 병력의 수나 힘만 믿는 군대는 반드시 패한다.(驕者必敗)

조조군의 조홍(曹洪)은 남정(南鄭)에서 장비가 지키는 파서(巴西)를 공격한다. 조홍은 마초의 부장을 베었지만 더 이상 공격하지 않고 적세를 살핀다. 이에 장합(張郃)이 조홍에게 말한다.

"사람들은 장비를 두려워하지만 나는 장비를 어린아이로 봅

38) 驕(교만할 교, 잘난 체 하다) 敗(깨뜨릴 패, 무너지다)

니다. 이번에 출전하여 틀림없이 장비를 생포하겠습니다."

그리고 장합은 3만 병력을 거느리고 출전한다.

"예로부터 교만한 군사는 패하는 경우가 많고, 상대를 얕보면 이기는 싸움이 적다(自古驕兵多致敗 從來輕敵小成功)"는 말 그대로 50여 일을 대치하다가 결국 장비에게 대패한다.

장합은 겨우 패잔병 10여명을 데리고 남정으로 걸어서 돌아간다. (三軍易得 참고)

驕兵之計

(교병지계) 적의 교만심을 키워 격파하려는 계략.

노장 황충(黃忠)은 하맹관에서 위 장합을 패퇴시키나 (三軍易得 참고) 하후상과 한호에게는 삼일 연패하면서 7·8십리를 퇴각한다. 이 사실을 보고 받은 유비는 유봉(劉封)를 보내어 위로한다. 이에 황충이 말한다.

"이는 노부의 교병지계이다.(此老夫驕兵之計也) 오늘 밤 한 번의 전투로 모든 영채를 되찾고 적의 군량과 마필을 탈취할 것이니 두고 보라.(看今夜一陣 可盡復諸營 奪其糧食馬匹)"

자신이 장담한대로 적의 군량과 마필을 빼앗은 황충은 이어 "호랑이 굴에 들어가지 않고서야 어떻게 호랑이 새끼를 얻겠는가(不入虎穴 焉得虎子)" 하면서 진격을 계속한다.

咬牙切齒 39)

(교아절치) 어금니를 깨물고 이를 갈다. 원한에 사무쳐 복수를 다짐하는 모양.

주유가 설계한 고육지계(苦肉之計)에 황개(黃蓋)는 고통을 감수하는 주연이 되었고, 황개의 오랜 친우 감택(闞澤)은 조조를 찾아가 황개의 거짓 항서(降書)를 바친다. 다시 돌아온 감택은 감영(甘寧)과 함께 도독 주유에 대한 욕설과 분노를 터뜨리며 '어금니를 깨물고 이를 갈며 책상을 치고 소리를 질러댄다. (咬牙切齒 拍案大叫)'

이런 상황과 모습을 조조의 첩자(이미 거짓 투항했던 채화, 채중 두 사람)가 보고서는 황개, 감택, 감영 등 오나라의 장수들이 주유를 배반할 것이라고 확신하는 글을 조조에게 보낸다.

이 모든 것이 주유의 '계교에 맞춰 계략을 펴는 장계취계(將計就計)'이며 고육지계(苦肉之計)의 성공을 위한 절차였다. 그러나 제갈량과 주유가 생각한 화공(火攻)의 성공을 위해서는 또 다른 새 계략이 필요했다. (連環計 참고)

39) 咬(깨물 교) 牙(어금니 아) 切(끊을 절, 갈다) 齒(이 치)

交絶無惡聲 40)

(교절무악성) 절교하더라도 욕을 해서는 안 된다.

관우의 위급을 구원하지 않았던 맹달(孟達)은 조조에게 투항하면서 한중왕(漢中王) 유비에게 글을 올린다.

"옛날에 신생(申生)은 대단한 효자였으나 부모가 그를 의심했고, 오자서는 충성을 다 바쳤어도 임금한테 죽음을 당했으며 진나라 몽염은 국경을 넓히고도 사형 당했습니다."

맹달은 자신이 이제 그런 상황이 되었다고 말한다.

이어 맹달은 "절교하더라도 욕을 해서는 안되고, 떠나가는 신하는 원망의 말을 남겨서는 안 된다(交絶無惡聲 去臣無怨辭)"며 자신이 조조에게 투항하더라도 이해해 달라고 말한다. 맹달의 이런 글은 의리를 저 버린 자의 교활한 자기 변명이라 할 수 있다.

(춘추시대 진(晉) 헌공의 태자 신생(申生)은 헌공이 총애하는 여희의 미움을 받아 자결한다. 춘추시대 초 나라사람 오자서(伍子胥)는 충성을 다해 오왕 부차(夫差)를 섬겼으나 참소를 받아 죽음을 당했고 오나라 역시 월왕 합려에게 망한다. 진시황 때 만리 장성 구축과 흉노를 치는데 큰공을 세운 장군 몽염은 2세 황제에 의해 사형 당한다.)

---

40) 絶(끊을 절) 交(사귈 교) 聲(소리 성)

狡兎三窟 41)

(교토삼굴) 날쌘 토끼도 세 개의 굴을 파고 산다. 미물도 몸을 지키고 재난을 피할 줄 안다.

유비가 익주를 차지하기 전, 법정(法正)이 익주 유장의 편지를 갖고 유비를 찾아온다. 법정은 유비에게 익주(촉)를 차지하라고 강력하게 권한다. 이에 유비 유비는 자신이 여태껏 일정한 근거가 없었다면서 "작은 산새도 나무 가지 하나를 차지하고 날쌘 토끼도 세 개의 굴을 파고 산다(鷦鷯尙存一枝 狡兎猶藏三窟)는데 하물며 난들 왜 근거를 마련할 생각이 없겠는가" 라고 말한다.

유비는 풍요의 땅(豊餘之地) 촉을 갖고 싶으나 다만 유장(劉章)이 자신과 같은 성(同宗)이기에 차마 뺏을 수 없다고 자신의 심정을 토로한다. (逐兎先得 참고)

驅犬羊與虎豹鬪 42)

(구견양여호표투) 개나 양을 몰아 호랑이와 싸우게 하다. 상

---

41) 狡(교활할 교, 빠르다) 兎(토끼 토) 窟(굴 굴, 움) 鷦(뱁새 초) 鷯(굴뚝새 료)

42) 驅(몰 구) 犬(개 견) 與(더불어 여) 豹(표범 표) 鬪(싸울 투)

대가 되지 않는 경쟁을 시키다.

유비가 제갈량을 맞이한 뒤, 조조는 하후돈에게 10만 대군을 주어 신야성의 유비를 공격케 한다. 출발하기 전부터 제갈량을 경시한 하후돈은 유비 군진을 바라보고 나서 큰 소리로 웃으며 주변 장수들에게 말한다.

"나는 승상 앞에서 제갈량을 하늘이 낸 사람이라고 과찬한 서서(徐庶)를 생각하고 웃는 것이다. 제갈량의 용병이란 것이 겨우 저런 군사를 전방에 배치하여 나와 대적하려 하니(乃以此等軍馬爲前部 與吾對敵) 이는 개나 양을 몰아 호랑이와 싸우게 하는 것과 같다.(正如驅犬羊與虎豹鬪耳) 내가 승상에게 유비와 제갈량을 생포하겠다고 장담했는데 이번은 내 말대로 되는 것 같다."

상대를 깔보는 사람 치고 싸움에 이기는 경우가 없다는 말대로, 하후돈의 10만 대군은 박망파란 곳에서 제갈량의 화공(火攻)에 의해 완패한다. 박망파의 싸움은 제갈량의 첫 승리로 기록되었다.

口不應心 43)

(구불응심) 말이 마음 같지 않다. 말과 본심이 서로 다르다.

43) 應(응할 응)

겉과 속이 다르다.(口是心非)

조조의 계략에 의거, 남양의 원술을 토벌하러 출정하는 유비는 자신의 유일한 근거지인 서주(徐州)의 수비를 장비에게 맡긴다. 유비는 장비더러 "술을 마시고 부하 장졸들을 때리지 말 것과 다른 사람의 바른 말을 잘 듣고 신중하게 일을 처리하라"고 당부한다.

이에 장비 또한 굳게 약속한다. 그때 옆에 있던 미축(糜竺)이 유비에게 말한다.

"다만 말이 마음 같지 않을까 걱정입니다.(只恐口不應心)"

술을 마시는 사람이 술을 안 마시겠다는 약속이 잘 지켜질 수 있겠는가? 장비의 이 약속은 결국 지켜지지 않았고 유비는 여포에게 서주를 빼앗긴다.

口似懸河 舌如利刀 44)

(구사현하 설여이도) 언변은 강물이 쏟아지듯 유창하고 혀는 날카로운 칼과 같다. 유능한 세객(說客)의 모습.

조조의 신하인 장간(蔣幹)은 오의 주유와 동문수학한 오랜 친우였다. 적벽대전이 일어나기 전, 장간은 조조에게 주유의

44) 懸(매달 현) 舌(혀 설) 利(날카로울 이)

진영의 허실을 알아보겠다고 자청했고 그저 평범한 친우를 찾아오듯 주유 진영을 찾아왔다. 장간을 만난 주유는 그 의도를 간파하고 장간을 역이용한다.

주유는 "구변은 강물이 쏟아지듯 유창하며 혀는 날카로운 칼과 같다"고 장간(蔣幹)의 재능을 칭찬한다. 장간은 자신이 조조의 세객이 아니라고 부정한다. 그러나 장간은 주유의 반간계에 걸려 조조 측의 수군대장인 채모를 죽게 만든다.

또 두 번째 방문에서는 방통을 우연히 만나(사실은 주유가 미리 준비한 계략이지만) 방통을 데리고 돌아가 조조에게 소개한다. 방통은 조조에게 연환계를 건의한다. (觥籌交錯 참고)

九錫 45)

(구석) 국가에 아주 큰 공적을 쌓은 원로 대신의 공덕을 표창하기 위해 내리는 9가지 물건.

조조의 위세가 한창 성하면서 장사(長史) 벼슬의 동소(董昭)가 건의하기를 조조는 "30여 년간 바람으로 머리를 빗고 비로 목욕하면서(櫛風沐雨 三十餘年) (즉 오랜 기간 야전 전투를 겪으면서) 흉악한 무리들을 소탕하고 백성들에게 해악을 끼치는 자들을 제거하여 한 왕실을 안정케 하였다"면서 위공(魏公)에

45) 錫(주석 석. 하사하다)

봉하고 구석(九錫)을 하사하여 그 공덕을 표창해야 한다고 건의한다.

구석이란 거마,(車馬; 말 여덟 필이 끄는 큰 수레 2종류) 의복,(衣服; 王者의 옷과 신발) 악현,(樂縣; 王者之樂) 주호,(朱戶; 붉은 칠을 한 집) 납승,(納陛; 거처에 계단 설치를 허용함) 호분,(虎賁; 수문군사 300명을 배치함) 궁시,(弓矢; 붉은 색과 검은 색의 활과 화살) 거창규찬(秬鬯圭瓚; 각종 제기) 등을 말한다.

구석을 받았다면 신하로서는 최고의 영광이며 이보다 더 나은 대우가 없었다. 조조에게 구석을 내려야 한다는 건의에 대하여 조조의 문신 참모 순욱(荀彧)이 반대하였다. 이에 조조는 순욱에게 화를 냈고, 뒷날 아무 것도 담기지 않은 그릇을 순욱에게 보낸다. 순욱은 조조의 뜻을 간파하고 약을 마시고 자결한다.

九五之分

(구오지분) 황제의 자리.

주역(周易) 64괘의 첫 번째 괘는 건괘(乾卦)이다. 이 건괘의 다섯 번째 효(爻)의 이름이 구오(九五)인데 천자(天子)의 자리를 의미한다.(九五 飛龍在天 利見大人)

동탁이 헌제를 위협하여 낙양을 버리고 장안으로 수도를 옮겨 갈 때, 낙양에 제일 먼저 입성하고 화재를 진압한 손견은 소제(少帝) 재위 중 십상시 난 당시에 잃어 버렸던 옥새를 헌 우물에서 찾아내 손에 넣는다. (受命于天 참조)

이에 손견의 참모 정보(程普)는 옥새의 내력을 설명한 뒤, 손견에게 말한다.

"지금 하늘이 옥새를 주공(主公; 손견을 지칭함)에게 주셨으니 이는 반드시 황제로 등극한다는 뜻입니다. 이곳에 오래 머물 수 없으니, 빨리 강동으로 돌아가, 별도의 큰 일을 도모하심이 마땅할 것입니다."

손견은 다음 날, 병을 핑계로 자신의 군사를 철수시킨다.

또 다른 이야기로 동탁이 죽기 전, 한 황제의 자리를 양보받으러 장안성에 도착한 동탁에게 여포가 축하의 인사말을 올리자 동탁이 여포에게 말한다.

"내가 만약 황제의 자리에 오르면 너는 천하의 병마권을 갖게 될 것이다.(吾登九五 汝當總督天下兵馬)"

鳩奪鵲巢 46)

(구탈작소) 비둘기가 까치집을 빼앗다. 남의 지위를 빼앗아

46) 鳩(비둘기 구) 奪(빼앗을 탈) 鵲(까치 작) 巢(둥지 소)

차지하다. 비둘기는 자기 집을 짓지 않고 까치집을 가로채어 산다는 데서 나온 말.(鳩占鵲巢)

조조에게 쫓긴 원소의 두 아들 원희와 원상은 요동태수(遼東太守) 공손강(公孫康)을 찾아가 의지하려 한다. 공손강은 이 두 사람을 어떻게 처리해야 좋을 지 의논한다. 이에 공손공이란 사람이 말한다.

"원소가 살아있을 적에, 그는 늘 우리 요동을 삼키려는 뜻을 가지고 있었습니다. 지금 원희와 원상이 군사를 모두 잃고 의지할 곳이 없어 우리에게 의지하려고 하는데 이는 비둘기가 까치집을 뺏으려는 뜻입니다.(鳩奪鵲巢之意) 만약 그들을 받아들이면 뒷날 반드시 일이 벌어질 것이니 지금 죽여버리는 것이 좋을 것입니다."

이에 공손강은 조조가 요동 정벌군을 일으키면 원희 원상을 살려두어 같이 싸우지만 조조의 군사가 오지 않는다면 그들을 죽여 조조에게 바치기로 마음먹는다. 뒷날 원희와 원상은 공손강에게 살해된다.

久閑生病 47)

(구한생병) 오랫동안 할 일이 없으면 병이 생긴다.

---

47) 久(오랠 구) 閑(한가로울 한) 病(아플 병)

관우는 원소 진영의 안량과 문추 두 대장을 죽이는 큰공을 세운 뒤, 조조를 따라 허도(許都)로 개선한다. 황건적의 잔당이 여남(汝南)에서 창궐한다는 소식이 있자, 관우는 조조에게 출전을 자원한다.

조조가 출전을 만류하지만 관우는 "오랫동안 할 일이 없으면 틀림없이 병이 생기니 꼭 출전하고 싶습니다(久閑必生疾病願再一行)"라고 말한다.

이에 조조는 관우에게 5만 병력을 주어 여남 지역을 치게 한다. 이 출전에서 관우는 유비가 하북의 원소에게 의탁하고 있다는 소식을 듣는다.

驅虎呑狼 48)

(구호탄랑) 호랑이를 내몰아 이리를 잡아먹게 하다.

유비, 여포, 원술 등의 세력을 약화시키려는 조조는 순욱의 건의에 의거 남양태수 원술에게 사람을 보내어 서주(徐州)의 유비가 원술을 공략하려 한다고 알린다. 동시에 유비에게는 원술을 토벌하라는 조서를 보낸다. 이에 원술의 십만 대군과 유비의 3만 군이 전투를 벌린다. 이것이 호랑이를 내몰아 이리를 잡아먹게 하는 계략이라 할 수 있다.(驅虎呑狼之計)

---

48) 驅(몰 구) 虎(범 호) 呑(삼킬 탄) 狼(이리 랑)

동시에 조조는 여포가 다른 마음을 품고 변고를 일으키기를 기다린다. 장비의 실수로 유비는 서주를 여포에게 빼앗기니 결과적으로 조조의 계략은 성공한 셈이다.

君有諍臣 49)

(군유쟁신) 임금에게는 바른 말로 잘못을 지적하는 신하가 있어야 한다.

유비를 익주에 불러들이는 것을 반대하던 이회라는 사람이 유장에게 한 말.

"임금에게는 잘못을 충심으로 말릴 수 있는 신하가 있어야 하고 아버지에게는 잘못을 지적하는 아들이 있어야 합니다. (君有諍臣 父有諍子)" (迎虎於門 참고)

軍中無戱言 50)

(군중무희언) 군사 진중에 장난으로 하는 말은 없다.

주유는 제갈량의 지모에 여러 번 압도당하고 그 때마다 제

---

49) 諍(간할 쟁, 바른 말을 하다) 臣(신하 신)
50) 戱(희롱할 희)

갈량을 죽일 계산을 한다. 주유는 공명을 불러 수전(水戰)에서 가장 긴요한 화살이 필요하다며 화살 10만개를 만들어 달라고 요청한다.

"화살 10만개를 언제까지 마련해야 합니까?"

"10일 내에 다 마련하실 수 있습니까?"

"조조 군사가 언제 들이 닥칠지 모르는데 만약 열흘을 기다려야 한다면 큰일을 그르칠 수도 있습니다."

"그렇다면 선생께서는 며칠이면 되겠습니까?"

"3일 정도면 화살 10만 개를 바칠 수 있겠습니다."

"군중에 농담이 있을 수 없습니다.(軍中無戲言)"

"어찌 감히 도독에게 농담을 하겠습니까?(怎敢戲都督) 군령장을 바치고 3일내 완비하지 못하면 중벌을 감수하겠습니다.(願納軍令狀 三日不辦 甘當重罰)"

주유는 제갈량이 스스로 죽을 짓을 한다며 좋아했고 제갈량은 3일 뒤 군사 5백 명을 빌려주면 화살을 갖다 바치겠다고 약속한다. 제갈량이 양자강의 짙은 안개를 이용해 조조군으로부터 화살 10만개를 공짜로 뺏은 유명한 사건의 시작이라 할 수 있다. (神機妙算, 兩脇生翅 참고)

君擇臣 臣亦擇君 51)

(군택신 신역택군) 군주가 신하를 고를 뿐만 아니라 신하 또

한 섬길 군주를 선택한다.

손책(孫策)이 죽고 손권(孫權)이 계승한 뒤, 주유(周瑜)는 노숙(魯肅)을 천거한다. 주유는 손권의 명을 받아 노숙을 만나 출사를 권유한다. 당시 노숙은 유자양이란 사람과 함께 정실(鄭實)이란 사람에게 갈 예정이었다. 이에 주유가 말한다.

“그 옛날 마원(馬援)이 후한을 세운 광무제(光武帝)에게 이런 말을 했습니다. ‘지금은 군주가 신하를 골라 등용할 뿐만 아니라 신하 또한 섬길 군주를 선택하는 세상입니다.(當今之世 非但君擇臣 臣亦擇君)’ 지금 우리의 손(孫)장군이 현사(賢士)들을 가까이 예를 다해 모시며 특이한 능력을 가진 사람들을 받아들이시니 이런 분은 세상에 다시 만나기 어렵습니다.(今吾孫將軍 親賢禮士納奇錄異世所罕有) 그러니 족하(足下)께서는 다른 계획을 생각하지 말고 오직 나와 같이 동쪽으로 오(吳)를 찾아갑시다.”

노숙은 주유를 따라 손권을 섬긴다.

掘坑待虎 52)

(굴갱대호) 함정을 파 놓고 호랑이를 기다리다.

---

51) 擇(고를 택) 臣(신하 신) 亦(또한 역)
52) 掘(파낼 굴) 坑(구덩이 갱) 待(기다릴 대) 虎(범 호)

조조는 원술의 수춘성(壽春城)을 함락시킨 뒤, 서주의 여포와 유비를 화해하게 하고, 형제의 의를 맺게 한 뒤, 유비를 소패에 주둔케 한다. 허도(許都)로 떠나기 전 조조가 은밀히 유비를 불러 당부한다.

"공을 소패에 주둔케 한 것은 함정을 파고 호랑이를 기다리는 계략(掘坑待虎之計)이니 공은 진규(陳珪; 여포의 모사. 이미 조조와 내통하고 있었음) 부자와 상의하되 실수가 없기를 바랍니다. 물론 나도 밖에서 공을 도와줄 것입니다."

屈己待人 53)

(굴기대인) 자신의 몸을 굽혀 손님을 대접하다. 현인을 초빙하는 윗사람의 몸가짐.

손견이 죽자 장남 손책(孫策; 당시 17세)이 계위한다. 손책이 현인 명사들을 초빙하며 자신을 굽혀 손님을 환대하니(招賢納士 屈己待人) 강동 땅 사방의 호걸들이 손책에게 모여들었다.

53) 屈(굽힐 굴) 待(기다릴 대) 招(부를 초) 納(들일 납)

屈身守分 54)

(굴신수분) 몸을 굽혀 분수를 지키다. 자신을 낮추고 큰 뜻을 감추다.

유비의 서주를 빼앗은 여포는 원술의 꾐에 의해 유비를 공격했지만 원술이 신의를 지키지 않자 현덕을 불러들여 자기의 우익(羽翼)으로 만들려고 소패에 머물게 하면서 유비의 가족을 돌려보낸다. 이제 여포와 유비는 이전과 완전히 뒤바뀐 처지가 되었고 관우와 장비는 불만이 많았다. 이에 유비가 말한다.

"나의 몸을 굽혀 분수를 지키면서 천시를 기다릴 뿐, 다른 사람과 목숨을 걸고 다툴 수 없다.(屈身守分 以待天時 不可與命爭也)"

이후 유비와 여포는 한때 서로 원만한 관계를 유지한다.

窮寇莫追 55)

(궁구막추) 궁지에 몰린 적을 추격하지 말라.

마속의 실책으로 제갈량은 전진과 후퇴의 요충지라 할 수

---

54) 屈(굽을 굴) 守分(분수를 지키다.)
55) 窮(다할 궁) 寇(떼도둑 구) 莫(말 막, 금지) 追(쫓을 추)

있는 가정(街亭)과 열류성(列柳城)을 잃는다. 제갈량에게는 철수 작전이 다급했고, 사마의는 자신의 승리를 더 화려하게 장식할만한 마무리 공격작전을 전개한다.

사마의는 부장 장합에게 서성현(西城縣)을 경유하여 제갈량 군대를 추격하되 "병법에도 철수하는 군사를 막지 말고 궁지에 몰린 적을 쫓지 말라 하였다.(兵法云 歸師勿掩 窮寇莫追)"며 제갈량의 계략을 조심하라고 말한다.

동시에 사마의는 제갈량의 귀로를 차단하며 보급품을 노획하려는 작전으로 서성현을 공격한다. 그러나 이미 주력부대를 철수시킨 공명은 서성현에 겨우 2500명의 군사와 약간의 문관들을 거느리고 있었다.

사마의가 거느린 군사가 서성현에 다가오자 제갈량은 성문을 활짝 열어놓고 자신은 누각에서 거문고를 뜯는 여유를 보인다. 사마의는 제갈량이 '평소 근신하고 위험한 일을 벌이지 않는 사람(平生謹愼 不曾弄險)'이니 틀림없이 계략이 있을 것이라며 스스로 퇴각한다. 이에 제갈량은 무사히 철수작전을 완료한다.

공명이 철수한 뒤, 그 때 공성현의 공명에게는 장수 한 사람도 남아 있지 않았다는 사실을 뒤늦게 알게된 사마의는 "나는 공명만 못하다(吾不如孔明也)"며 하늘을 보며 탄식한다.

錦囊三計 56)

(금낭삼계) 비단 주머니 안에 든 3가지 계략. 훌륭한 계략. 위급을 타개할 수 있는 묘책.(錦囊妙計)

유비의 감부인이 죽은 뒤, 유비와 손권 누이의 정략 결혼은 서로 다른 목적을 가지고 진행된다. 이 혼담이 유비를 불러 죽이려하는 주유의 의도라는 사실을 알면서도 제갈량은 유비의 혼사를 추진한다.

유비가 오의 남서(南徐)에 가서 손권을 만난 때는 건안 14년(서기 209년) 겨울 11월이었다. 유비는 조자룡을 데리고 가지만 마치 호랑이 굴에 들어가는 격이었다. 제갈량은 떠나는 조자룡에게 비단 주머니 3개를 주면서(錦囊三計) 차례로 풀어보며 계략대로 행하라 일러준다.

조자룡은 남서에 도착한 뒤 제갈량의 지시대로 금낭을 풀어 실천했고 유비는 손권의 여동생을 아내로 맞이한 뒤, 무사히 귀환한다.

---

56) 錦(비단 금) 囊(주머니 낭)

金波玉液 57)

(금파옥액) 아주 훌륭한 술.

신야(新野)의 조그만 성에 안착한 유비는 군사(軍師) 서서(徐庶)를 보내지 않을 수 없었다. 이 마지막 이별의 술자리에서 서서가 말한다.

"지금 노모가 조조에게 갇혀 있다는 소식을 들었으니, 비록 황금과 옥같이 비싼 좋은 술이라도 목에 넘길 수가 없습니다.(雖金波玉液 不能下咽矣)"

이에 유비도 감회를 말한다.

"나는 공이 떠나야 한다는 말을 듣고 마치 좌우 양팔을 잃는 것 같아, 비록 용의 간이나 봉황의 골수 같은 진기한 안주라도 맛을 모르겠습니다.(雖龍肝鳳髓 亦不甘味)"

두 사람은 마주 앉아 울면서 밤을 새웠다.

欺君罔上 58)

(기군망상) 신하가 주군을 기만하고 윗사람을 속이다.

---

57) 波(물결 파) 液(즙 액; 액체) 肝(간 간) 髓(골수 수)
58) 欺(속일 기) 罔(속일 망)

건안 5년(서기 200년) 의원인 길평(吉平)은 조조에게 독약을 먹여 죽이려다가 발각되어 고문을 받는다. 조조가 공모자를 말하면 너는 살려주겠다고 할 때, 길평은 굽히지 않고 소리친다.

"너는 주군을 기만하고 윗사람을 속이는 도적이다. 천하 모두가 너를 죽이고자 하나니 어찌 나 하나 뿐이겠는가?(汝乃欺君罔上之賊 天下皆欲殺汝 豈獨我乎) 내 스스로 너를 죽이려 했지 어찌 다른 사람이 나를 시켜 한 일이겠는가?"

조조가 죽기 전, 두통으로 고생하면서도 화타를 믿지 못하여 죽인 것도, 이런 듯 길평이 자신을 암살하려 했던 일이 있었기 때문이라고 볼 수도 있다.

棄大就小 59)

(기대취소) 큰 것을 버리고 작은 것을 취하다.

서주자사 도겸(徐州刺史 陶謙)은 죽으면서 유비에게 서주를 부탁한다. 유비는 서주의 행정과 병마권을 장악한다. 조조가 서주를 공격하려 하자 조조의 참모 순욱(荀彧)이 연주(兗州)를 지키는 일과 서주를 공격 탈취하는 일을 비교 설명한다.

"주공께서 연주를 버리고 서주를 차지하려 하는 것은 큰 것

59) 棄(버릴 기) 就(나아갈 취) 易(바꿀 역) 危(위태로울 위)

을 버리고 작은 것을 취함이며,(棄大而就小) 근본을 없애고 끝가지를 구하려는 것이며(去本而求末) 안전을 위태로운 것으로 바꾸는 것이오니(以安易危也) 심사숙고하시기 바랍니다."

이에 조조는 서주를 버려 두고 황건 잔당이 아직도 날뛰고 있는 진(陳)을 차지하고 군사력을 키운다.

旣生瑜 何生亮 60)

(기생유 하생량) 주유(周瑜)를 출생케 했다면 왜 제갈량(諸葛亮)도 출생케 했습니까?

오의 대도독 주유가 5만 병력을 거느리고 서천(西川; 촉)을 정벌하러 간다는 핑계로 형주에 들어왔지만, 제갈량은 주유의 의도를 간파하고 만반의 대비를 갖춘다. (假途滅虢之計 참고)

형주에 들어온 주유는 촉의 관우 장비 황충 위연등이 공격해 온다는 보고에 놀라 낙마한 뒤, 그대로 병석에 눕는다. 나중에, 제갈량은 파구(巴丘)에 주둔한 주유에게 서신을 보내 "비록 오기(吳起)나 손무(孫武)일지라도 서천을 정벌할 수 없으며 지금이라도 조조가 적벽대전의 한을 씻고자 남하한다면 어찌하겠느냐"고 충고한다.

제갈량의 글을 읽은 주유는 한숨을 지으며 손권에게 자신의

---

60) 旣(이미 기) 瑜(아름다운 옥 유) 亮(밝을 량)

후임으로 노숙을 천거하는 글을 써 보낸 다음, 여러 장수들을 불러 놓고 말한다.

"나는 끝까지 진충보국(盡忠報國)하려 했으나 이미 나의 천명은 끝났다. 너희들은 오후(吳侯; 손권)를 잘 섬겨 대업을 이루도록 하라."

그리고 잠시 기절했다가 다시 깨어나 하늘을 우러러보며 길게 탄식한다.

"주유를 출생케 했다면 왜 제갈량도 출생케 했습니까?(旣生瑜 何生亮)"

말을 마치고 그대로 죽으니 그의 나이 서른 여섯이었다. 이 소식을 들은 제갈량은 시상(柴桑)에 가서 주유의 영전에 조문하였다.

緊行無好步 61)

(긴행무호보) 서두는 길에 좋은 걸음 없다.

우금(于禁)과 방덕(龐德)은 번성에서 관우와 대치한다. 용감한 방덕은 관우와 싸워 무승부를 기록한다. 다음 날, 방덕이 쏜 화살이 관우의 팔에 명중한다. 우금은 방덕이 큰공을 세울까 시기하여 급히 징을 쳐서 불러들인다. 방덕이 무슨 일이냐

61) 緊(굳게 얽을 긴) 步(걸음 보)

고 묻자 우금이 말한다.

"서두는 길에 좋은 걸음 없다하니 천천히 일을 꾸며야 합니다.(緊行無好步 當緩圖之)"

나중에 우금은 관우에게 생포되어 목숨을 구걸하고 방덕은 끝까지 항거하다가 죽는다. (勇將不怯死 참고)

亂世之奸雄 62)

(난세지간웅) 어지러운 시대의 간사한 영웅.

조조(曹操; 字 孟德)는 본래 하후씨(夏侯氏)였으나 조조의 아버지 숭(嵩)이 중상시 조등(曹騰)의 양자가 되었기에 조씨 성을 받게 된다. 조조는 어려서부터 사냥과 가무를 좋아했고 보통 키에 실눈을 갖고 있었다. 20세에 효렴(孝廉)으로 천거되어 관직에 들어섰고 황건 도당을 격파하려 군사를 일으켰을 때, 그는 기도위(騎都尉)란 관직에 있었다.

조조는 젊어서부터 권모술수에 능했다. 남양의 하옹(何顒)이란 사람은 조조를 보고서 "한(漢)이 망한 뒤 천하를 안정시킬 사람"이라고 말했다.

여남의 허소(許劭)는 사람을 잘 본다고 이름났었다. 조조가

62) 亂(어지러울 란) 奸(간사할 간)

허소를 찾아 가 자신의 앞날을 물었다. 이에 허소는 "치세에는 유능한 신하요, 난세에는 간사한 영웅(治世之能臣 亂世之奸雄)"이라고 말했다.

이 말을 들은 조조는 크게 기뻐했다. 조조는 대체로 "간악한 조조(曹操奸敵)" 또는 "인의를 가장한 염치없는 사람(假仁義無廉恥之人)"이라는 비난을 자주 들었다.

難遇之機 63)

(난우지기) 만나기 어려운 좋은 기회. 다시없는 좋은 기회.

50만 대군으로 남하한 조조는 유비가 도망간 번성(樊城)에 입성한 뒤, 이미 투항 의사를 밝힌 형주의 유종(劉琮)을 부른다. 14세의 유종은 겁이 나서 조조의 진영으로 출발하지 못하자, 채모와 장윤은 출발을 재촉한다. 이때 왕위(王威)가 비밀리에 유종에게 말한다.

"장군께서 이미 항복했고 현덕 또한 도주했으니 조조는 해이한 생각으로 아무 방비가 없을 것입니다. 그러니 장군께서는 복병을 편성하여 험한 곳에 매복시켰다가 조조를 공격하면 조조를 사로잡을 수 있을 것입니다. 조조만 잡는다면 장군의 명성은 천하에 떨칠 것이고 중원이 비록 넓다 하지만 격문을 뿌

---

63) 難(어려울 난) 遇(만날 우) 機(기회 기)

려 안정시킬 수 있습니다. 이는 참으로 만나기 어려운 다시없는 좋은 기회로 놓쳐서는 안됩니다.(此難遇之機 不可失也)"

그러나 유종은 이 계책을 실행하지 못했고 나중에는 조조가 보낸 하수인의 손에 죽는다.

南面稱孤 64)

(남면칭고) 남쪽을 향해 앉아 (자신을) 고(孤)라 칭한다. 왕노릇 한다는 뜻. 왕은 언제나 남쪽을 보고 앉으며 왕 자신을 지칭할 때 언제나 고(孤)라고 말한다.

자칭 100 만 대군을 거느리고 유비와 형주를 정벌중인 조조는 손권에게 사신을 보내어 함께 동맹을 맺어 유비를 토벌하고, 형주를 나누어 갖자는 제의를 한다.

이런 제의에 대하여 장소(張昭) 등 대부분의 참모들은 조조에게 항복하여 자리와 영토를 보존해야 한다고 손권에게 강력하게 주장한다. 그러나 유비를 만나고 제갈공명을 데리고 돌아온 노숙(魯肅)은 유비와 연결하여 조조에게 대항할 것을 주장한다.

"만약 이 노숙이 조조에게 항복하면 지방관으로 임명되기에 적어도 한 고을이라도 차지할 수 있습니다. 그러나 장군께서

64) 面(향할 면) 稱(일컬을 칭) 孤(나 고. 王侯之謙稱)

조조에 항복한다면 어디에 가서 안주하시겠습니까?(將軍降操欲安所歸乎) 장군의 지위는 봉후(封侯)에 불과하여 탈 수 있는 수레 하나, 그리고 한 필의 말을 타고 몇 사람의 시종을 거느릴 뿐(位不過封侯 車不過一乘 騎不過一匹 從不過數人) 어찌 남면하여 고(孤)라 칭할 수 있겠습니까?(豈得南面稱孤哉) 뭇 사람들의 뜻은 각자 자신만을 위하는 것이니 (그런 건의를) 받아들여서는 안됩니다.(衆人之意 各自爲己 不可聽也)"

손권은 노숙의 말에 완전동의하며 조조와 싸울 뜻을 굳힌다.

南船北馬 65)

(남선북마) 남쪽 사람들은 배를 잘 몰고, 북쪽 사람들은 말을 잘 탄다.(南人駕船 北人乘馬) 남북의 풍물이 크게 다름을 강조할 때 자주 인용함.

중국 북부와 남부의 가장 보편적인 교통 수단은 말과 배인바, 특히 양자강 유역 사람들은 배를 이용하는 재능이 우수하다. 유비와 손권의 여동생의 정략 결혼이 성립된 감로사(甘露寺)에서 손권과 유비는 천하제일강산(天下第一江山)의 경치를 감상한다. 그 때, 강한 바람이 불고 험한 파도가 치는 강물 위

65) 船(배 선)

를 마치 평지를 달리 듯, 나아가는 일엽편주(一葉片舟)를 보고 유비가 감탄한다.

"남쪽 사람들은 배를 잘 부리고, 북쪽 사람들은 말을 잘 탄다더니 정말 그러하구나!(南人駕船 北人乘馬 信有之也)"

이 말을 들은 손권은 유비의 이야기를 자신이 승마에 서툴 것이라는 뜻으로 해석한다. 손권은 즉시 말을 달려 산에 오르고 유비 또한 말을 달려 손권을 따른다.

狼心狗行 66)

(낭심구행) 이리의 심보와 개 같은 행동. 심사가 고약하고 언행이 나쁨.

발해태수 원소(袁紹)는 한복(韓馥)의 기주(冀州)를 차지한 뒤, 기주를 함께 공격하면 땅을 나눠주겠다는 공손찬과의 이전 약속을 져버리며 오히려 공손찬의 동생을 죽인다. 이에 공손찬이 거병하여 경하(磬河)라는 곳에서 원소와 대결하게 된다. 이때 원소가 공손찬에게 소리지른다.

"한복이 무능하여 나에게 기주를 넘겨주었는데 네가 무슨 상관인가?"

---

66) 狼(이리 낭{랑}) 狗(개 구)

이에 공손찬도 원소를 욕한다.

"그전에 나는 네가 충의로운 사람인 줄 알고 동탁을 토벌하는 의병의 맹주로 내세웠었다. 그러나 지금 네가 하는 짓을 보면 그야말로 이리의 심보에 개 같은 행동을 일삼는 무리로다. (今之所爲 眞狼心狗行之徒) 어찌 뻔뻔스레 낯을 들고 다니는가?" (嬰兒在股掌 참고)

駑馬並麒麟 67)

(노마병기린) 둔한 말과 기린과 나란히 서다. 절대로 같이 비교할 수 없는 상대.

서서(徐庶)가 자신과 제갈량의 능력을 비교한 말. 서서는 제갈량을 기린과 같은 최고의 인물로 그리고 자신은 걸음이 느린 노마(駑馬)라 비유했다. (漢得張良 참고)

『순자(荀子)』 권학편(勸學篇)에 '노마십가 공재불사(駑馬十駕 功在不舍)'란 말이 있다. 준마가 하루에 갈 수 있는 거리를 노마도 열흘이면 갈 수 있는데 이는 노마가 쉬지 않기 때문이라는 뜻이다. 이는 재능이 좀 부족한 사람이라도 끈기를 가지고 노력을 계속하면 재주가 뛰어난 사람과 어깨를 견줄 수 있다는 격려의 뜻이 담겨진 말이다.

---

67) 駑(둔할 노) 並(나란할 병) 麒(기린 기) 麟(기린 린{인})

또 작은 정성, 작은 노력이 있어야만 큰 일을 이룰 수 있다는 뜻으로 "작은 시냇물이 합쳐지지 않는다면 강과 바다를 이룰 수 없다(不積小流 不成江海)"란 말도 있다.

路不拾遺 68)

(노불습유) 길에 떨어진 물건을 줍지 않는다. 선정으로 치안이 양호한 모습. 백성들이 모두 풍족하여 길에 떨어진 물건들을 주워 갖지 않는다는 태평성대의 모습.

유비가 죽은 뒤, 제갈량은 촉한(蜀漢, 수도 成都)의 승상으로 모든 국사를 친히 챙겼다. 나라는 태평하고 해마다 풍년이 들어 노인과 아이들은 배를 두드리며 노래하고(鼓腹謳歌) 밤에도 문을 닫지 아니하고 길에 떨어진 물건을 주워 갖는 사람이 없었다.(夜不閉戶 路不拾遺)

나라에서 세금을 거두거나 노역을 시키면 백성들이 서로 다투어 먼저 납부하고 나서니 나라 창고에 재물이 가득했다.

이런 국력을 바탕으로 제갈량은 건흥 3년(서기 225년)에 50만 대군으로 남만(南蠻) 맹획(孟獲)을 토벌한다.

68) 路(길 노) 拾(주울 습) 遺(끼칠 유, 잃다)

老生常談 69)

(노생상담) 늙은 서생(書生)이 늘 하는 평범한 이야기. 흔히 들을 수 있는 상투적인 이야기.(老生常譚)

위 폐제 조방(廢帝 曹芳) 아래서 군권을 장악한 이는 조상(曹爽)이었다. 조상의 식객인 하안(何晏)은 청담(淸談)으로 이름이 있었다. (智囊 참고) 그가 당시 주역에 밝다고 소문난 관로(管輅)에게 자신이 '삼공(三公)의 지위에 오를 수 있는지 점을 쳐보라'며 "수많은 파리 떼가 자기 코에 모여드는 꿈을 꾸었는데 그 꿈이 무슨 뜻이냐"고 묻는다.

이에 관로는 "주공(周公)이 주 무왕(周 武王)을 보필한 것은 온화, 은혜, 겸손, 공경의 덕행을 쌓았기 대문에 가능했다며 지금 당신은 은혜를 베풀지도 않고 권력을 휘둘러 사람에게 위엄만을 내보이고 있다며, 이는 복을 구하는 길이 아니라"고 설명하였다.

그리고 "코는 산에 비유될 수 있고, 산이 높아도 위태롭지 않은 것은 부귀를 오래 누린다는 뜻이다. 그러나 거기에 악취가 있어 파리 떼가 모여드는 것이니 높은 산이 무너질까 두렵지 않느냐" 하면서 "욕심을 부리지 말고 예에 어긋나는 일을 하지 않아야 삼공의 지위에 오를 수 있다"고 하였다.

---

69) 常(항상 상) 譚(이야기 담)

그러나 하안은 이 말을 "늙은 서생이 늘 하는 이야기(老生常談)"라며 웃어 버린다.

碌碌小人 70)

(녹록소인) 평범하고 보잘 것 없는 소인.

조조는 허도에 머물고 있는 유비를 불러 술을 마시며 천하의 영웅에 대한 이야기를 나누었다. 그때, 유비는 "회남의 원술,(袁術) 하북 기주의 원소,(袁紹) 형주의 유표,(劉表) 강동의 손책,(孫策) 익주의 유장(劉璋) 등을 영웅이라 생각한다"고 말한다.

그러나 조조는 "원술은 총중고골(塚中枯骨; 무덤 속의 마른 뼈)이고 원소는 호모무단(好謀無斷; 모사를 잘하나 결단력이 없음)하며 유표는 허명무실(虛名無實; 헛 명성 뿐 알맹이 없음)하며 손책은 자부지명(藉父之名 ; 아버지 이름 덕분에 세력을 유지함)하고, 유장은 수호지견(守戶之犬; 집이나 지키는 강아지)이며 그밖에 장수(張繡), 장로(張魯)등은 모두 평범한 녹록소인이니 어찌 입에 올리겠느냐(碌碌小人 何足掛齒)"라고 평가하였다.

이어 조조는 영웅이라면 적어도 "가슴에 큰 뜻을 품고 뛰어

---

70) 碌(돌이 많은 모양 녹)

난 지모를 가진 배짱이 있어야 한다.(胸懷大志 腹有良謀)"며 진정한 영웅은 유비와 자신 둘 뿐이라고 결론을 내리고 있다.

弄假成眞 71)

(농가성진) 장난삼아 한 일이 사실이 되다. 농담이 진담이 되다.

손권의 누이를 유비와 결혼을 핑계삼아 주유는 유비를 불러들여 죽이려 했지만 유비의 결혼은 주유의 의도와는 반대로 이루어진다. 손권은 시상(柴桑)에 주둔하고 있는 주유에게 이 사실을 전한다.

"모친께서 강력히 주장하여 내 누이를 유비에게 출가시켰으니 장난삼아 한 일이 정말이 될 줄은 생각하지 못했소.(我母親力主 已將吾妹嫁劉備 不想弄假成眞) 이 일을 다시 어찌하면 되겠는가?(此事復如何)"

이에 주유는 기왕 농가성진이 되었으니 유비가 형주로 돌아갈 생각을 못하도록 호화 생활을 마련해 주라는 뜻을 편지로 알려온다. (池中物 참고)

---

71) 弄(희롱할 롱) 假(거짓 가) 眞(참 진)

籠中鳥 網中魚 72)

(농중조 망중어) 조롱 속에 갇힌 새, 그물에 걸린 물고기. 꼼짝 못하게 갇힌 신세.

허도에 머물고 있는 유비는 기주의 원소가 공손찬을 격파했으며 세력이 약해진 회남(淮南)의 원술은 원소에게 제호(帝號)를 올리며 형제가 협력한다는 소식을 듣는다.

이에 유비는 원술을 정벌하겠다는 이유를 대고 조조로부터 5만 병력을 정식으로 얻어 서주(徐州)로 출정한다. 유비가 하도 서둘러 급히 출정하는 것에 대하여 관우가 그 뜻을 묻자 유비가 대답한다.

"사실 나는 새장 안의 새나 그물에 걸린 물고기와 같은 신세였다.(吾乃籠中鳥網中魚) 이번 출정이 나에게는 고기가 큰 바다에 들어가고, 새가 창공에 날아 오른 것과 같아(魚入大海鳥上靑霄) 이제 조롱이나 그물의 속박을 받지 않을 것이다.(不受籠網之羈絆)"

한편 유비의 출정 사실을 알게 된 조조의 부장 정욱(程昱)은 조조에게 달려가 말한다.

"전에 유비가 예주자사(豫州刺史)가 되었을 적에 저희들이 죽여야 한다고 건의했었는데 승상께선 허락하지 않으셨습니다.

---

72) 籠(대그릇 농) 鳥(새 조) 網(그물 망) 魚(고기 어)

오늘 유비에게 군사까지 주었으니 이는 용을 풀어 바다에 들어가게 하고 호랑이를 놓아주어 산으로 되돌아가게 한 것입니다.(放龍入海 縱虎歸山) 뒷날 그들을 통제하고자 한들 가능하겠습니까?"

또 곽가란 사람도 조조에게 유비를 죽여야 한다고 말한다.

"유비를 죽이지는 않더라도 풀어주어서는 안 됩니다. 옛 사람도 적을 한 번 풀어주면 만대의 걱정거리(一日縱敵 萬世之患)라 하였습니다."

조조는 그때서야 자신의 실수를 인정하고 유비를 데려오라고 허저를 급히 출동시킨다. 유비는 허저의 만류를 뿌리치고 서주에 안착한다.

腦後反骨 73)

(뇌후반골) 머리 뒤쪽에 보이는 (사람을) 배반할 골상(骨相).

황충(黃忠)은 장사태수 한현(長沙太守 韓玄)의 부장으로 60세 노장이었다. 적벽대전 이후 관우가 장사(長沙)를 칠 때, 황충의 목숨을 의리로 살려준다. 다음 전투에서 황충도 관우를 죽이지 않는다. 그러나 한현은 황충이 적과 내통하였다며 황충을 참수형에 처하려는 순간, 위연(魏延)이 황충을 구해낸다. 위연은 한

73) 腦(뇌 뇌, 머리) 反(되돌릴 반. 배반할 반) 骨(뼈 골)

현을 죽이고 운장에게 항복한다. (黃忠戰死 참고)

이어 유비와 공명이 장사에 입성하고 관우는 위연의 공적을 아뢴다. 그러나 공명은 위연을 참수하라고 명령한다. 유비가 놀라 그 이유를 묻자 공명이 말한다.

"녹을 먹고서도 자신의 상관을 죽였으니 이는 불충이며(食其祿而殺其主 是不忠也) 그 땅에 살면서 땅을 들어 헌납하니 이는 불의입니다.(居其土而獻其地 是不義也) 제가 보기에 위연의 머리 뒤쪽에 반골이 있으니(吾觀魏延腦後有反骨) 뒷날 틀림없이 배반할 것이기에 미리 참수하여 화근을 끊으려 합니다.(久後必反 故斬之而絶禍根)"

그러나 유비는 민심을 얻기 위한 방편으로 살려야 한다고 말했고 이에 공명은 위연을 불러 "주군에게 충성하고 딴 마음을 품지 말라"고 엄중 경고한다.

뒷날 제갈량이 오장원에서 수명을 연장하는 치성을 드릴 때 본명등(本命燈)의 등불을 꺼트린 사람이 바로 위연이었고, 공명이 죽은 뒤 결국 촉(蜀)을 배반하였다. (誰敢殺我 참고)

累卵之危 74)

(누란지위) 계란을 쌓아 놓은 것처럼 위태로움.

---

74) 累(포갤 누) 卵(알 란{난}) 急(급할 급) 倒(거꾸로 도) 懸(매달 현) 危(위태할 위)

왕윤은 동탁을 제거하기 위해 자신이 딸처럼 여기면서 키운 가기(歌妓) 초선을 이용했다. 왕윤은 초선을 상좌에 앉히고 절을 올린 뒤 울면서 말한다.

"지금 백성들은 거꾸로 매달린 것처럼 위급하고 군신은 계란을 쌓아 놓은 것처럼 위태로우니(百姓有倒懸之急 君臣有累卵之危) 네가 아니면 이 위기를 구할 수가 없다."

螻蟻之力 75)

(누의지력) 땅강아지나 개미의 힘. 아주 미약한 힘.

건안 13년 겨울 11월 보름, 조조는 백만 대군을 거느리고 여러 부장들이 시립(侍立)한 가운데 양자강의 달빛을 즐기고 있었다. 달은 대낮처럼 밝고 장강(長江)은 흰 비단을 펼치어 놓은 듯 한데, 54세의 조조는 술잔을 높이 들고 자신의 감회를 술회하면서 강동의 주유와 노숙에 대해서는 천시(天時)를 모르는 사람이니 곧 나에게 잡힐 것이라고 했다. 이어 하구(夏口) 쪽을 보며 말했다.

"유비야, 제갈량아! 너희 자신의 땅강아지나 개미 같은 미약한 힘을 헤아리지 못하고 태산을 흔들려하니 어찌 어리석지 아니한가?(劉備諸葛亮 汝不料螻蟻之力 欲撼泰山 何其愚也)"

---

75) 螻(땅강아지 루{누}) 蟻(개미 의)

이어 조조는 강동을 평정하면 교공의 두 딸을 데려다가 노년을 함께 보낼 수 있다면서 크게 웃었다. (月明星稀 참고)

涙斬馬謖 76)

(누참마속) 눈물을 뿌리며 마속을 죽이다.

마속의 실책으로 요충지 가정과 열류성을 빼앗긴 공명은 한중(漢中)으로 철수한다. 공명은 군사를 점검하며 작전의 패인을 분석한다. 마속은 패전의 엄청난 결과를 잘 알기에 자신을 밧줄에 묶고 공명 앞에 꿇어 엎드렸다. 공명은 그만큼 당부했는데도, 또 왕평의 말을 듣지 않아 이 결과가 되었다며 마속을 질책했다.

"모든 것이 너의 허물이다. 만약 군율을 엄히 하지 않는다면 어찌 많은 사람을 통솔할 수 있겠느냐. (皆汝之過也 若不明正軍律 何以服衆) 네가 군법을 어긴 것이니 나를 원망하지 말라."

물론 공명은 마속의 처자식을 자기 자식처럼 보살펴 주겠다는 말도 한다.

마속의 처형에 대하여 장완(蔣琬)도 "이처럼 어려운 상황에서 지모지사(智謀之士)를 죽이는 것이 아깝지 않느냐"고 만류

---

76) 涙(눈물 누{루}) 斬(벨 참) 謖(일어날 속)

했지만 공명은 "옛날 손무가 천하를 제압할 수 있었던 것은 군법의 적용이 분명했기 때문이다(昔孫武所以能制勝於天下者用法明也)"며 눈물을 뿌린다.

이어 참수된 마속의 머리가 계단 아래 놓여지자 공명은 크게 통곡하며 말한다.

"나는 마속을 위해 통곡하지는 않는다.(吾非爲馬謖而哭) 전에 선제(유비)께서 백제성에서 임종하실 무렵, 나에게 '마속은 실질보다 말이 지나치니 중히 쓸 수 없다(馬謖言過其實 不可大用)'고 나에게 말씀하신 것이 생각나는데 지금 그 말씀이 그대로 적중하였다."

能戰當戰 77)

(능전당전) 싸울 수 있다면 싸워야 한다.

요동의 공손연(公孫淵)이 연왕(燕王)을 자처하며 위에 반기를 들자 사마의가 원정에 나선다. 그리하여 사마의는 양평(襄平)에서 공손연의 군사를 격파한다. 그러자 공손연은 사자를 보내 "일단 20리만 철수해주면 아들을 인질로 보내고 항복할 것"이라 말한다. 사마의는 이 제의를 단호히 거절한다.

"군사작전의 큰 요점 다섯이 있으니 싸울 수 있으면 당연히

77) 能(능할 능, 가능하다) 戰(싸울 전)

싸워야 하고,(能戰當戰) 싸울 수 없다면 방어하고,(不能戰當守) 지킬 수 없다면 도주하고,(不能守當走) 도주할 수도 없다면 당연히 항복해야 하며,(不能走當降) 항복할 수 없다면 마땅히 죽어야 하거늘,(不能降當死) 어찌 아들을 인질로 보낸다고 하는가?"

이 말을 전해들은 공손연은 아들과 함께 밤에 도주하다가 잡혀 죽음을 당한다.

膽如鷄卵 78)

(담여계란) 계란만큼 큰 쓸개. 대단한 담력.

강유가 공명의 여러 비법을 잘 터득했다지만(姜維深得孔明之法) 모든 여건은 공명 살았을 때보다 더 불리하였다. 우선 후주 유선(後主 劉禪)의 무능력은 공명이 살아 있다하더라도 도저히 어쩔 수 없을 정도였다. (此樂不思蜀 참고)

그리고 강유 자신도 큰 공을 세워야 한다는 강박 관념에 쫓기었다고 말할 수 있다. 공명은 여섯 번 기산에 출정했고, 강유는 여덟 번 위 정벌에 나섰지만(孔明六出祁山 姜維八次伐魏) 결정적 승리를 쟁취하지는 못했다.

강유는 후주의 의심과 환관 황호의 시기를 피해 둔전(屯田)

---

78) 膽(쓸개 담) 如(같을 여) 鷄(닭 계) 卵(알 란)

을 개간한다며 농서의 답중이란 곳에 주둔하고 있을 때 위장 종회와 등애의 공격을 받는다. 위 사마소의 명을 받고 촉 정벌에 나선 위장 종회(鍾會)는 한중을 지키려는 강유에게 검각(劍閣)에서 저지 당한다.

한편 종회에게 몸을 낮춰 종회의 방심을 유도해 낸 등애(鄧艾)는 강유가 전혀 예상하지 못한 음평(陰平)의 샛길을 타고 길을 만들면서 마천령(摩天嶺)을 넘었고, 강유(江油)란 곳을 무혈 점령한 뒤, 면죽(綿竹)에서 제갈첨(제갈량의 아들)의 촉병을 격파하고 성도에 들어가 후주의 항복을 받아낸다.

후주가 등애에게 항복했다는 소식을 들은 강유는 종회에게 투항한다. 강유는 종회를 부추겨 등애와 싸우게 만든 뒤, 그 틈을 이용하여 촉한을 다시 일으키려 했다. 그러나 강유와 종회의 등애 제거 음모가 누설되고 강유는 자신을 엄습한 심장마비 증세 속에 등애의 군사와 싸우다가 자결한다.

강유는 하늘을 우러러보며 "내 계략이 성공하지 못한 것은 곧 천명이다(吾計不成 乃天命也)"라며 죽으니, 그때 강유의 나이 59세였다.

강유가 죽자, 위 장수들은 복수를 한다고 강유의 배를 갈라보니 강유의 쓸개(膽)가 계란만큼 컸다고 한다.(其膽大如鷄卵) 인간의 용기는 쓸개에서 나온다고 생각했기에, 아마도 여기서 대담(大膽)하다는 말이 나온 것 같다.

大計小用

(대계소용) 원대한 계략을 작은 용도에 쓰다. 원대한 계략의 효과가 기대에 못 미치었을 때 겸손의 뜻으로 하는 말.

건흥 6년(서기 228년) 9월, 오의 육손이 위 조휴(曹休)의 군사를 대파하자 제갈량은 다시 북벌을 계획하고 후주에게 출사표(出師表)를 다시 올린다.

이때 강유는 위의 대도독 조진(曹眞)에게 거짓으로 귀순하겠으며 공격해오면 내응하겠다는 약속을 한다. 강유의 거짓 편지에 조진은 제갈량의 군대를 공격하지만 제갈량과 강유는 조진을 격파하고 요충지인 기산(祁山)에 진출한다. 그러나 조진을 죽이지는 못했다.

강유는 나름대로 치밀한 계략을 꾸미고 실행했지만 조진을 죽이지 못한 것을 한스럽게 생각한다. 이에 제갈량이 강유에게 말한다.

"큰 계략을 작게 쓴 것 같아 애석하다.(惜大計小用矣)"

大貴之表

(대귀지표) 대단한 귀인의 징표.

손권(字 仲謀)은 손견(孫堅)과 오부인(吳夫人)의 차남으로 태어났다. 손권은 큰 입에 네모진 턱, 푸른 눈에 붉은 수염을 가진, 모습이 특이하여 위엄이 있으며(方頤大口 碧眼紫髥 形容奇偉) 골격이 보통 사람과 다른 아주 귀인의 상이었다.(骨格非常乃大貴之表)

손책은 죽으면서 대권을 아우 손권에게 넘겨주면서 국내 정치에 관한 것은 장소(張昭)의 보필을 받고, 외교나 군사에 관하여는 주유(周瑜)의 도움을 받으라는 유언을 남겼다.

손권은 인간으로 최고의 지위인 황제의 자리에 올랐고 71세 장수를 누리고 서기 252년에 죽었다.

大刀臨頂 79)

(대도임정) 큰칼이 목 위에 있음. 곧 죽어야 할 목숨.

조조가 원소를 약 올리기 위해 한 말. 조조와 원소가 최후로 맞대결을 할 때, 조조가 부장들을 거느리고 원소 앞에 맞서서 큰 소리로 말한다.

"원소야! 네 계략도 해 볼대로 다 했고 힘도 다 썼는데 어찌 아직도 투항할 생각을 못하는가!(本初 計窮力盡 何尙不思投降) 큰 칼이 네 머리 위에서 춤출 때엔, 후회해도 어쩔 수 없을

79) 刀(칼 도) 臨(임할 림) 頂(정수리 정)

거야!(直大刀臨頂上 悔不及)"

大木飄一葉 80)

(대목표일엽) 큰 나무에서 잎 하나가 바람에 떨어지다. 아주 미세한 작은 일.

오(吳)의 미인인 교공(喬公)의 대교와 소교라는 두 딸만 조조에게 보내면 조조가 물러갈 것이고 이는 마치 "큰 나무에서 잎 하나가 바람에 날려 없어지고 큰 창고에서 낟알 하나 없어지는 것(大木飄一葉 太倉減一粟)"과 같이 아주 하찮은 일이라는 제갈량의 말. (江東二喬 참고)

待後自驗 81)

(대후자험) 뒷날에 스스로 알 수 있다.

평원 사람 관로(管輅)는 주역과 수리(數理) 관상에 능하여 어려서부터 신동으로 널리 알려졌었다. 관로는 길을 지나다가

---

80) 飄(회오리바람 표) 葉(잎 엽) 減(덜 감) 粟(찧지 아니한 곡식 속)

81) 待(기다릴 대) 驗(증험할 험)

농사일을 하는 열 아홉 살 난 소년의 수명이 다 되었음을 알고 이 소년을 남두(南斗)와 북두(北斗)에게 보낸다.

인간의 수명을 주관하는 남두(출생을 주관함)와 북두(사망을 주관함)는 노인으로 모습을 바꾸어 산 속 바위 위에서 바둑을 두다가 엉겁결에 소년이 올린 술과 고기를 받아먹는다. 남두와 북두는 소년의 간청을 못 이겨 수명을 팔십 년 더 연장해 준다. 그리고 "앞으로는 천기를 누설하지 말라고 관로에게 전하라" 하는 말을 남기고 사라진다.

뒷날 관로는 조조에게 불려가 조조의 아들 대에 가서 황제의 지위에 오를 것이라는 예언을 우회적으로 표현한다. 조조가 좀더 상세히 말해 달라고 요청하자 관로가 말한다.

"아득하고 오묘한 하늘의 운수를 미리 알 수는 없습니다. 뒷날을 기다려보면 저절로 알게될 것입니다.(茫茫天數 不可預知 待後自驗)" (泰山治鬼 참고)

道物歸主 82)

(도물귀주) 길에 떨어진 물건은 주인에게 돌아간다.

적벽대전 이후 유비는 남군(南郡)을 비롯한 형양(荊陽)의 요지를 차지하였다. 오(吳)의 주유는 아무런 소득도 없었고 오히

82) 歸(돌아갈 귀) 主(주인 주)

려 적의 화살에 맞아 중상까지 입었다. 노숙은 "제갈촌부(諸葛村夫)"와 싸워 자웅을 겨루겠다는 주유를 위하여 우선 외교적 해결을 모색한다. 노숙은 형주에 가서 유비와 제갈량을 만난다. (共決雌雄 참고)

노숙의 주장은 대략 다음과 같다. 즉,

'조조 백만 대군의 남하 목적은 유비의 제거에 있었다. 그런 유비를 구한 것은 손권과 주유의 결심과 오의 군사력이었다. 따라서 형주는 당연히 오가 차지해야한다. 그러나 위계를 써서 당신들이 차지하고 있으니 순리가 아니다.'

노숙의 이러한 주장에 대해 제갈량이 대답한다.

"자경(子敬; 魯肅)께서는 고명하신 분으로 어찌 그런 말씀을 하십니까? '길에 떨어진 물건은 틀림없이 주인에게 돌아간다(道物必歸主)'는 말도 있지 않습니까?"

제갈량은 이어 유비와 유표와의 관계를 강조하면서 노숙의 공격을 피한다.

"형주의 9군은 본래 오의 땅이 아닌 유표의 땅이고, 그의 아들 유기(劉琦)가 이곳에 있으니 이는 잃어버린 물건을 주인이 다시 찾은 것이다 그리고 유비는 유표의 아우이니 이는 숙부로서 조카를 도와주고 있는 것입니다."

徒死無益 83)

(도사무익) 헛된 죽음은 아무 이익이 없다.

관우가 하비성을 빼앗기고 작은 토산에 포위되었을 때, 조조의 명을 받은 장수(張繡)는 관우가 싸워 죽는다면 그것은 헛된 죽음이라면서 3가지 이유를 열거한다.

첫째 같은 날 죽기로 도원결의를 한 유비와 장비의 생사를 모르고,

둘째 지금 유비의 가족이 조조의 보호를 받고 있는데 관우가 죽으면 가족을 보호할 사람이 없으며,

셋째 무예가 뛰어나고 경전과 역사에도 능통(武藝超群 兼通經史)한 사람으로 유비를 도와 한실(漢室)을 부흥할 의무가 있거늘 지금 필부의 용기(匹夫之勇)만을 생각하여 싸우다가 죽는 것은 헛된 죽음으로 아무 이익이 없으니(徒死無益) 일단 조조에게 투항하라고 설득한다. (關公約三事 참고)

桃園結義 84)

(도원결의) 도원에서 형제의(兄弟義)를 맺다.

장비는 탁군(涿郡)에 제법 큰 장원을 가지고 있었다. 유비와 관우, 장비 세 사람은 도화가 만발한 후원에서 검은 소와 흰말을 제물로 바치고 분향재배하며 맹세한다.

---

83) 徒(빌(空) 도, 걸을 도, 한갖 도) 益(더할 익)
84) 桃(복숭아나무 도) 園(동산 원) 結(맺을 결) 義(옳을 의)

“유비와 관우 장비의 성은 비록 다르지만 이제 형제가 되었으니(雖然異姓 旣結爲兄弟) 동심 협력하여 온갖 어려움을 도와 이겨낼 것이며 위로는 보국하고 아래로는 모든 이들을 편안케 할 것입니다. 같은 해 같은 날 태어나지는 않았지만,(不求同年同月同日生) 다만 같은 해 같은 달 같은 날에 죽고자 하오니,(只願同年同月同日死) 황천후토(皇天后土)께서는 우리 마음을 굽어 살펴 주옵소서. 우리가 의리와 은혜를 져버린다면 하늘이나 다른 사람들이 우리를 죽일 것입니다.(背義忘恩 天人共戮)”

이 도원에서 형제의를 맺을 때 유비는 28세, 관우 27세, 장비 22세였으며 서기 188년에 해당한다.(황건적의 난은 서기 184년에 일어난다. 『삼국지』에는 유비가 유주태수 유언의 격문을 보고 탄식할 때 유비는 28세였다고 했다. 유비는 223년 63세로 죽으니 유비가 태어난 해는 서기 161년이다. 따라서 도원결의는 유비가 28세인 서기 188년이라고 보아야 한다.)

倒持干戈 授人以柄 85)

(도지간과 수인이병) 무기를 거꾸로 쥐고 타인에게 자루를 잡게 한다. 남에게 큰 권한을 주어 오히려 그 해를 당하다. (倒持大阿; 대아의 명검을 거꾸로 잡다)

---

85) 倒(거꾸로 도) 持(잡을 지) 干(방패 간) 戈(창 과) 授(줄 수) 柄(자루 병)

대장군 하진이 십상시를 제거하려고 사방의 군사를 수도로 불러들이려 하자 진림(陳琳)이 반대하며 말한다.

“영웅들이 군사를 거느리고 모여들면 각자 다른 마음을 품게 되니 이는 마치 무기를 거꾸로 쥐고 타인에게 자루를 잡게 하는 것과 같습니다.(倒持干戈 授人以柄) 목적도 이룰 수 없고 틀림없이 변란이 일어날 것입니다.”

그러나 하진은 진림의 반대를 묵살하고 동탁(董卓)을 수도로 불러들인다. 결국 하진은 십상시에게 죽음을 당하고 이후 동탁은 소제(少帝)를 폐위한 뒤, 새 황제 헌제(獻帝)를 옹립하고 전횡을 일삼는다.

盜跖 柳下惠之事 86)

(도척 유하혜지사) 친형제간인 도척과 유하혜의 행적.

제갈량이 남만(南蠻)을 원정할 때 그곳 풍토에 적응하지 못하여 고생했다. 불같은 더위 속에서 공명의 군사들이 벙어리가 되어 말을 못하고 죽는다는 아천(啞泉)의 물을 마시자 제갈량은 근처에 있는 마원(馬援)의 사당에서 기도를 올린 뒤, 신선과도 같은 노인을 만나 해결 방법을 설명 듣는다. 제갈량은 다음 날 그 노인의 장원에 있는 안락천의 샘물을 병사들에게 마

86) 盜(훔칠 도) 跖(발바닥 척) 柳(버들 유) 惠(은혜 혜)

시게 한다. 또 덥고 습한 지역의 독기를 피할 수 있는 방법도 설명 듣는다. 그 노인은 자신이 바로 맹획의 형인 맹절(孟節)이라고 했다.

본래 맹절과 맹획, 맹우는 3형제였는데 부모가 돌아가신 뒤, 맹획과 맹우가 악행을 일삼자 맹절은 성명을 숨기고 이곳에 은거해 왔다는 사실을 공명은 알게 된다. 이에 제갈량이 탄식한다.

"도척과 유하혜의 행적이 지금 세상에도 있다는 사실을 이제야 믿겠노라.(方信盜跖柳下惠之事 今亦有之)"

인자하고 훌륭한 사람으로 공자의 칭찬과 존경을 받은 형 유하혜(柳下惠)와 가장 나쁜 악인으로 소문난 아우 도척(盜跖)은 친형제였다. 유하혜는 춘추시대 노(魯)나라 대부인 전획(展獲)으로 『논어』와『맹자』에 자주 등장한다. 유하혜는 공자도 칭찬을 아끼지 않았고 맹자는 유하혜를 "성인으로 아주 온화한 사람(聖之和者)"이라고 하였다.

도척은 유하혜의 아우였는데 9천 여명의 부하를 거느리고 다니면서 남의 가축을 빼앗고 부녀자를 겁탈하는 등 온 천하를 돌면서 악행을 일삼았다고 한다.

韜晦之計 87)

(도회지계) 자신의 큰 뜻(또는 재주나 덕망)을 드러내지 않으려는 계략.(韜藏之計)

유비가 허도에 머물고 있을 때, 유비는 조조의 음해를 예방하기 위해 후원에서 채소농사를 열심히 지으면서 자신이 큰 뜻이 없음을 애써 보이려 하였다.(韜晦之計) 이에 관우 장비가 유비에게 말했다.

"형님께서는 천하대사에 마음을 쓰시지 아니하고 소인의 일(농사)만 열심히 배우려 하시니 무슨 뜻입니까?"

이에 유비는 "이런 일은 두 아우가 알 일이 아닐세"라고 대답했다. 유비가 조조와 천하 영웅에 대하여 이야기를 나눌 때, 마침 뇌성벽력이 치자 유비는 크게 놀란 척 탁자 밑으로 숨는데, 이것도 일종의 도회지계라 할 수 있다.

獨坐窮山 引虎自衛 88)

(독좌궁산 인호자위) 궁벽한 산 속에 홀로 앉아 호랑이를 불러들여 지키게 하다. 이치에 합당하지 않은 일을 하다. 스스

87) 韜(도략, 병법 도) 晦(그믐 회, 어둡다, 감추다)
88) 獨(홀로 독) 窮(다할 궁. 막히다) 衛(지킬 위)

로 화를 자초하다.

촉의 파군태수(巴郡太守) 엄안(嚴顔)은 익주 유장이 유비를 불러들인 것을 "마치 궁벽한 산 속에 홀로 앉아 호랑이를 불러들여 지키게 하는 것(獨坐窮山 引虎自衛)과 같다"고 생각했다. 엄안은 유비를 도우러 부관(涪關)으로 가는 장비에 항거하다가 패하여 항복한다. 엄안은 유비의 성도(成都) 점령에 공을 세운다.

銅雀臺 89)

(동작대) 조조가 만든 누각 이름.

조조가 원소의 근거지인 기주를 차지한 뒤, 조조는 기주성 문루에서 순유(荀攸)와 함께 천문을 보면서 남쪽을 평정하겠다는 포부를 말한다. 그때 땅에서 한 줄기 빛이 솟는 것을 보고 그 곳 땅을 파서 구리로 만든 새 동작(銅雀)을 하나 얻는다.

순유는 이에 대하여 "옛날 순(舜)의 모친은 옥작(玉雀)이 품에 날아드는 꿈을 꾸고 순을 낳았다 하였으니 이 동작은 매우 상서로운 조짐(吉祥之兆)이라"고 설명했다.

조조는 여기에 크고 높은 누각을 지어 이 상서로운 일을 경

---

89) 銅(구리 동) 雀(참새 작) 臺(누각 대)

축하라고 분부한다. 이에 장하(漳河) 가에 큰 누각인 동작대를 짓는다. 그리고 조조는 자기의 노년을 이곳에서 보내겠다고 말한다.

杜康解憂 90)

(두강해우) 술로 근심을 풀다. 두강은 최초로 술을 만든 사람으로 중국의 주신(酒神)이라 할 수 있다.

건안 13년(서기 208년) 11월 보름날 밤, 조조는 장강(長江)의 수채(水寨)에서 장수들을 거느리고 큰배에서 강에 제사지낸 뒤, 큰잔으로 세잔 술을 거푸 마시면서 자신의 인생 역정을 되돌아보고 감회를 서술한다.

"황건적을 격파하고 여포를 사로잡았으며 원술을 멸망시키고 원소의 땅을 차지했고(破黃巾 擒呂布 滅袁術 收袁紹) 장성 밖까지 멀리 원정한 뒤, 곧바로 요동을 치면서, 온 천하를 종횡으로 누비었으니 이 정도면 결코 대장부의 뜻을 펴지 못했다 할 수 없으리라.(縱橫天下 頗不負大丈夫之志也)"

이에 조조는 달빛 어린 장강의 밤 경치에 흥이 도도하여 뱃전에 기대어 노래를 불렀다.

"술 마시고 노래하니 인생이 얼마인가?(對酒當歌 人生幾何)

---

90) 杜(막을 두) 康(편안할 강) 解(풀 해) 憂(근심 우)

아침 이슬 같으니 이제 곧 떠나리(譬若朝露 去日無多)
탄식과 걱정하며 온갖 근심 잊지 못하니(慨當以慷 憂思難忘)
근심 어이 풀리오 오직 술이 있을 뿐(何以解憂 唯有杜康)

54세 - 원숙한 나이에 든 조조의 감회와 포부가 담긴 노래라 할 수 있다. (月明星稀 참고)

得隴望蜀 91)

(득롱망촉) 농(隴)을 얻으니 촉(蜀)을 얻고 싶어한다. 인간의 욕심이 끝이 없음.(得一望二. 得寸思尺)

조조가 한중(漢中)을 차지하자 주부(主簿) 사마의(司馬懿)가 조조에게 건의한다.

"유비가 익주를 차지하였다지만 아직 민심이 안정되지 않았을 것이며 주공께서는 한중을 새로 차지하시어 그 위세가 익주에 진동하니 이 기회에 진격하여 정벌하면 유비는 틀림없이 와해(瓦解)될 것입니다. 본래 지혜로운 자는 때를 잘 이용하는 것이니 이 때를 놓칠 수 없습니다.(智者貴於乘時 時不可失也)"

이에 조조가 탄식하며 말한다.

---

91) 得(얻을 득) 隴(땅 이름 농, 漢 天水郡, 지금의 감숙성 일대) 望(바랄 망, 기대하다)

"사람이 이처럼 만족을 모르는가! 농(隴)을 얻고서는 촉(蜀)을 차지하려 하는구나!(人若不知足 旣得隴望蜀)"

사마의의 의견에 유엽도 찬성했지만 조조는 군사가 너무 지쳤다며 움직이지 않았다.

得人者昌 失人者亡 92)

(득인자창 실인자망) 인재를 얻는 자는 번창하고 인재를 잃는 자는 망한다.

손책이 죽으면서 강동 대권은 손권에게 넘어간다. 손책은 주유에게 동생을 도우라는 유언을 남겼다. 주유는 손권을 만나 머리를 숙이며 말한다.

"이 몸을 다 바쳐 간과 뇌수를 땅에 바르더라도 나를 인정해 주신 (선군의) 은혜에 보답하겠습니다.(願以肝腦塗地 報知己之恩)"

이에 손권이 주유에게 묻는다.

"지금 아버님과 형님의 유명을 받았으니 앞으로 어떤 방책으로 강동을 지키겠습니까?"

"예로부터 인재를 얻는 자는 번창하고 인재를 잃는 자는 망한다 하였으니(自古得人者昌 失人者亡) 당면 과제로는 모름지

92) 得(얻을 득) 昌(번창할 창) 失(잃을 실) 亡(망할 망)

기 고명하고 원대한 식견을 가진 인재를 구하여 보필토록 한 뒤에야 강동을 안정시킬 수 있을 것입니다.(爲今之計 須求高明遠見之人爲輔 然後江東可定也)"

이때 주유는 손권에게 노숙(魯肅)을 천거한다.

得何足喜 失何足憂 93)

(득하족희 실하족우) 얻었다고 어찌 기뻐하고 잃었다고 어찌 근심하랴. 일득일실에 기뻐하거나 슬퍼하지 않는다.

유비가 서주를 차지한 것은 서주자사 도겸(陶謙)이 때 맞춰 죽었기에 얻을 수 있었던, 그야말로 우연한 행운이었다. 유비가 원술을 토벌하러 출정한 뒤, 서주를 지키는 임무를 받은 장비는 술에 취해 여포의 장인인 조표(曹豹)에게 술을 강권한다. 조표는 술을 끝까지 사양하며 장비에게 말한다.

"내 사위의 얼굴을 보아 그리하지 말라"

평소 여포를 미워했던 장비는 조표의 말을 듣고 크게 화를 내며 조표를 매질한다. 분노에 떨며 돌아간 조표가 소패에 머물고 있던 여포를 불러들였고 장비는 서주를 여포에게 빼앗기면서 유비의 가족도 데려오지 못했다. 장비는 우이(盱眙)에 가

---

93) 得(얻을 득) 足(넉넉할 족. 족히 ~하다) 喜(기쁠 희) 憂(근심할 우)

서 전투중인 유비에게 사실을 알린다. 이에 유비가 탄식하며 말한다.

"얻었다고 어찌 기뻐할 것이며 잃었다고 어찌 족히 근심하랴.(得何足喜 失何足憂)"

萬金之軀 94)

(만금지구) 막중한 임무를 가진 몸.

제갈근을 이용하여 형주를 돌려 받으려는 계략이 실패하자 손권은 군사를 일으켜 형주를 정벌하려 한다. (劍無面目 참고)

이에 노숙은 관우를 연회에 초대하여 설득해보고 듣지 않으면 죽이겠다며 육구(陸口)라는 곳으로 관우를 초대한다. 관우는 만약 자기가 그 초대에 응하지 않는다면 겁쟁이 라는 말을 듣는다며 단 십 여명의 수행원만 거느리고 초대에 응한다. 이에 아들 관평이 말한다.

"부친께서는 막중한 임무를 가지신 몸으로 어찌하여 호랑이 굴에 들어가시려 합니까?(父親奈何以萬金之軀 親陷虎狼穴) 이는 백부님(유비)께서 기대하시는 바가 아닐 것입니다."

그러자 관우가 말한다.

"나는 수천 수만 개의 칼과 창이 부딪치고 화살과 돌이 쏟

---

94) 軀(몸 구, 신체)

아질 때도 필마로 종횡무진, 마치 무인지경을 달리듯 했거늘 어찌 강동의 쥐새끼들을 두려워하겠는가?(匹馬縱横 如入無人之境 豈憂江東群鼠乎)"

이에 마량(馬良)이 옆에서 말했다.

"노숙이 비록 장자(長者)의 풍모가 있다지만 상황이 다급해지면 혹 딴 마음을 품을 수 있으니 경솔하게 가셔서는 아니될 것입니다."

그러나 관우는 결심을 바꾸지 않았다.

"옛날 전국시대 조(趙)의 인상여(藺相如)는 닭을 묶을만한 힘도 없었지만 민지란 곳에서 두 임금이 회담할 때 진(秦)의 군왕과 신하를 아무 것도 아닌 것처럼 보았거늘(覰秦國君臣 如無物) 하물며 나는 만인을 대적하는 병법을 공부한 사람이 아닌가?(況吾曾學萬人敵者乎) 이미 허락한 일이니 약속을 어길 수는 없다.(旣而許諾 不可失信)"

饅頭 95)

(만두) 제갈공명이 제물로 바치는 사람 대용으로 만든 음식.

제갈공명이 칠금칠종(七擒七縱)으로 맹획을 심복시킨 뒤, 9월에 회군한다. 선발부대가 노수(瀘水)에 이르자 광풍이 일어

95) 饅(만두 만) 頭(머리 두)

나 강을 건널 수가 없었다. 공명이 무슨 까닭이 있느냐고 묻자 맹획이 대답한다.

“예로부터 나쁜 귀신이 여기에 머물며 사람들에게 재앙을 내리므로 이 강을 왕래하는 사람들이 49개의 인두(人頭)와 검은 소, 흰 양으로 제사하면 풍랑이 사라지곤 했습니다.”

공명은 음산한 바람이 크게 일고 파도가 사나운 것을 보고 다시 그곳 사람을 불러 이유를 물었다. 그곳 사람들은 “승상께서 이곳을 지나가신 뒤로 밤이면 귀신들이 나타나 사납게 울부짖습니다”라고 대답했다.

이에 공명은 전날 촉병이 이곳에서 천 여명이나 죽었고 또 많은 남만 사람들을 죽여 이곳에 버렸으니 그 원귀가 모여 이런 화를 불러 왔다며 전례에 따라 제사를 지내겠다고 말했다. 그러면서 “어찌 또 사람을 죽여 새로운 원귀를 만들겠느냐”며 밀가루로 사람 머리 모양을 빚고 그 속을 소와 양의 고기로 채우고 이름을 만두(饅頭)라 하였다. 공명은 제물과 49개 등불을 켜놓고 제사하며 원혼을 달랬다.

여기서부터 만두라는 새로운 음식이 생겨났다고 한다.

萬事具備　只缺東風96)

(만사구비 지결동풍) 모든 일이 다 준비되었으나 다만 동풍

96) 具(갖출 구) 只(다만 지) 缺(모자를 결)

이 빠졌다.(萬事具備 只缺東風) 꼭 필요한 마지막 한가지.

조조와 대치중인 주유가 갑자기 피를 토하며 쓰러졌다는 소식을 들은 제갈량은 주유를 찾아가 문병한다. 제갈량이 주유가 병 난 이유를 은유적으로 말하니 주유는 크게 놀란다. (人有旦夕禍福 참고)

제갈량은 주위 사람들을 물리고서 종이에 열 여섯 자를 써서 보여주며 이것이 병의 원인이라고 말한다. 그 종이에는 "조조를 격파하려면 화공을 해야한다. 만사가 다 준비되었으나 다만 동풍이 없다(欲破曹公 宜用火攻 萬事具備 只缺東風)"고 쓰여 있었다.

이를 본 주유는 더 크게 놀라며 마음속으로 '공명은 정말 신인이로다. 벌써 내 마음을 다 알아버렸구나(孔明眞神人也 早已知我心事)'라고 탄복했다.

여기서 제갈량은 칠성단을 쌓고 자신이 전수 받은 기문둔갑천서(奇門遁甲天書)대로 삼일 밤낮으로 동남대풍을 불게 하겠다고 약속한다.

萬人一心不可當

(만인일심불가당) 만인이 한마음이라면 이길 수 없다. 일치단결 된 힘의 강력함을 표현한 말.

황건적의 잔당 한충(韓忠)이 완성(宛城)에서 저항하자 중랑장 주준(朱儁)과 유비는 이들을 공격한다. 다급해진 한충이 투항하려 하자 주준은 이를 거부한다 이에 유비는 투항을 받아줘야 한다고 주준에게 말한다.

"지금 사면이 철통같이 포위된 상태에서 투항이 받아들여지지 않으면 저들은 죽음을 각오하고 저항할 것입니다. 만인이 한마음이라면 이길 수 없는데(萬人一心不可當) 하물며 저 성안에 죽기를 각오한 수만 명이 있으니 어찌 이길 수 있겠습니까?"

유비는 성의 동남쪽을 터 주어 잔당들을 도망하게 한 뒤 사로잡아 대승을 거둔다.

亡國之主皆善終 97)

(망국지주개선종) 망국의 군주 모두가 천수를 누리다.

촉한이 멸망하는 서기 263년, 당시에 파악된 촉한의 국력은 총 28만 호에 인구는 94만 명이었고 관리들이 4만 명, 장교와 병졸이 10만 2천명이 있었다. 또 식량이 40여 만 섬, 금과 은이 2천근, 비단 12만 필이 남아 있었다.

촉에 비해 오의 국력은 좀더 컸다고 볼 수 있다. 즉 오가 서

---

97) 皆(다 개) 終(끝날 종. 마칠 종)

기 280년 멸망할 때, 오에는 4주(州) 81군(郡) 323현(縣)에 총 가구 수 52만 3천 호, 인구 232만 명이었고 장병 26만 명과 큰 배 50여 척이 있었으며, 쌀 280만 곡(斛) 후궁 5천여 명이 모두 진(晉) 나라의 차지가 되었다.

어리석었던 촉한 후주 유선(劉禪)에 비해, 오 망국의 군주 손호(孫皓)는 폭군이긴 했지만 그래도 좀 나은 편이었다. 손호가 진 무제 사마염 앞에 끌려와 고개를 숙이자 무제가 자리를 권하면서 "짐이 이 좌석을 만들어 놓고 오랫동안 그대를 기다렸다(朕設此座 以待卿久矣)"고 말하였다.

그러자 손호도 지지 않고 "저도 남쪽에 이런 좌석을 만들어 놓고 폐하(무제)를 기다렸습니다"라고 대꾸했다. 이에 사마염은 그냥 웃고 말았다.

그 뒤 후주 유선은 진 태강(太康) 7년(서기 286년)에, 위 조환은 태강 원년(서기 280년) 오주 손호는 태강 4년(서기 283년)에 모두 천수를 누리고 선종(善終)했다.

望門寡 98)

(망문과) 정혼한 뒤 신랑이 죽어서 결혼을 못한 과부.

유비와 손권의 누이와의 정략 결혼은 유비를 유인하여 죽일

98) 望(바랄 망, ~를 바라보다) 寡(적을 과, 과부)

목적으로 추진된다. 유비는 오의 남서(南徐)에 도착하면서 그 곳에 살고 있는 교국노(喬國老; 江東二喬의 生父)를 찾아가 혼사 이야기를 한다.

제갈량의 계략대로 손권의 여동생이 유비와 혼인한다는 소문이 온 성안에 퍼졌고 손권의 모친(吳國太)은 뒤늦게 교국노한테서 자기 딸의 혼사 이야기를 듣는다. 오국태가 즉시 손권을 불러 책망하니 손권은 다만 유비를 죽이고 형주를 빼앗기 위한 주유의 계략이라고 말한다. 이에 오국태는 주유에게 욕을 퍼붓는다.

"6군 81주의 대도독으로서 다른 계략을 써서 형주를 빼앗을 생각을 못하는가? 내 딸을 미인계로 써서 유비를 죽인다면(却將我女爲名 使美人計殺了劉備) 내 딸은 곧 시집 못 간 과부가 되는데 앞으로 딸 혼사를 어떻게 치를 수 있겠는가?(我女便是望門寡 將來再怎說親)"

결국 오국태가 유비를 만나 보아 마음에 안 들면 죽이기로 의견 정리를 한다. 유비는 감로사(甘露寺)에서 오국태를 만난다. (弄假成眞 참고)

望風遑遑 99)

(망풍황황) 소문만 듣고도 허둥댄다. 본디 무능하여 큰 일을

---

99) 望(바라볼 망) 遑(허둥거릴 황)

당해 허둥대는 모습.

건흥 8년,(서기 230년) 제갈량은 기산에 출정했다. 이에 맞서는 조진과 사마의가 초가을 장마를 예상 못하고 출정했다가 한 달간의 장마에 시달린 뒤, 전투 한 번 못해보고 퇴각하고 연이은 촉군의 공격에 시달린다.

이때 제갈량은 촉군에게 연패한 뒤 병석에 누운 조진을 격분시키려 편지를 써 보낸다. 그 글에서 제갈량은 먼저 장수의 자질과 능력을 열거한다.

"장수는 모름지기 거취와 진퇴, 강약(強弱)과 강유(剛柔)를 조절할 줄 알아야 하고 천문 지리에 능통해야하며 나와 상대방의 장단점을 비교 분석할 줄 알아야 한다."

그리고 이번에 참패한 위 군사들의 비참한 모습을 열거한 뒤, 조진과 사마의에 대하여 타인들이 어떻게 평가할 것인가를 말했다.

"(이번 패전에) 중달(사마의)은 (우리가) 진을 쳤다는 말에 두려워 떨고(仲達 聞陣而惕惕) 자단(조진)은 바람만 불어도 허둥대었다(子丹望風而遑遑)고 사관은 붓을 들어 기록할 것이고, 백성들은 입에서 입으로 이야기 할 것이다."

이렇듯 심하게 조롱하는 편지를 읽은 조진은 울화병으로 그대로 죽고 만다.

賣主求榮 100)

(매주구영) 주군(상관)을 배반하여 개인의 영화를 얻다.

조조는 손권과 유비를 견제하기 위한 방법으로 한중(漢中)의 장로(張魯)를 먼저 토벌한다. 오랜 공방전 끝에 남정(南鄭)을 방어하는 방덕(龐德)을 치기 위하여 장로의 모사(謀士)인 양송(楊松)을 이용한다.

조조는 양송이 뇌물 받기를 좋아한다는 약점을 이용하여 금은 비단과 서신을 보낸다. 양송은 용감하고 충성을 다하는 방덕을 모함하여 결국 방덕을 사로잡히게 하고 장로를 내 쫓고 남정의 성문을 열어 조조군을 불러들인다.

남정을 차지한 조조는 모든 사람을 다 포용하지만 주군을 배반하여 영화를 얻으려(賣主求榮) 한 양송을 즉시 참수한다.

面善心狠 101)

(면선심한) 얼굴은 선하나 속마음은 고약하게 삐뚤어진 사람.

대장군 하진이 서량자사 동탁의 군대를 낙양으로 불러들이

100) 賣(팔 매, 속이다, 배반하다) 榮(꽃 영, 영화, 영달)
101) 狠(개 싸우는 소리 한, 어그러질 한)

려 할 때, 여러 사람들이 "동탁은 시랑(豺狼; 승냥이나 이리)"이며 "얼굴은 착한 듯 하지만 속마음은 고약하게 삐뚤어진(面善心狠) 사람"이라서 한번 수도에 들어오면 반드시 변란을 일으킬 것이라며 반대한다.

螟蛉 102)

(명령) 양자(養子; 본 뜻은 애벌레) 애벌레는 자신의 몸에서 직접 낳지 않았다는 뜻을 취해 '양자'의 뜻으로 쓰인다.

현덕이 조인(曹仁)의 대군을 격퇴하고 번성(樊城)을 차지했을 때, 현덕은 번성태수 유필(劉泌)의 시중을 드는, 잘 생긴 젊은이를 보았다. 이 젊은이는 유필의 생질인데 그 부모가 모두 죽었다하여 유비가 양자(養子; 義子)로 삼으면서 이름을 유봉(劉封)이라 지어 주었다. 유비가 유봉을 데려다 관우에게 인사를 시키자 관우가 못마땅하다는 뜻으로 말했다.

"형님께서는 아들이 있는데도 왜 양자를 들이십니까? 뒷날 틀림없이 사고를 낼 것입니다.(兄長旣有子 何必螟蛉 後必生亂)"

그러나 유비는 "내가 친자식처럼 대한다면 그 애도 나를 친부모로 섬길 것인데 무슨 변고가 있겠는가?(吾待之如子 彼必事

102) 螟(마디충 명) 蛉(잠자리 령)

吾如父 何亂之有)"라고 말했다.

훗날, 관우가 맥성에서 오군에게 완전 포위되었을 때, 유봉은 부장군으로 맥성에서 가까운 상용(上庸)에 주둔하고 있었다. 관우가 보낸 요화(廖化)는 위급을 말하고 빨리 구원병을 내달라고 요구한다. 그 때 상용을 공동 수비하던 맹달(孟達)은 "사방에 조조와 오나라의 군사가 있어 구원병을 보냈다가는 이곳마저 상실할 수도 있고 '물 한 잔으로는 큰불을 끌 수 없다(一杯之水 安能救車薪之火)'며 구원군을 보내지 않는다.

이때 맹달은 유봉에게 관우가 했던 말을 상기시켜준다. 결국 유봉도 우물쭈물 하루를 넘기며 요화의 요청을 거절했고 요화는 통곡을 하며 촉에 위급을 알리러 떠난다. 그리고 관우는 맥성을 탈출하다가 오의 군사에게 생포되어 죽게된다.

그 이후 제갈량은 유봉에게 사람을 보내서 5만 병력을 동원하여 위에 투항한 맹달을 잡으라 지시하고, 유봉은 맹달을 공격하다가 대패한다. 유봉은 단신 촉으로 유비를 찾아가 관우가 포위되었을 때 구원병을 내지 못했던 이유를 해명하려 했지만 유비의 노여움은 대단했다.

"너도 사람이 먹는 음식을 먹고 사람의 옷을 입었지 않았느냐!(汝須食人食 穿人衣) 흙이나 나무로 만든 사람이 아니거늘 어찌 도둑놈이 (구원군을) 보내지 못하게 했다는 말을 하는가?"

유봉은 즉시 참수 당한다.

名垂竹帛 103)

(명수죽백) 이름을 대나무 쪽이나 비단에 올리다.(종이가 생기기 전에는 대나무 쪽(竹簡)이나 비단(布帛)에 문서를 기록했다) 공적이 역사에 길이 남다.

유비를 섬기다가 떠나가는 서서(徐庶)가 유비의 장군들을 둘러보며 부탁한다.

"여러분들께서는 사군(使君; 유비)을 잘 섬기어 그 이름을 비단 기록에 남기고 공훈이 청사에 기록되도록 애써주기 바랍니다.(以圖名垂竹帛 功標靑史) 그리고 시작도 끝도 없는 이 사람을 절대로 본받지 마십시오."

이 말을 듣고 슬퍼하지 않는 사람이 없었다.

名正言順

(명정언순) 바른 명분과 순리에 맞는 말.

헌제(獻帝)가 조비에게 강제로 선위한 뒤(서기 220년) 한중왕 유비를 황제로 추대하여 한의 전통을 계승해야 한다는 주장이

103) 垂(드리울 수) 帛(비단 백) 竹帛

나온다. 공명은 여러 신하와 함께 황제 즉위를 건의하나 유비는 이를 강력히 거부한다.

그러자 공명은 병을 핑계 대고 정무를 수행하지 않는다. 이에 유비는 공명을 찾아 문병한다. 이때 공명은 유비에게 즉위해야 할 당위성을 설명했고 유비는 혹시 천하의 비방 여론이 있을까 걱정한다. 이에 공명이 말한다.

“성인께서는 명분이 바르지 못하면 말이 순리에 맞지 않는다 하였습니다.(聖人云 名不正 則言不順) 지금 대왕께서는 명분이 정당하고 언사가 순리에 맞는데 무슨 비방이 있을 수 있겠습니까?(今大王名正言順 有何可義) 대왕께서는 하늘이 주어도 받지 않는다면 도리어 재앙을 받는다는 말을 모르십니까? (豈不聞 天與弗取 反受其咎)”

유비는 건안 26년(서기 221년) 4월에 한(蜀漢) 황제로 즉위하고 연호를 장무(章武)로 고친다.

謀事在人 成事在天 104)

(모사재인 성사재천) 일은 사람이 꾸미지만 성사는 하늘의 뜻에 달렸다.

‘작은 것을 참지 못하면 큰 일을 망친다(小不忍則難大謀)’며

104) 謀(꾀할 모) 事(일 사)

사마의가 공명의 도전에 응하지 않자, 공명은 고의로 소소한 패전을 여러 차례 거듭하면서 사마의를 유인한다.

공명은 호로곡에 엄청난 양의 지뢰(地雷; 공명이 개발한 공격무기, 땅속에 설치한 발화 장치)를 장치하고 사마의와 그 두 아들을 유인하는데 성공한다.

사마의가 호로병처럼 생긴 계곡 깊숙이 유인 당했다는 사실을 아는 순간, 지뢰가 터지면서 화염이 치 솟는다. 사방에서 화살이 쏟아지고 촉군의 고함소리가 천지를 진동하는데 사마의는 어찌 손을 써야할 지 몰라 그저 두 아들을 끌어안고 통곡한다.

"우리 부자 셋이 여기서 모두 죽는구나.(我父子三人 皆死於此處矣)"

그때 하늘에서 마치 물동이를 엎은 듯 엄청난 폭우가 쏟아진다. 화염은 사라지고 지뢰는 더 이상 터지지 않는다. 정신을 차린 사마의 부자는 전력을 다해 탈출한다. 산 위에서 이 과정을 모두 지켜본 공명이 탄식한다.

"일이야 사람이 꾸미지만 성사 여부는 하늘 뜻에 달려 있으니 억지로 할 수 없도다.(謀事在人 成事在天 不可强也)"

결국 하늘은 사마씨(司馬氏)의 진(晉)이 탄생할 수 있도록 사마의와 사마소를 지켜 주었다. 이제 공명은 자신의 천수가 거의 다 되었다는 것을 예감한다.

木牛流馬

(목우류마) 나무로 만든 움직이는 소와 말. 자동차나 로보트 같은 군량 운반용 장치.

공명은 6차로 출정한 기산(祁山)의 호로곡(葫蘆谷)이란 곳에서 비밀 공장을 마련하고 기술자(匠人) 천 여명을 동원하여, 출입을 통제하며, 자신이 설계한 목우류마(木牛流馬)를 제조한다. 이 목우류마는 먹지도 자지도 않고 지치지도 않으며, 밤낮을 일할 수 있었으니 가히 꿈에나 상상할 수 있는 초현대식 기계 장치였다. 특히 목우류마의 혀를 빼어 버리면 다른 사람이 작동시킬 수 없는 안전장치를 갖고 있었다.

공명은 이 장치의 기능과 칫수를 여러 장수들에게 설명했으며 기계장치가 완성되자 검각(劍閣)에서 기산의 본 부대까지 군량을 운반하였다. 이 소식이 사마의에게 알려지고 사마의는 이를 약탈하여 그대로 모방 제조한 뒤 군량을 운반하였다. 이는 공명이 일부러 그 제조 비법을 흘려 사마의를 유인한 것이다. 사마의 군사들이 군량을 한창 운반할 때, 제갈공명이 공격을 가하고 쫓기던 사마의는 갈림길에서 자신의 금빛 투구를 반대편 길에 던지고 겨우 살아 도망갈 수 있었다. (小不忍 亂大謀 참고)

無德讓有德 105)

(무덕양유덕) 덕이 없는 자가 유덕자에게 지위를 양보하다.

동탁을 제거하기 위해 여포와 초선을 맺어준 사도 왕윤은 동탁을 찾아가 한(漢)의 운수가 끝날 때가 되었으며 동탁이 요와 순(堯舜) 임금처럼 천자의 지위에 올라야 한다고 동탁을 부추긴다. 동탁이 과분하다며 어찌 그런 것을 바라겠느냐고 사양하는 척 하자 왕윤이 말한다.

"자고로 도(道)를 이룬 사람이 무도한 이를 벌하고, 덕이 없는 자는 덕이 있는 자에게 그 지위를 양보해야 하는 것이니(有道伐無道 無德讓有德) 어찌 과분하겠습니까?"

이후 왕윤은 동탁을 자기 집으로 초대하고 초선을 동탁에게 보낸다. (蓋世英雄, 累卵之危 참고)

無信不立

(무신불립) 사람이 신의가 없으면 살아갈 수 없다.

북해태수 공융(孔融)은 조조의 공격을 받고 있는 서주자사 도겸(陶謙)을 구원하려 한다. 공융은 자기의 군사 외에 유비를

---

105) 讓(사양할 양)

북평태수 공손찬(公孫瓚)에게 보내 약간의 군사를 빌려 도겸을 돕게 한다. 공융은 유비에게 절대로 신의를 잃는 일이 없기를 당부한다. 이에 유비가 대답한다.

"공께서 이 유비를 어떻게 생각하시는지 모르겠습니다만, '성인께서는 자고로 누구나 다 죽는다지만 사람이 신의가 없다면 살아갈 수 없다'고 하였습니다.(聖人云 自古皆有死 人無信不立) 유비는 군대를 빌린다 하더라도 반드시 이곳에 돌아 올 것입니다."

無義之師 106)

(무의지사) 명분이 서지 않는 군사 행동.

건안 13년(서기 208년) 7월, 조조는 50만 대군을 동원해 강남 원정에 나선다. 이때 공자의 후손인 태중대부 공융(孔融)은 이번 원정이 부당하다고 반대한다.

"유비와 유표는 모두 한 왕실의 종친이니 가벼이 정벌할 수 없고, 손권은 여섯 군(六郡)을 장악하였으며 장강의 험한 지형을 끼고 있어 쉽게 뺏을 수 없습니다. 지금 승상께서는 아무 명분도 없는 원정을 하려 하니 천하 사람들의 여망을 잃을까 걱정이 됩니다.(今丞相興此無義之師 恐失天下之望)"

106) 師(스승 사, 군사 사, 軍旅)

이 말에 조조는 화를 내며 공융을 내 쫓았다. 공융은 승상부를 나서면서 하늘을 보고 탄식한다.

"가장 불인(不仁)한 사람이 가장 어진 사람을 정벌한다니 어찌 패하지 않겠는가?(以至不仁 伐至仁 安得不敗乎)"

그러나 이 말을 한 소인이 듣고 조조에게 밀고하니 조조는 공융과 그 일족을 모두 죽인다. (座上客常滿, 破巢之下 安有完卵 참고)

撫掌大笑 107)

(무장대소) 손뼉을 치며 크게 웃다. 손을 잡고 크게 웃다. 박장대소(拍掌大笑)하다. 득의만면. 흡족하고 즐거움.

적벽대전 이후, 손권은 합비(合淝)에 머물면서 조조의 군사와 자주 대결했지만 전승을 거두지 못한다. 이때 주유는 시상(柴桑)에서 요양하면서 노숙(魯肅)을 손권에게 보낸다. 노숙이 오는 것을 보고 손권은 말에서 내려 기다렸다가 맞이한다. 모든 장수들이 이를 보고 감탄했다. 손권은 노숙과 말을 나란히 타고 가며 작은 소리로 말했다.

"내가 말에서 내려 공을 맞이하였으니 이 정도면 공을 충분히 높여준 것이 아니겠는가?"

---

107) 撫(어루만질 무) 掌(손바닥 장) 笑(웃을 소)

그러자 노숙이 대답했다.
"아니 좀 부족합니다."
"그러면 다음에 어떻게 하면 되겠는가?"
"바라옵건대 주공의 위엄과 덕을 사방에 널리 펴고 9주 천하를 호령하는 제업(帝業)을 성취하시어 신의 이름이 역사에 남게 해 주는 것이 바로 저를 높여 주는 것입니다."

이에 손권은 손잡고 크게 웃으면서(撫掌大笑) 좋아했다. 주군에게 보다 높은 목표를 제시해 주면서 자신의 충성을 강조하는 세련됨이 있어야 높이 오를 수 있을 것이다. (王霸之計 참고)

無終始者 非君子也 108)

(무종시자 비군자야) 끝과 시작이 분명하지 않다면 군자가 아니다.

유비와 관우가 원소 및 조조의 진영으로 소식을 모른 채 갈라져 있다가 서로 소식을 듣는다. 그리고 유비가 비밀리에 보낸 서신이 관우에게 전달된다. 서신을 가지고온 사람이 속히 가서 유비를 만나자고 할 때, 관우가 말한다.

---

108) 終(끝날 종) 始(처음 시)

"하늘과 땅 사이에 사람으로 태어나서 끝과 시작이 분명하지 않다면 군자가 아니다.(人生天地間 無終始者 非君子也) 내가 (여기에) 올 때 분명히 내 뜻을 밝히고 왔으니, 떠날 때도 거취를 분명히 하지 않을 수 없다.(吾來時明白 去時不可不明白)"

관우는 그간의 사정과 조조에게 간다는 뜻을 분명히 밝히고 곧 이곳을 떠나 찾아가겠다는 서신을 써 보낸다. (羊角哀左伯桃之事 참고)

無妻如無梁 109)

(무처여무량) 아내가 없으면 집에 대들보가 없는 것과 같다.

유비의 감부인(甘夫人)이 죽자 주유는 손권의 여동생을 유비와 결혼시킨다하여 유비를 불러 죽일 계획을 세운다. 그리하여 여범(呂範)을 중매인으로 유비에게 보낸다. 유비는 "부인이 죽은 지 아직 얼마 되지도 않았다"면서 아직은 재혼할 뜻이 없다고 말한다. 그러자 여범이 다시 권한다.

"사람에게 아내가 없다면 가옥에 대들보가 없는 것과 같습니다.(人若無妻 如屋無梁)" (秦晉之好 참고)

---

109) 妻(아내 처) 梁(대들보 량)

默而無言 110)

(묵이무언) 침묵을 지켜 말이 없음.

제갈량이 오(吳)에 가서 손권의 참모들과 논쟁을 벌일 때, (以卵擊石, 陸績懷橘 참고) 지리한 설전이 계속되자, 오의 군량 책임관인 황개(黃蓋)가 논쟁을 저지했다.

"공명은 세상이 다 아는 기재(奇才)이거늘 여러분들이 이런 저런 말을 하는 것은 손님을 대하는 예가 아니며, 조조 대군이 국경에 다가왔는데도 적을 격퇴시킬 계획을 세우지 못하고 입 씨름만 할 것인가?"

그리고는 제갈량을 향해 말했다.

"나는 많은 말로 얻는 이익이 오히려 침묵을 지켜 말이 없는 것만 못하다고 들었습니다만,(愚聞 多言獲利 不如默而無言) 우리 주군을 위하여 꼭 요긴한 의론(金石之論)을 말씀해 주시지 않겠습니까?"

결국 논쟁은 중단되고 제갈량은 노숙(魯肅)을 따라 들어가 손권을 만난다. (守義不辱 참고)

---

110) 默(묵묵할 묵. 말없음)

文武雙全 111)

(문무쌍전) 문무를 다 갖추다. 문무를 겸비하다,

강유(姜維; 字 伯約)는 천수군의 중랑(中郎)으로 태수 마준을 도와 제갈량의 계략을 간파하고 대항한다. 강유는 지극한 효성으로 모친을 섬기면서,(事母至孝) 문무를 완전 겸비하였고,(文武雙全) 지모와 용기를 갖춘, 진정 당대의 영웅호걸이었다.(智勇足備 眞當世之英傑也)

제갈량은 강유의 항복을 받고 "한 마리 봉(鳳)을 얻었다"며 좋아했다. (放鴨而得鳳 참고)

聞變不亂 112)

(문변불란) 급변하는 상황에도 흐트러지지 않다. 변란에도 놀라지 않는다.(處變不驚)

위 대장군 등애(鄧艾)가 강유의 장수로서의 재능을 평가한 말. 촉한 말기 후주 유선은 주색에 빠져 환락만을 추구하는 무

111) 武(굳셀 무) 雙(새 두 마리 쌍) 全(온전 전, 갖추다)
112) 聞(들을 문) 變(변할 변) 亂(어지러울 란{난})

능한 군주가 되었고, 내시 황호(黃皓)는 국정을 마음대로 요리하고 공경대부들은 황호에 아부한다. 강유는 공명심에 도취되어 승상 제갈량의 뜻이라며 위를 자주 침공한다.

경요(景耀) 원년(서기 258년) 겨울에도 강유는 20만 대군을 동원하여 기산(祁山)을 점령하고 3개의 큰 영채를 세우고 주둔했다. 그러나 위장 등애는 강유의 내침에 대비하여 이미 그 곳까지 땅굴(地道)을 파놓고 기다리고 있었다.

등애는 밤중에 5백 명의 땅굴 전문 군사(굴자군 堀子軍)를 동원하여 강유의 왼편 영채 밑을 파고 들어가서 공격했다. 물론 강유도 등애 군사의 야간 기습에 대비한 바 있어 위군의 10여 차례 야간 기습을 잘 막아내었다. 날이 밝아 등애는 군사를 철수하고 탄복하며 말했다.

"강유가 공명의 비법을 잘 터득했기에(姜維深得孔明之法) 병졸들이 야간 기습에도 놀라지 않고,(兵在夜而不驚) 장수들을 위급한 상황에서도 흐트러지지 않게 하였으니(將聞變而不亂) 정말 장수의 재능을 갖춘 사람이다.(眞將才也)"

이후 강유는 등애와 진법(陣法)을 겨루어 승리한다.

勿以勝爲喜 勿以敗爲憂 113)

(물이승위희 물이패위우) 승리를 기뻐하지 말고 패배를 걱정하지 말라. 승패에 따라 일희일비(一喜一悲)하지 말라.

적벽대전 뒤 합비에 주둔하고 있던 손권은 송겸, 태사자 등을 거느리고 조조 부장 장료, 이전, 악진 등과 직접 전투를 벌인다. 장료를 비롯한 여러 장수들이 손권을 집중 공격하자, 송겸은 위기에 처한 손권을 구하고 자신은 전사한다.

이날 밤, 태사자는 장료의 진영을 급습하여 송겸의 원한을 씻고자 한다. 그러나 장료는 이를 예상하고 무장을 풀고 편히 쉬자고 주장하는 부하들에게 말했다.

"승리했다고 기뻐해서도 안되며 패배했다고 걱정해서도 안되는 것이 바로 장수된 자의 도리이다.(爲將之道 勿以勝爲喜 勿以敗爲憂) 만약 오(吳)의 군사들이 우리의 무방비를 예견하고 허점을 노려 공격한다면 어떻게 대응할 수 있겠는가? 오늘 밤은 보통 때보다 훨씬 더 조심스럽게 경계해야 한다."

이날 밤 태사자는 패전하여 중상을 입었고, 손권은 다음 날 군사를 철수한다. 태사자는 죽기 전 병상에서 "대장부가 난세에 태어나 삼척 검을 차고 불세출의 공을 세워야하는데(大丈夫生於亂世 當帶三尺劍 立不世之功) 지금 내 뜻을 펴지 못하

113) 喜(기쁠 희) 以~爲~ (~을 ~라 여기다) 憂(근심 우)

였으니 어찌 죽을 수 있겠는가!(今所之未遂 奈何死乎)” 하며 탄식한다. 그리고 태사자는 곧 죽는다.

勿以惡小而爲之 勿以善小而不爲之 114)

(물이악소이위지 물이선소이불위지) 사소한 악행이라도 해서는 아니 되고 선행이 작다고 생각하여 아니 하지 말아라. 크든 작든 나쁜 짓을 해서는 안되고 작은 선행이라도 꼭 해야 한다.

유비가 장무 3년(서기 223년) 63세로 죽으면서 후주 유선(後主 劉禪)에게 남긴 유조(遺詔)에서 한 말인 데, 이 말은 뒷날 『명심보감』 계선편(繼善篇)에 실려 널리 알려졌다.

美髥公 115)

(미염공) 멋진 수염을 가진 사람. 관우의 별칭.

관우가 조조에게 조건부 항복을 한 뒤 조조는 관우의 마음을 잡으려고 여러 가지로 애를 썼다. 조조는 관우의 두자나 되

114) 勿(말 물. 금지하는 말) 爲(할 위, 행하다)
115) 髥(구레나룻 염, 수염이 많은 사람)

는 수염을 보호하라고 비단으로 수염주머니를 만들어 주었다. 조조가 관우를 데리고 헌제를 알현할 때 헌제는 "수염 주머니를 풀어 보라"고 요청했다.

관우의 배 아래까지 내려오는 수염을 보고서는 "정말 멋진 수염을 가진 사람(眞美髥公也)"이라 감탄했다. 이후 사람들은 관우를 미염공이라 불렀다.

美玉落於汙泥中 116)

(미옥낙어오니중) 아름다운 구슬이 더러운 진흙 속에 떨어지다. 훌륭한 인물이 제 역할을 하지 못함.

서서(徐庶)가 유비를 돕고 있다는 사실을 알게된 조조는 정욱(程昱)의 말에 따라 서서의 모친을 데려다가 아주 후대하면서 서서에게 보내는 편지를 써 달라고 부탁한다. 그때 조조가 서서의 모친에게 말한다.

"댁의 아드님 서원직(서서)은 천하의 기재라고 들었습니다. 그런데 지금 신야에서 역신(逆臣) 유비를 도와주며 조정에 반역한다고(今在新野 助逆臣劉備 背叛朝廷) 이는 마치 아름다운 구슬이 더러운 진흙 속에 떨어진 것과 같아 정말 안타깝습니다.(正猶美玉落於汙泥中 誠爲可惜)"

116) 落(떨어질 낙) 汙(汚와 同字; 더러울 오) 泥(진흙 니)

그러면서 조조는 서서가 돌아오면 천자에게 주청하여 큰상을 주겠다며 돌아올 수 있도록 편지를 한 통 써 달라고 부탁한다.

그러나 서서의 모친은 똑똑했다. 유비와 조조를 비교하며 편지 쓰기를 거부하고 벼루를 던지면서 조조를 욕했다. (徐母高義 참고)

彌天亘地 117)

(미천긍지) 하늘과 땅에 두루 닿다. 온 세상에 널리 퍼지다.

동탁이 죽은 뒤, 동탁의 부장이던 이각(李傕)과 곽사(郭汜) 등은 장안에 난입하여 황제를 사로잡는다. 여포는 이들을 이기지 못하고 수춘(壽春)으로 원술(袁術)을 찾아가 의지한다.

한편 이각 등은 군사를 물리는 조건으로 동탁을 죽인 왕윤을 요구한다. 왕윤은 "동탁의 죄가 하늘과 땅에 두루 닿아 이루 다 말할 수 없다(董賊之罪 彌天亘地 不可勝言)"며 이각 또한 역적이라 매도하다가 죽음을 당한다.

117) 彌(두루 미. 닿다) 亘(걸칠 긍)

縛鷄之力 118)

(박계지력) 닭을 묶을만한 힘. 아주 약한 힘.

전국시대 인상여는 닭을 묶을만한 힘(縛鷄之力)도 없는 문신이었다. 당시 강국이었던 진(秦)의 요구에 따라 화씨 벽(和氏璧)이라는 큰 옥과 진 나라의 땅을 바꾸는 임무를 띠고 진나라에 들어간다. 진이 땅을 할양할 의사가 없는 것을 간파한 인상여는 진의 왕 및 대신들과 당당하게 맞선 뒤, 완전하게(完) 화씨 벽(璧)을 조나라에 돌려보낸다. 여기서 완벽이라는 말이 나왔다.(인상여: 완벽귀조, 完璧歸趙, 완벽이란 고사의 주인공)

縛虎不得不急 119)

(박호부득불급) 호랑이는 되게 묶지 않을 수 없다. 각박하게 대하다.

여포가 생포되고 하비성(下邳城)이 함락되었을 때, 아무리 천하 제일의 장사였고 무예가 뛰어났다지만 온몸이 밧줄로 꽁

118) 縛(묶을 박) 鷄(닭 계)
119) 縛(묶을 박) 不得不(부득불, ~할 수 없이) 急(급할 급, 강하게, 바짝)

꽁 묶인 여포는 견딜 수 없어 소리질렀다.

"밧줄이 너무 조이니 좀 느슨하게 해달라.(縛太急 乞緩之)"

그러자 백문루(白門樓) 위에 있던 조조가 말했다.

"호랑이는 되게 묶지 않을 수 없다.(縛虎不得不急)"

여포는 조조 옆에 시립한 자기의 부장(部將)인 후성, 위속, 송헌 등을 보고 말했다.

"내가 그대들을 박하게 대하지 않았는데 왜 나를 배반했는가?"

그러자 송헌이 대답했다.

"처첩의 말만 믿고 우리들의 말을 안 들었으면서 어찌 박하게 대하지 않았다고 말하는가?" 이에 여포는 아무 말도 하지 못했다. (死則死 何懼之有 참고)

反間之計 120)

(반간지계)　오간(五間)의 한 종류로 적국에 들어가 염탐을 하거나 거짓 사실을 유포하고 때로는 거짓 정보 제공을 주로 하는 첩자(간첩)를 이용하는 계책. 세작(細作)과 같음.

『손자(孫子)』의 용간(用間)편에는 다섯 종류의 첩자와 그 구실을 설명하고 있다.

---

120) 反(뒤집을 반) 間(閒의 俗字; 틈 간, 사이)

우선 향간(鄕間)은 토착 주민, 또는 점령지의 주민을 이용하는 것이고 내간(內間)은 적 내부의 관리나 장교를 포섭하여 이용하는 경우를 말한다.

반간은 우리측 요원을 적국에 들여보내 유언비어나 거짓 정보를 사실처럼 만들어 유포하는 적극적인 일을 하는 첩자이다.

사간(死間)은 우리측에서 만들어 낸 거짓 정보를 우리 첩자가 상대방에게 제공하여 상대방이 이를 믿게 하는 방법이다.

생간(生間)은 우리측의 덕망 있는 인물이 상대방의 고위층과 개인적인 친분을 바탕으로 얻어낸 고급정보를 우리에게 제공하는 경우를 말한다.

유비가 손권의 누이와 결혼하고 형주로 무사히 돌아오자 주유와 손권의 분노는 극에 달했다. 손권은 군사를 일으켜 형주의 유비를 공격하려 한다.

이에 고옹(顧雍)은 "만약 우리가 유비와 싸우면 조조가 우리를 공격할 것입니다. 차라리 유비가 형주를 차지한 것을 일단 인정한 뒤, 심복 반간을 이용하여 유비와 조조가 서로 공격하게 만든 뒤, 우리들은 그 틈을 이용하여 일을 만들어야 합니다"라고 건의한다. 손권은 고옹의 건의에 따른다.

半渡可擊 121)

(반도가격) 부대가 강을 절반쯤 건넜을 때 공격하다.

---

121) 渡(건널 도) 擊(부딪칠 격)

마초(馬超)와 한수(韓遂)가 동관에서 조조와 싸울 때, 한수가 마초에게 말한다. "병법에 적이 물을 반쯤 건넜을 때 공격하라는 말이 있는 것처럼(兵法有云 兵半渡可擊) 조조 군대 절반이 강을 건널 때를 기다려 공격하면 조조 군사를 거의 물 속에 장사지낼 수 있을 것이다."

攀龍附鳳 122)

(반룡부봉)　용과 봉황에 매달리고 의지하다. 군왕(君王)에 충성하여 입신양명하다.

제갈량은 조조를 격퇴하고 촉과 한중의 광대한 지역을 점유한 유비에게 황제의 자리에 등극해야 한다고 건의한다. 이에 유비는 자신은 한 황제의 신하라며 그런 일은 한에 대한 배반이라고 거절한다. 그러자 제갈량이 다시 말한다.

"그렇지 않습니다. 지금 온 천하가 붕괴하며 각 영웅들이 다투어 일어나 일정 지방을 힘으로 장악하고 있습니다. 재덕을 갖춘 천하의 인재들이 죽음을 두려워하지 않고 주군을 섬기는 까닭은 용과 봉황에 매달리듯 군왕에 의지하여 공명을 세우려는 뜻입니다.(四海才德之士 捨死忘生 而事其上者 皆慾攀龍附鳳 建立功名也)"

---

122) 攀(매달릴 반) 附(붙을 부. 의지하다)

그러면서 유비가 끝까지 사양하면 모든 이들의 기대를 실망시킬 것이라면서 황제 즉위가 아니면 왕(王)이라도 칭해야 한다고 말한다. 유비는 여러 신하들의 추대를 받아 건안 24년(서기 219년) 7월에 한중왕(漢中王)에 즉위한다.

班門弄斧 123)

(반문농부) 노반(魯班)의 대문 앞에서 도끼를 휘두르다. 최고의 권위자 앞에서 서툰 솜씨를 자랑한다는 뜻.

노반은 춘추시대 노(魯)나라의 유명한 장인(匠人; 기술자) 공수반(公輸班)을 지칭하는데, 공수반은 규구(規矩; 직각자와 콤파스)를 사용하지 않고도 사각형과 원을 그릴 수 있었다. 또 대나무와 나무로 까치를 만들어 날렸는데 3일간 내려 앉지 않았으며 나무를 가지고 저절로 움직이는 수레를 만들어 모친을 태우고 다녔으며, 조주(趙州)의 돌다리를 만들었다는, 중국 최고의 기술자로서 중국 장인들의 신(神)으로 추앙 받는 사람이다. (졸저『중국의 토속신과 그 신화』중 魯班祖師 참고)

강유가 기산에 출정하여 등애의 굴을 이용한 기습 공격을 막아낸 뒤, 강유와 등애는 피차 진법(陣法)을 펼쳐 보이며 대

123) 班(나눌 반) 弄(희롱할 농{롱}) 斧(도끼 부)

결한다.

등애는 강유의 장사권지진(長蛇捲地陣)에 걸려들어 거의 죽을 뻔한 순간에 사마망(司馬望)의 구원으로 살아난다. 등애는 사마망이 진법에 밝은 점을 이용하여 다음 날, 사마망이 강유와 다시 진법 대결을 벌이게 한 뒤, 등애 자신은 강유의 배후를 공격하겠다는 작전을 세운다. 도전을 받은 강유는 등애의 속셈을 간파한 뒤, 부하 장수들에게 말한다.

"나는 무후(武侯; 제갈량)께서 남겨 주신 비법의 책을 전수받아 365가지의 진법 변형을 알고 있다. 지금 등애가 나와 진법을 겨루자 하는 것은 마치 노반의 집 문 앞에서 도끼를 휘두르는 것과 같으나 단 여기에 간사한 모략이 있는데 공들은 이를 알고 있는가?(今 搦吾鬪陣法 乃班門弄斧耳 但中間 必有詐謀 公等知之乎)"

撥雲霧而覩青天 124)

(발운무이도청천) 구름과 안개를 걷어내고 푸른하늘을 보다.

삼고초려로 제갈량을 처음 만난 뒤 제갈량으로부터 삼분천하(三分天下)의 대략을 설명들은 유비가 제갈량에게 한 말. (三

124) 撥(없앨 발) 雲(구름 운) 霧(안개 무) 覩(볼 도)

分天下 참고)

또 익주에서 이회(李恢)는 마초를 만나 "왜 어리석은 사람을 버리고 명철한 주군에 의지하여 위로는 부친의 원수를 갚고 아래로는 공명을 세우려 하지 않느냐(何不背暗投明 以圖上報父讐 下立功名乎)"면서 유비에게 투항하도록 설득한다.

이에 마초는 즉시 유비에게 투항한다. 유비가 친히 마초를 맞이하며 환대할 때 마초가 고개를 숙이며 말한다.

"이제 명철하신 주군을 뵈우니 마치 구름과 안개를 걷어내고 푸른 하늘을 보는 것과 같습니다.(今遇明主如撥雲霧而見青天)" (日中則昃 참고)

放鴨而得鳳 125)

(방압이득봉) 오리를 내주고 학을 얻다.

제갈량은 출사표를 올리고 기산에 진출하여 위 조조의 사위인 하후무를 사로잡고 남안, 안정, 천수 3개 군을 차례로 공격한다. 제갈량은 천수군(天水郡) 태수를 도와 군사를 지휘하는 강유를 투항시키려고 포로로 잡았던 하후무를 풀어준다. 강유의 투항을 받은 제갈량은 하후무를 추격하여 잡을 수 있는데

125) 放(놓을 방) 鴨(오리 압) 得(얻을 득) 鳳(봉새 봉)

도 추격하지 않는다. 다른 장수들이 이유를 묻자 제갈량이 대답한다.

"내가 하후무를 풀어준 것은 오리 한 마리 놓아준 것이고 백약(伯約; 姜維)을 얻은 것은 봉황을 얻은 것과 같다.(放夏侯楙 如放一鴨 今得伯約 得一鳳也)"

背水陣 126)

(배수진) 강물을 뒤에 두고 (즉 퇴로 없는 곳에) 진을 치다.

한중(漢中) 땅을 놓고 유비와 조조가 일전을 벌일 때, 조조는 정군산 미창산을 차례로 상실한다. 조조는 전열을 정비하고 다시 서황을 출전시켜 한수(漢水) 서편에 주둔한다. 그곳 지리를 잘 아는 왕평이 길 안내에 나섰는데 서황은 한수를 건너가 진지를 마련한다. 이에 왕평이 서황에게 물었다.

"만약 적이 공격하여 우리가 일시에 강을 건너야 한다면 어찌 하시겠습니까?"

"옛날 한신(韓信)이 강물을 등지고 진을 쳤으니 이 배수진은 이른 바 군사를 사지(死地)에 배치하였기에 살아난 것이다.(昔韓信背水爲陣 所謂置之死地以後生也)"

"그렇지 않습니다. 옛날에 한신은 상대가 무모하다는 것을

---

126) 背(등 배. 등지다) 陣(줄 진, 陣營)

알고 배수진을 친 것이지만 지금 장군께서는 조운과 황충의 의도를 알 수 있습니까?"

왕평의 충고를 무시하고 배수진을 친 서황은 조운에게 대패한다.

背主家奴 127)

(배주가노) 주인을 배반한 도적.

형주의 유표가 죽은 뒤, 형 유기를 몰아내고 부친의 지위를 계승한 유종은 곧 조조에 투항한다. 유표의 처남인 채모(蔡瑁)는 번성으로 조조를 찾아가 형주의 병마와 수군과 전함을 넘겨주고 수군 대도독이 되어 기뻐한다.

조조는 형주성에 들어가 유표의 막료들에게 관작을 수여하여 무마한 뒤, 유종을 청주로 내 보낸다. 그러나 유종 모자는 청주로 가는 도중에 살해된다. 그리고 조조는 문빙(文聘)을 시켜 백성들을 데리고 강릉으로 피난하는 유비를 공격케 한다. 유비는 길을 막아선 문빙에게 말한다.

"주인을 배반한 도적이 무슨 낯으로 아직도 얼굴을 들고 다니는가?(背主之敵 尙有何面目見人)"

그러자 문빙은 부끄러워 아무 말도 못하고 돌아갔다.

---

127) 背(등 배, 배반하다) 奴(종 노)

白駒過隙 128)

(백구과극) 흰 망아지가 문틈을 달려 지나가다. 아주 짧은 시간.

제갈량이 죽은 뒤 강유는 한중(漢中)에 주둔하며 위와 대치한다. 사마의가 위의 실권을 다시 장악하자, 조상(曹爽)과 연결되었던 하후패(夏侯霸)는 강유에게 투항한다. 강유는 하후패를 데리고 조정에 들어가 군사를 일으켜 위를 정벌하겠다는 건의를 한다. 이에 상서령 비의(費禕)가 "다른 때를 기다리자"며 만류하자 강유가 말한다.

"그렇지 않습니다. 인생이란 마치 흰 망아지가 문틈을 달려가는 것처럼 짧은 시간이거늘(人生如白駒過隙) 이리 저리 세월을 보내면 언제 중원을 회복할 수 있겠습니까?(以此遷延歲月何日恢復中原乎)"

이때가 서기 249년으로 강유는 옹주(雍州)에 출병하여 위의 곽회(郭淮)와 대결하나 성공을 거두지 못한다.

백구과극은 본래 『장자(莊子)』 지북유(知北遊) 편에 실려 있는 말인데, 『사기(史記)』 유후세가(留侯世家)에도 여태후가 장량에게 같은 말을 하고 있다.

---

128) 駒(망아지 구) 過(지날 과) 隙(틈 극)

百里之才

(백리지재) 둘레가 백 리 정도의 조그만 고을을 다스릴만한 평범한 인물.

주유가 죽은 뒤, 후임자 노숙은 방통(龐統, 鳳雛)을 손권에게 천거하나 손권은 "미친 사람(誑士)"이라며 등용하지 않았다.

이에 노숙은 방통을 다시 유비에게 천거한다. 방통이 유비를 만날 때 공명은 마침 지방 순찰 중이었다. 유비는 방통을 형주에서 130리 정도 떨어진 뇌양현에 보낸다.(伏龍鳳雛 참고)

그러나 방통은 뇌양현의 일을 돌보지 않고 오직 술로 세월을 보낸다. 이에 유비는 방통을 잡아오라고 장비와 손건을 보내지만 방통은 100일간 밀린 일을 한나절에 완전하게 끝낸다. 이 사실을 안 유비는 자신의 잘못을 깨닫고 급히 장비를 다시 보내 방통을 모셔온다. 방통은 그때서야 노숙의 추천서를 내놓는다.

"방사원(방통)은 백 리 고을을 다스릴 평범한 인재가 아닙니다.(龐士元 非百里之才) 그에게 정사의 특별한 임무를 맡겨 큰 능력을 발휘토록 해야 합니다.(使處治中別駕之任 始當展其驥足) 만약 그의 외모만을 취한다면 평소 그가 배운 바를 버리는 것이며(如以貌取之 恐負所學) 나중에는 다른 사람이 등용할 것이니 실로 애석한 일입니다.(終爲他人所用 實可惜也)"

여기서 '기린의 발을 펴다(展其驥足)'는 큰 능력을 발휘한다는 뜻이다. 유비는 "복룡 방추 중 한 사람만 얻어도 천하를 안정시킬 수 있다"는 사마휘의 말을 생각하고 방통을 부군사(副軍師)로 임명한다.

白眉最良 129)

(백미최량) 흰 눈썹의 마량(馬良)이 가장 뛰어나다.

적벽대전 이후 형주를 차지한 유비는 널리 유능한 인재를 구한다. 이에 이적(伊籍)이 한 사람을 추천한다.
"형양의 마씨 5형제는 모두 재능이 뛰어나다는 명성이 있습니다. 그 막내의 이름은 속(謖)이고 자는 유상(幼常)입니다. 그 형제 중에서 가장 현명한 이는 양미간에 흰털이 났는데 이름은 량(良)이고 자는 계상(季常)입니다.(其最賢者 眉間有白毛 名良字季常) 그곳 사람들의 말에 '마씨 다섯 형제 중 백미가 가장 뛰어나다(鄕里之諺曰 馬氏五常 白眉最良)'라 하니 공께서는 이 사람을 불러보지 않으시겠습니까?"
뒷날 백미 마량은 유비에게 영릉(零陵) 무릉(武陵) 계양(桂陽) 장사(長沙)등 여러 지역을 차지해야 한다는 전략을 건의한다. 이 마씨 형제 중 마속(馬謖)이 바로 제갈량이 눈물을 뿌리며 목을

---

129) 眉(눈썹 미) 最(가장 최) 良(좋을 량{양})

베었다는 누참마속(淚斬馬謖)의 주인공이다. (淚斬馬謖 참고)

罰水一杯 130)

(벌수일배) 패자에게 벌로 마시게 하는 맹물 한 잔.

건안 15년(서기 210년) 봄, 조조는 업군(鄴郡)의 장하(漳河)가에 동작대(銅雀臺)를 완공했다. 조조는 그 낙성 기념으로 문무백관을 거느리고 활쏘기 시합을 벌리면서 붉은 비단 전포(戰袍)를 상품으로 내걸고 부장들에게 말한다.

"활을 쏘아 화살이 붉은 중심을 뚫는 이에게는 비단 전포를 상으로 주겠지만(有能射中 箭垜紅心者 則以錦袍賜之) 만약 맞추지 못하면 벌로 냉수 한잔을 마시게 하겠다.(如射不中 罰水一杯)"

法不加於尊 131)

(법불가어존) 귀한 분에게는 (일반의) 법을 적용할 수 없다.

건안 3년(서기 198년) 형주의 유표(劉表)와 연결된 장수(張

---

130) 罰(죄 벌; 가벼운 잘못) 水一 杯(잔 배)
131) 法(법 법) 於(어조사 어) 尊(높을 존)

繡)의 반란을 토벌하러 출정한 조조는 농민의 보리밭을 밟는 자는 참수하겠다는 엄한 군령을 내린다. 그러나 보리 밭 사이에서 갑자기 날아가는 산비둘기 때문에 조조가 탄 말이 놀라 보리밭으로 뛰어 든다. 이에 조조는 자신이 먼저 군령을 어겼다고 스스로 자결하려 한다.

여러 부장들이 만류할 때, 곽가(郭嘉)가 말한다.

"예로부터 『춘추(春秋)』에 지존의 자리에는 법을 적용할 수 없다.(古者春秋之義 法不加於尊)고 하였으며, 승상께서는 지금 대군을 통솔하고 계신데 어찌 자결하실 수 있습니까?"

이에 조조는 한참 깊이 생각한 뒤 말했다.

"기왕 『춘추』에 그런 뜻이 있다하니 내가 목숨이야 살리지만 그냥 넘어갈 수는 없다."

그리고서 조조는 자기의 칼을 뽑아 머리카락을 싹둑 잘라 던지며 말한다.

"목 대신 내 두발을 자르겠다.(割髮權代首)"

이어 잘려진 조조의 머리카락을 삼군에 두루 보이니 감히 군령을 어기는 자 없었다. 이 이야기는 서로 다른 마음을 가진 대군을 통솔하는 최고 지휘자의 결단을 보여 주는 이야기이지만 조조의 '거짓과 거짓을 이용하는 고도의 심리적 기술'을 가장 단적으로 보여 주었다고 할 수 있다.

兵家之忌 132)

(병가지기) 병법가의 금기 사항.

유비의 필요와 제갈량의 지모에 의해 손권은 조조와의 항전 의지를 굳힌다. 대도독 주유는 손권에게 조조가 병가의 금기 사항을 범하고 있으니 틀림없이 패할 것이라며 4가지 이유를 들어 설명한다.

첫째 북방 배후가 안정되지 않았는데 장기간 남방 원정(南征)에 나섰고,

둘째 조조 군사가 수전(水戰)에 익숙하지 않은데도 기병이 아닌 수군으로 주력을 삼았다는 점.

셋째 한 겨울이라서 마초(馬草)가 없고

넷째 주력인 북쪽 출신 병사들이 강동의 수토(水土)에 적응을 못해 질병이 많이 발생한다는 점을 들고 있다.

뒷날 제갈량과 주유의 적벽대전은 조조의 이러한 약점을 십분 이용하였고 그 결과 조조는 대패할 수밖에 없었다.

또 한가지, 뒷날에 유비가 관우에 대한 복수를 하려고 70만 대군으로 오를 공격할 때, 7백 리에 걸친 40군영을 숲 속과 냇가로 옮겨 주둔한 사실을 안 공명은 "습한 곳과 험한 지형에

---

132) 家(학파, 능통한 사람의 뜻,) 忌(꺼릴 기)

군영을 설치하는 것은 병가에서 가장 꺼리는 일(包原濕險阻而結營 此兵家之大忌)"이라고 말하고 마량에게 빨리 돌아가서 화공에 대비하라고 이른다.

兵貴神速 133)

(병귀신속) 병법에서는 신속함을 중히 여긴다.(用兵如神) 용병에서는 신속한 결단이 중요하다는 뜻.

조조는 오환으로 도망간 원소의 아들 원희(袁熙)와 원상(袁尙)을 잡기 위해 내몽고의 사막 지역으로 원정한다. 그 지역은 사나운 바람이 불고 길이 험하여 행군에 어려움이 많았다. 조조는 회군할 생각을 갖고 곽가(郭嘉)에게 방책을 물었다. 이에 곽가가 말했다.

"병법에서는 신속한 작전을 귀하게 여깁니다.(兵貴神速) 지금 우리는 천리를 행군하여 적을 공격해야 하는데 치중(輜重; 병참 물자)이 많아 빨리 이동할 수 없습니다. 그러하오니 경무장을 한 병사로 행군 속도를 높여 적이 예상치 못하는 시기에 공격토록 하십시오. 단 길을 잘 아는 사람의 안내를 받아야 할 것입니다."

조조는 이 원정에 성공하지만 원희와 원상은 요동으로 도망

133) 神(귀신 신) 速(빠를 속)

한다.

"병법에서는 신속함을 중히 여긴다(兵貴神速)"와 비슷한 의미로 "용병에서는 결단을 못 내리는 피해가 가장 크다(用兵之害 猶豫最大)"란 말이 있다. 유예(猶豫)는 미적거리며 결단을 내리지 못하는 것을 뜻한다.

丙吉憂牛喘 134)

(병길우우천) 병길이 소 헐떡거리는 것을 걱정하다. 수행해야 할 대 원칙을 잘 알고 있다는 뜻.

전한 선제(宣帝) 때의 명재상으로 알려진 병길(丙吉)은 어느 날 행차 도중에 싸워 맞아 죽은 사람이 길에 널려 있는 것을 목격했지만 왜 싸우는지 묻지도 않고 그냥 지나갔다.

그 뒤 어느 날, 사람이 소를 몰고 가는데 소가 심히 헐떡거리는 것을 보고 소를 얼마나 먼데서 몰고 왔느냐고 물었다. 이를 보고 이상히 여겨 어떤 사람이 병길에게 그 까닭을 물었다. 이에 병길이 대답했다.

"길에서 사람이 싸우고 죽는 사건은 장안령(長安令)이나 경조윤(京兆尹)이 맡아 처리할 일이다. 그러나 이른 봄 농사일을 시작할 시기는 그리 덥지 않은 시절인데 소가 심히 헐떡거린

134) 丙(남녘 병) 吉(길할 길) 憂(근심할 우) 喘(헐떡거릴 천)

다면 이는 때와 절기 즉 음양의 운행이 예년과 다른 지 걱정해야 한다. 음양의 조화를 관장하는 것이 삼공(三公)의 직분이기에 소를 몰고 가는 사람에게 소가 헐떡거리는 이유를 물은 것이다"

전한 초기 문제(文帝) 때, 일년간 범법자가 몇 명이나 있고 나라의 돈과 곡식의 일년간 출입이 얼마나 되는지? 황제의 질문을 받은 우승상 주발(周勃)은 대답을 못하고 쩔쩔매었다. 똑같은 질문을 받은 좌승상 진평(陳平)은 "그 일을 담당한 관리가 따로 있습니다"라고 간단히 대답했다.

진평은 이어 죄수의 숫자는 정위에게, 전곡출납은 치속내사에게 물어 보아야 한다고 말하자 황제는 "그렇다면 좌승상의 하는 일은 무엇인가?"라고 물었다.

이에 진평은 "재상은 위로는 천자를 보좌하여 음양 변화를 알아 사시(四時)를 순조롭게 운행케 하며 아래로는 만물이 바로 자라도록 도와주고 경 대부들이 맡은 일을 잘 수행토록 다스리는 일"이라고 대답했다. (爲治有體 참고)

兵不在多 135)

(병부재다) (승패는) 병력의 많고 적음이 아니라 장수의 조

135) 調(고를 조) 遣(보낼 견)

련에 달렸다.(兵不在多 在人之調遣)

제갈량은 출사표를 올리고 기산(祁山)에 진출하여 천수군(天水郡)을 공격한다. 그러나 천수군에는 강유(姜維)라는 뛰어난 장수가 있어 제갈량의 계략을 간파하고 촉군에게 타격을 입힌다. 제갈량은 우선 자신의 책략을 간파하고 천수군의 병력을 지휘 통솔하는 강유의 재능에 감탄한다.

"병력은 많아야 좋은 것이 아니라 누가 어떻게 훈련시키느냐에 달렸다.(兵不在多 在人之調遣) 저 사람은 정말 장수의 재질을 갖추었다.(此人 眞將才也)"

제갈량은 강유의 효심과 위의 장수 하후무를 이용한 반간계(反間計)로 강유의 투항을 이끌어 낸다. (放鴨而得鳳 참고)

兵不厭詐 136)

(병불염사) 병법에서는 속임수를 싫어하지 않는다. 병법에서는 위궤(僞詭; 거짓)를 자주 쓴다. 이기기 위해서라면 권모술수도 상관없다.

원소(袁紹)에게 충언(忠言)을 했으나 조조와 같은 고향 사람

136) 兵(군사 병) 厭(싫을 염) 詐(속일 사)

이라는 의심을 받고 쫓겨난 허유(許攸)는 조조를 찾아간다. 조조는 허유가 원소에게 건의한 책략을 듣고 크게 놀라면서, 허유에게 원소를 격파할 방책을 묻는다.

이에 허유가 "군량이 얼마나 있느냐"고 묻자 조조는 "1년 치 군량이 있다"고 말한다. 그러자 허유가 웃으면서 "그럴 리 없다"고 하자 조조도 웃으면서 "반년 치가 마련되었다"고 대답한다. 이에 허유가 화를 내며 벌떡 일어선다.

"나는 진심을 갖고 투항했는데 공이 나를 이처럼 기만하고 있으니 내가 무얼 바라겠는가?"

이에 조조는 허유를 만류하며 "사실은 삼 개월 치 밖에 없다"고 말한다. 허유는 어이없다는 듯 웃으며 말한다.

"세상 사람들이 조조를 간웅(奸雄)이라 하더니 과연 그러하구나"

그러자 조조 또한 웃으며 말한다.

"병법에서는 속임수를 싫어하지 않는다는 말도 듣지 못하였는가?(豈不聞兵不厭詐)"

그러면서 허유의 귀에 대고 "사실은 이번 달 군량밖에 없다"고 속삭인다. 허유는 조조의 거짓을 나무라면서 오소(烏巢)에 있는 원소의 군량을 불태우라고 건의한다. 허유를 건의를 받아들인 조조는 원소를 패망의 길로 몰고 간다.

그리고 또 한가지 예가 있다. 조조가 늘 두려워했던 것은 서량(西凉)의 군대였으니 서량태수 마등의 아들 마초(馬超)와 한

수(韓遂)가 장안을 함락시키고 조조와 대치할 때, 조조는 거의 죽을 고비를 몇 번씩 넘겨야 했다. 조조는 "저 마씨 애송이를 죽이지 않으면 내 묻힐 자리가 없을 것이다.(馬兒不死 吾無葬地矣)"라고 말할 정도로 마초를 두려워했다.

전투가 지구전으로 들어가자 마초와 한수는 조조에게 화의를 제의한다. 이에 조조의 참모 가후(賈詡)가 말한다.

"병법에서는 속임수를 싫어하지 않는다 하니 거짓으로 허락하고(兵不厭詐 可僞許之) 그런 뒤에 반간계를 써서 한수와 마초를 서로 의심하게 만들면 한번에 격파할 수 있을 것입니다.(然後用反間計 令韓馬相疑 則一鼓可破也)"

조조는 즉시 이 계략에 따랐고 마초와 한수는 서로를 의심하니 결국 조조에게 패배한다. (疑則生亂 참고)

兵者詭道 137)

(병자궤도) 전쟁은 속임수이다.

이 말은 『손자(孫子)』의 시계(始計)편에 나오는 말인데, 용병에는 기이(奇異)한 지모를 높이 평가하기에 꼭 정도(正道)만을 따를 필요가 없다는 뜻이다.(用兵之道尙奇 不必正也)

건흥 8년 7월,(서기 230년) 위 도독 조진은 위의 군주인 조

---

137) 詭(속일 궤)

예에게 촉한에 대한 정벌을 건의한다. 그 정벌의 가부를 유엽에게 묻자 유엽도 정벌에 동의한다.

한편 유엽이 퇴근하자, 많은 대신들이 몰려와 촉을 정벌할 것이냐고 묻는다. 그러나 유엽은 "촉한은 지리적으로 험지이고 지금 정벌해 봐야 국가에 이익이 없다"며 정벌 자체를 반대한다. 뒷날 이를 전해들은 조예가 유엽을 불러 사실 여부를 다시 확인한다. 이에 유엽이 대답한다.

"지난 날 제가 폐하에게 건의했던 일은 국가의 중대사이니 어찌 이를 누설할 수 있겠습니까? 본래 전쟁 자체가 속임수입니다. 아직 착수도 안된 일인만큼 비밀로 해야 합니다.(夫兵者 詭道 事未發 切宜秘之)"

위는 조진, 사마의, 유엽에게 40만(가칭 80만 대군)을 동원케 하여 촉한 정벌에 나선다. (養兵千日 참고)

病體樵夫 138)

(병체초부) 병약한 나무꾼.

병약한 나무꾼이 호랑이의 포효를 (놀라 기절하기에) 들을 수 없다.(病體樵夫 難聽虎豹之吼) 장판교에서 장비의 고함에

138) 病(병 병) 體(몸 체) 樵(땔나무 초) 難(어려울 난) 聽(들을 청) 豹(표범 표) 吼(울 후)

조조 이하 여러 장수가 20여 리를 도망간 사실을 두고 하는 말. (長板橋翼德獨立 참고)

伏龍鳳雛 139)

(복룡봉추) 복룡(제갈량)과 봉추(방통) 밖으로 드러나지 않은 큰 인물.

복룡은 제갈량(諸葛亮)이고 봉추는 방통(龐統)인데 두 사람중 한 사람만 얻어도 천하를 안정시킬 수 있다고 했다. 유비는 양양에서 유표의 처남 채모의 음모를 피해 단신 적로마(的盧馬)를 타고 단계(檀溪)를 건너 피신한다.

유비는 도중에 사마휘(司馬徽; 수경선생)의 장원에 하루를 머물면서 천하의 인재에 대한 대화를 나눈다. 수경선생은 유비에게 “천하의 기재들이 이곳에 다 있으니 공은 마땅히 직접 찾아가 인재를 구해야 할 것입니다”하고 말했다. 이에 유비가 급히 묻는다.

“기이한 인재가 어디에 있으며 과연 누구를 찾아야 합니까?”

“복룡이나 봉추 중에 한 사람만 얻어도 천하를 안정시킬 수 있을 것입니다.(伏龍鳳雛 兩人得一 可安天下)”

---

139) 伏(엎드릴 복) 鳳(봉새 봉) 雛(병아리 추)

"복룡과 봉추는 어떤 분입니까?"

이에 수경선생은 손뼉을 치며 "좋고! 좋아!" 하며 크게 웃었다. 봉추(鳳雛)는 방통의 도호(道號)인데 양양(襄陽) 출신이며 제갈량의 친우로 제갈량과 함께 복룡봉추(伏龍鳳雛)라 불리었다. 봉추는 난을 피해 강동에 우거하다가 오(吳) 대도독 주유(周瑜)의 부탁을 받고 조조를 찾아간다. 방통은 조조에게 함선을 모두 대못(釘)으로 고정시키게 하는 연환계(連環計)를 건의한다. (連環計 참고)

적벽대전 이후 주유가 죽자 제갈량은 시상(柴桑)에 가서 문상을 마치고 돌아간다. 이때 봉추가 제갈량에게 말한다.

"자네는 주유의 기를 꺾어 죽게 만들어 놓고 여기까지 와서 조문하고 돌아가니, 이곳 오에는 인물이 없다고 멸시하는 것인가?"

이때 제갈량은 "손권이 자네를 높이 등용하지 않을 것이 분명하니 형주로 와 유비를 같이 섬기자"고 제안한다. 이후 주유의 후임자가 된 노숙은 손권에게 방통을 천거한다. 손권은 '시커먼 얼굴에 짙은 눈썹, 들창코이며, 몇 가닥 짧은 수염을 가진' 방통을 '별 볼일 없는 사람'이라 생각했다. 손권이 등용하지 않자 방통은 유비를 찾아간다.

유비 역시 방통을 평범한 사람으로 생각하고 뇌양현(耒陽縣)의 지방관으로 내 보낸다. (百里之才 참고)

腹心之患 140)

(복심지환) 몸 속의 질병. 아주 큰 근심거리.

하후돈이 거느린 10만 대군이 박망파에서 제갈량에게 완파당한 뒤, 하후돈은 자신의 몸을 결박하여 조조 앞에 나아가 패전한 사실을 보고한다.

"제갈량의 간사한 계략에 속아 화공을 당해 패전하였습니다."

"이전과 우금 두 장군의 말을 따르지 않아 후회막급입니다."

"유비가 이처럼 창궐하니 진정 우리 몸 속의 병과 같아 빨리 제거해야 합니다.(劉備如此猖獗 眞腹心之患也 不可不急除)"

이에 대해 조조도 유비와 손권을 걱정할 뿐이라며 강남 원정을 계획한다. 조조는 건안 13년(서기 208년) 7월 50만 대군을 동원하여 형주 정벌에 나선다. (無義之師 참고)

逢山開路 遇水疊橋 141)

(봉산개로 우수첩교) 산에 막히면 길을 내고 물을 만나면 다

---

140) 腹(배 복) 心之 患(근심 환 ; 질병)

141) 逢(만날 봉) 路(길 로) 遇(만날 우) 疊(겹쳐질 첩) 橋(다리 교)

리를 놓다.

적벽대전에서 대패한 조조가 남은 패잔병과 함께 화용도(華容道)를 거쳐 남군(南郡)으로 패주할 때, 한겨울 찬바람 속에, 장수나 병졸 모두 피로에 지쳐 더 이상 어쩔 수 없는 상황이었다. 더군다나 전날 비가 내려 화용도의 길이 수렁으로 변해 '더 이상 행군할 수가 없다' 하여 멈추어 서자 조조는 대노하며 꾸짖는다.

"군대는 산에 막히면 길을 내고 물을 만나면 다리를 놓는 것이거늘(軍旅逢山開路 遇水疊橋) 어찌 진흙탕 속이라 하여 행군 못할 까닭이 있겠는가.(豈有泥濘 不堪行之理)" 조조의 군사들은 나무를 베고 흙을 메워 겨우 길을 내었다. 작업을 마친 군사들이 출발하기 전 잠시 쉬고 있을 때, 조조는 하늘을 보고 크게 웃으며 이런 길목에 군사들을 매복시키지 못한 제갈량의 무능을 비웃었다. 그 웃음이 채 끝나기 전 관우가 군사들을 이끌고 나타난다. 조조는 관우에게 목숨을 구걸한다. (義重如山 참고)

鳳雛墜地 臥龍昇天 142)

(봉추추지 와룡승천) 봉추는 땅에 떨어지고 와룡은 승천한

---

142) 墜(떨어질 추) 昇(오를 승)

다. 서로 상반된 운명.

촉의 금병산에 머무는 자허상인(紫虛上人)이라는 도사가 유비를 따라 촉에 들어온 봉추 방통과 형주를 지키고 있는 와룡 제갈량의 운명을 예언한 말.

"좌측에는 용, 우측엔 봉황이 서천(촉)에 날아드니 봉추는 땅에 추락하고 와룡은 승천한다.(左龍右鳳 飛入西川 鳳雛墜地 臥龍昇天)"

뒷날 방통은 낙봉파란 곳에서 36세로 죽는다. (眼生前失 참고)

富家翁 143)

(부가옹) 부잣집 늙은이. 안락만을 추구하는 평범한 사람.

위 폐제 조방(曹芳)이 제위에 있을 때, 조진(曹眞)의 아들 조상(曹爽)은 사마의를 제치고 군사권을 장악했다. 10년의 세월이 흐르는 동안 사마의는 재집권을 노리며 은인자중 기회를 엿보고 있었다.

가평(嘉平) 원년(서기 249년) 사마의는 조상과 그 형제와 심복들 모두가 도성을 떠나 교외로 사냥하러 나가는 것을 기회

143) 翁(늙은이 옹) 豚(돼지 돈) 犢(송아지 독)

로 도성을 장악하고 황제에게 글을 올려 조상의 군사지휘권을 빼앗는다.

이 때 조상은 외부 군사를 동원하여 사마의를 처단할 수 있는데도 자기 가족이 성안에 있다는 이유로 결단을 내리지 못하고 하루 밤낮을 고민하다가 드디어 모든 것을 포기한다.

"나는 군사를 일으키지 않을 것이고 모든 관직을 버리고 다만 부가옹이 될 수 있다면 그것으로 만족하겠다.(我不起兵 情願棄官 但爲富家翁 足矣)"

조상의 참모로 10년 전에 사마의로부터 군사권을 빼앗아 가지라고 권유했던 환범(桓範)은 장막을 나와 하늘을 보고 대성통곡하며 말한다.

"조자단(曹子丹; 曹眞)은 지모가 있다고 스스로 자부했었지만 지금 그 아들 3형제는 진짜 돼지새끼들이로다.(曹子丹 以智謀自矜 今兄弟三人 眞豚犢耳)"

이후 위 조정의 모든 실권은 사마씨에게 돌아갔고 결국 사마의의 손자 사마염에 의해 위는 멸망한다. (盛衰不改節 참고)

夫亡妻死 144)

(부망처사) 지아비가 죽으니 아내도 따라 죽는다.

---

144) 亡(죽을 망) 妻(아내 처) 死(죽을 사)

촉한 후주의 일곱 아들 중, 다섯 째 아들인 북지왕 유심(北地王 劉諶)만은 어려서부터 자못 총명하고 영특했으나 나머지는 모두 나약하여 착하기만 하고 자기 주장이 없었다.

성도(成都)가 포위되었을 때, 대부분의 신하가 어쩔 수 없는 상황이니 항복해야 한다는 주장을 펼 때, 유심만은 끝까지 항전해야 한다고 주장했다. 후주가 등애에게 옥새를 보내고 군신이 항복하러 성을 나서기 전, 유심은 칼을 들고 들어 와 아내에게 말한다.

"사직이 망하기 전, 먼저 죽어 지하의 선제(유비)를 뵐지언정 타인에게 무릎을 꿇을 수 없다."

유심의 부인 최씨는 그 뜻을 알고 "왕께서 부친을 위해 죽는 뜻과 아내가 지아비를 따라 죽는 그 의리는 마찬가지니 지아비가 죽으니 아내도 죽겠다(夫亡妻死)"며 기둥에 머리를 부딪쳐 죽는다. 유심은 세 아들을 죽여 아내의 머리와 함께 소열제(昭烈帝; 유비)의 사당에 바치고 통곡한 뒤 자살한다. (此樂不思蜀 참고)

負薪救火 145)

(부신구화) (불에 잘 타는) 땔나무를 등에 지고 불을 끄려 하다. 비슷한 뜻으로 "기름을 뿌려 불을 끄려 한다"는 발유구

145) 負(질 부) 薪(땔나무 신) 救(건질 구)

화(潑油救火)란 말도 있다.

오(吳) 손권의 도움을 받으러 간 제갈량은 손권을 격분시켜 조조와의 전쟁에 끌어들인다. 이에 손권은 조조를 치기 위한 군사를 일으킨다는 뜻을 발표한다.

그러자 조조와의 전쟁에 반대했던 장소(張昭)는 조조 백만 대군의 남정(南征)을 막을 대책을 물으면서 만약 제갈량의 말을 듣고 군사들을 함부로 출동시키면 이는 '땔나무를 등에 지고 화재를 진압하는 것(若聽諸葛亮之言 妄動甲兵 此謂負薪救火也)'이라고 하였다.

腐儒舌劍 146)

(부유설검) 진부한 유생의 혀는 칼이다. 시류를 모르는 고루한 지식인의 독설이 결국 자신을 파멸케 한다는 뜻.

공융(孔融)의 추천으로 조조를 만난 이형(禰衡)은 조조를 신랄하게 비난한다. 조조는 이형을 죽이지 않고 강제로 형주 유표에게 사신으로 보낸다. 유표는 이형을 다시 황조에게 보낸다. 이형은 황조를 보고 "사당에 모셔진 신위(神位)처럼 제사

146) 腐(썩을 부) 儒(선비 유) 舌(혀 설) 劍(칼 검)

를 받지만 아무런 영험을 내리지도 못하는 우상(偶像)"이라 평가한다. 결국 황조는 이형을 죽인다. 이형의 죽음을 전해들은 조조가 웃으며 한마디한다.

"진부한 유생이 혀 칼로 자살했군(腐儒舌劍 反自殺)"

설검(舌劍)이란 "말로써 사람이 죽거나 다치는 일이 예리한 칼과 같다"는 뜻이다. (陽貨輕仲尼 참고)

婦人之仁 147)

(부인지인) 부녀자의 하찮은 인정. 작은 정에 끌려 결단을 내리지 못함.

유비가 익주(蜀)을 차지한 이후 유비는 익주의 문무 관원 60여명에게 후한 상과 합당한 벼슬을 내린다. 익주가 안정을 되찾자 공명이 유비에게 말한다.

"서천(西川; 蜀)이 안정되었으나 두 주인이 있을 수 없습니다. 유장을 형주로 내 보내시기 바랍니다."

그러나 유비는 차마 멀리 보낼 수 없다고 말한다. 이에 공명이 다시 말한다.

"유장이 자기 바탕을 잃은 것은 너무 나약했기 때문입니다. (劉璋 失基業者 皆因太弱也) 주공께서 만약 아녀자의 하찮은

147) 婦(며느리 부. 여자)

인정을 생각하여 일에 결단을 내리지 못하시면 아마 이곳도 오래 차지하기 어려울 것입니다.(主公若以婦人之仁 臨事未決 恐此土難以長久)"

유비는 유장의 가족들을 남군(南郡)으로 옮겨 살게 했다.

父精母血不可棄 148)

(부정모혈불가기) 부모의 정기와 피는 버릴 수 없다.

조조의 부장 하후돈(夏侯惇)은 여포의 공격을 받는 소패(小沛)의 유비를 도우러 출정한다. 하후돈이 여포의 부장 고순(高順)을 맹추격할 때, 다른 적장 조성(曹性)이 숨어 쏜 화살이 하후돈의 왼쪽 눈에 명중한다.

하후돈은 비명을 지르며 화살을 뽑는데 화살에 눈알이 그대로 박혀 나온다. 하후돈은 "부모의 정기와 피는 버릴 수 없다(父精母血不可棄)"라고 소리지르며, 자기 눈알을 씹어 먹는다. 그리고 창을 뽑아 들고 말을 달려 곧바로 조성을 죽이니 양군 모두 놀라지 않는 이 없었다.

---

148) 精() 血(피 혈) 棄(버릴 기)

釜中之魚 149)

(부중지어) 솥 안에 든 물고기. 독 안에 든 쥐.

당양현 싸움에서 조자룡이 분전했고 장비가 장판교에서 조조의 대군을 한때 물리쳤지만, 유비는 여전히 조조에게 쫓기고 있었다. 강하(江夏)로 향하는 유비를 추격하는 조조가 부장들을 독려하며 말했다.

"지금 유비는 솥 안에 든 물고기이며 함정에 빠진 호랑이다.(今劉備釜中之魚 穽中之虎) 만약 이때에 잡지 못하면 고기를 놓아 바다에 들어가게 하고 호랑이를 풀어 산으로 돌려보내는 것과 같다.(若不就此時擒捉 如放魚入海 縱虎歸山矣) 모든 장수들은 더욱 노력하여 전진하라!(衆將可努力向前)"

유비는 관우와 유기(劉琦)의 구원으로 겨우 강하에 안착하고 조조는 강릉(江陵)을 손에 넣는다.

分久必合 合久必分 150)

(분구필합 합구필분) 분열이 오래면 반드시 통합되고 통일이 오래면 필히 분열한다. 일치일란.(一治一亂)

---

149) 釜(가마 부. 솥) 中之魚
150) 分(나눌 분) 久(오랠 구) 必(반드시 필) 合(합할 합)

『삼국지』 제일회(第一回)는 “이야기를 하자면(話說) 천하 대세는 분열이 오래면 반드시 통합되고 통일이 오래면 틀림없이 분열하나니…(天下大勢 分久必合 合久必分)”로 시작된다.

그리고 120회의 끝 부분에 이 말이 다시 강조된다.

“이로써 삼국이 모두 진 황제 사마염(司馬炎)에게 귀속되어 천하통일의 기반이 되었다. 이를 두고 천하대세는 통합이 오래면 반드시 분열하고 분열이 오래면 필히 통합된다고 말한다. (此所謂 天下大勢 合久必分 分久必合者也)”

『삼국지』는 120회의 장회소설(章回小說)이다. 모든 장회소설이 마찬가지지만 『삼국지』의 서두는 “사왈(詞曰)…”이라는 운문으로 시작하여 120회 말에 『삼국지』 전편의 대의를 요약한 장엄한 시로 종결된다.

『삼국지』의 주제는 역사란 순환한다는 인식이다. 곧 역사란 일치일란(一治一亂)의 연속이며 흥망성쇠의 반복이라 할 수 있다. 그러한 역사의 도도한 흐름은 마치 장강(長江; 양자강)의 흐름과 같이 거역할 수 없는 것이며, 인간 중 영웅호걸이란 장강에 일어났다가 사라지는 파도나 물거품에 불과하다는 곧 인생 무상의 뜻이 깊숙한 곳에 자리잡고 있다고 볼 수 있다.

“인간들이 지어내는 분분한 세상사 언제 다 말하고, 망망한 천수를 누가 다 알겠는가!”

이러한 탄식처럼, 어부가 장강에 이는 파도를 보듯, 인생을 달관한 사람이 보면, 세상의 부귀공명이니 영웅호걸이니 하는 말 자체가, 또 그것을 얻으려 하는 욕망이나, 인간사 모두가

다 부질없는 짓이 아니겠는가?

分憂共患 151)

(분우공환) 근심이나 재난을 같이 나누고 분담하다. 환난에 상부상조하다.

황건적 잔당 관해(管亥)가 북해태수 공융(孔融)을 공격하자 공융은 태사자(太史慈)를 유비에게 보내 도움을 청한다. 이때 유비가 태사자에게 "공융과 어떤 관계냐"고 묻자 태사자가 대답한다.

"저는 공융과 골육을 나눈 친척도 아니고 같은 고향 이웃도 아니지만, 다만 의기투합하여 근심을 같이 나누고 환난을 같이 분담하려고 합니다.(特以氣誼相投 有分憂共患之意)"

不共戴天之讐 152)

(불공대천지수) 하늘 아래 같이 살 수 없는 원수.

서량태수 마등(馬騰)은 조조를 제거하려다가 계획이 누설되

151) 憂(근심할 우) 患(근심 환)
152) 戴(일 대, 머리 위에 올려놓다) 讐(원수 수)

어 두 아들과 함께 조조의 손에 죽는다. 마등의 장자 마초(馬超)는 마등의 의형제인 한수(韓遂)와 함께 조조 토벌군을 일으켜 장안을 점령한다. 이어 동관(潼關)에서 조조와 마초가 맞섰을 때 마초가 조조에게 말한다.

"나의 부친과 동생들을 죽였으니 나와는 하늘을 같이 할 수 없는 원수이다. 나는 너를 사로잡아 네 살을 생으로 씹어 먹겠다.(害我父弟 不共戴天之讐 吾當活捉 生啖汝肉)"

이날 마초의 군사는 대승을 거두었다. 조조는 자기 수염까지 잘라 버리면서 겨우 도망했다. 이 때 조조를 구원한 것은 조홍(曹洪)과 허저(許褚)였다. (虎痴 참고)

不分輕重[153)]

(불분경중) 경중을 구분 못하다.

유비의 생사를 알지 못한 채, 허도에 머물고 있는 관우에게 조조의 환대는 아무런 효과가 없었다. 이에 조조의 참모 장료(張遼)는 관우의 처소에 나가 관우의 심중을 떠본다. 관우는 승상의 후의에 감사하지만 한 순간도 유황숙을 잊어본 적이 없다고 말한다. 이에 장료가 말한다.

"공의 말씀은 틀렸습니다. 세상 살면서 경중을 구분하지 못

153) 輕(가벼울 경) 重(무거울 중)

한다면 대장부가 아닙니다.(處世不分輕重 非丈夫也) 현덕공께서 관공을 승상보다 더 대우하지는 않았을 것인데 무슨 까닭으로 떠날 생각만 하십니까?"

장료는 관우의 마음이 철석같다는 사실을 알면서도 다시 묻는다.

"만약 현덕공이 이미 세상을 떠났다면 공은 누구에게 의지하겠습니까?"

"죽어서라도 따라 갈 것입니다."

이 말을 전해들은 조조는 탄식하며 말했다.

"주군을 섬기되 그 근본을 잊지 않으니 천하 제일의 의사로다.(事主不忘其本 乃天下之義士也)"

不義不仁之事

(불의불인지사) 의(義)도 인(仁)도 아닌 일.

조조는 서서(徐庶) 모친의 필적을 흉내낸 가짜 편지를 보내고 서서는 모친을 봉양하러 허도(許都)로 돌아가지 않을 수 없었다. 유비는 서서를 보내는 것이 못내 아쉬웠지만 보내리라 결심했다. 이에 손건(孫乾)이 유비에게 말했다.

"우리의 사정을 잘 파악한 서서를 보내면 조조가 중용할 터이니 보내선 안 된다 하면서 만약 서서를 보내지 않으면 조조가 서서의 모친을 죽일 것이고 그렇게 되면 서서는 완전한 우리 사람이 되어 조조를 적극 공격할 것입니다."

그러자 현덕이 분명히 말했다.

"안될 말이다. 한 사람의 모친을 죽게 한 뒤, 내가 그 아들을 이용한다면 이는 불인(不仁)이며 또 여기에 머물게 하여 아들과 어미의 의리를 끊게 한다면 그것은 불의(不義)이다. 차라리 내가 죽게 될지언정 불인, 불의로운 일은 하지 않을 것이다.(吾寧死 不爲不義不仁之事)"

이 말을 들은 모두가 감탄했다.

不忍作負義之事 154)

(불인작부의지사) 의리를 저버리는 일은 차마 하지 못하다.

유비가 공명에게 조조를 막을 방책을 묻자, 공명은 신야(新野)의 작은 고을에 계속 머물 수 없으니, 유표가 위독한 이 기회를 이용하여 형주를 차지해야 하며 만약 이 기회를 놓치면 후회막급(後悔莫及)일 것이라 말한다. 그러나 현덕은 "내 차라리 죽을 지라도 의리를 저버리는 일은 차마 하지 못하겠다.(吾寧死 不忍作負義之事)"고 말한다.

154) 忍(참을 인; 억지로 ~하다) 負(질 부; 저버리다)

不入虎穴 焉得虎子 155)

(불입호혈 언득호자) 호랑이 굴에 들어가지 않는다면 어떻게 호랑이 새끼를 얻겠는가!

노장 황충이 적의 군량과 마필을 빼앗은 뒤, 위군에 대한 공격에 앞장서면서 한 말. 이날 황충은 위군의 군량 보관처인 천탕산(天蕩山)을 불사른다. 이 승전은 유비가 한중(漢中)을 차지할 수 있는 발판이 되었다. 이때가 건안 23년(서기 218년) 7월이었고 조조는 40만 대군을 이끌고 한중을 방어하려고 출정한다.

鵬飛萬里 156)

(붕비만리) 붕새가 만리를 날아가다. 앞길이 양양하다.

유비가 조조의 대군에게 신야성을 뺏기고 겨우 번성에 근거를 두고 조조와 대치하고 있을 때, 제갈량은 손권을 찾아가 조조의 80만 대군에 저항할 연합전선의 형성을 논의한다.

제갈량은 우선 오나라의 문신, 무신들과 논쟁을 벌이는데,

---

155) 穴(구멍 혈) 焉(어찌 언)
156) 鵬(대붕새 붕) 飛(날 비)

제일 먼저 장소(張昭)가 일어나 "관중(管仲)과 악의(樂毅)에 비길 수 있다는 제갈량의 능력으로 왜 조조에게 연패했느냐"고 제갈량의 군사적 무능을 공격한다.

제갈량은 장소의 장광설에 실소(失笑)하면서 "붕새가 만리를 날아가는데 그 뜻을 뭇 새들이 어찌 알겠는가(鵬飛萬里 豈群鳥能識哉)"라고 말했다. 그리고서는 병든 환자의 치유과정을 빗대어 설명하면서 자신은 얼마 되지 않는 병력으로 박망파에서 조인의 대군을 격퇴한 사실을 상기시켰다.

또 "소수병력으로 대군을 상대하기 어려우며, 승리와 패배는 언제나 있을 수 있는 일(寡不敵衆 勝負常事)"이라며 한신(韓信)도 모든 전투에서 승리한 것은 아니라고 열변을 토했다.

朋友而兄弟 157)

(붕우이형제) 붕우이면서 형제라 할 수 있는 관계.

관우는 여남(汝南) 부근에 출정했다가 유비가 원소 진영에 머물고 있다는 사실을 안다. 조조 또한 이를 알고 장료를 시켜 관우의 마음을 알아보게 한다. 장료는 관우에게 묻는다

"공과 나와의 교제는 공과 현덕의 관계에 비해 어떻게 다릅니까?"

---

157) 朋(벗 붕, 또래) 友(벗 우, 마음을 허락한 벗)

이에 관우가 대답한다.

“나와 장형과의 관계는 붕우지교(朋友之交)이지만, 나와 현덕 형님과의 관계는 붕우이면서 형제이며 또 형제인 동시에 군신의 관계라 할 수 있으니 어찌 한가지로 말할 수 있겠습니까?(我與玄德 是朋友而兄弟, 兄弟而又君臣也 豈可共論乎)”

“현덕공이 하북에 있다하니 따라 갈 것입니까”라고 장료가 다시 물었을 때 관우가 대답한다.

“예전의 약속을 어찌 버릴 수 있겠습니까?”

非保家之主

(비보가지주) 가문을 보존할 만한 주인이 아니다.

손권은 태원 2년(서기 252년)에 71세로 죽고, 뒤를 이어 손량(孫亮)이 즉위한다. 이때 제갈량의 친형 제갈근의 아들 제갈각(諸葛恪)이 태부(太傅)로 오의 실권을 장악한다.

제갈각은 위 사마소의 침입을 격퇴한 뒤, 계속 북진하지만 대패하고 귀환한다. 결국 제갈각은 손량과 손준 등의 미움을 사 대홍 2년 겨울에 무참히 살해되고 일가족도 몰살당한다.

일찍이 제갈근은 생전에 뛰어나게 총명한 아들 제갈각을 보고 “이 아이는 가문을 지킬만한 주인이 아니다.(此子 非保家之主)” 라고 탄식했었다. 위의 장집(張緝)이란 사람도 “위세가 주군보다 더하니 어찌 오래 갈 수 있겠느냐(威震其主 何能久乎)" 며 제갈각의 죽음을 예견했었다.

髀肉之嘆 158)

(비육지탄) 허벅지 군살에 대한 탄식. 대장부가 뜻을 펼 기회를 잡지 못하고 세월을 보낸다는 탄식.

형주로 유표를 찾아간 유비는 신야현에 머문다. 어느 날 유표가 현덕을 형주로 불러 술을 마시면서 집안 문제를 걱정한다. 이날 유비는 변소에 갔다가 허벅지에 군살이 많이 찐 것을 보고 자기도 모르게 눈물을 흘린다. 자리에 돌아온 유비의 눈물 자국을 보고 유표가 까닭을 묻는다. 이에 유비는 길게 탄식한 뒤 말을 잇는다.

"지난날에는 말을 자주 타고 다녀 허벅지 군살이 없었습니다. 요즈음 오랫동안 말을 안타 허벅지 군살이 다시 붙었고 세월은 흘러 곧 늙은이가 되겠지요.(今久不騎 髀裏肉生 日月蹉跎 老將至矣) 그런데도 공명을 이루지 못하였으니 슬펐을 뿐입니다."

그러자 유표는 조조와 유비가 술을 마시면서 영웅을 논했던 이야기를 상기시켜 주면서 좋은 말로 유비를 위로한다. 이날

---

158) 髀(넓적다리 비) 嘆(탄식할 탄)

유비는 술에 취해 “만약 나에게 일정한 기본이 있다면 천하의 녹녹한 무리들을 전혀 두려워하지 않을 것(備若有基本 天下碌碌之輩 誠不足慮也)”이라고 말했다.

이에 유표는 아무 말 없이 앉아만 있었고 유비는 자신의 말을 금방 후회했다.

死孔明能走生仲達 159)

(사공명능주생중달) 죽은 공명이 산 중달(사마의)을 도망치게 하다.

후한 건흥 12년(서기 234년) 8월, 제갈공명은 54세로 죽는다. 공명은 죽기 전에, 자신이 죽은 뒤 사마의(司馬懿; 字 仲達)의 내침에 대비한 계략을 세워 일일이 부탁한다.

한편 사마의는 천문을 보고 공명이 죽었을 것이라 생각하면서도 공명이 육갑(六甲)에 능하기에 이 자체가 계략인지 모른다며 공격하지 못한다. 뒤늦게 오장원이 텅 빈 사실을 안 사마의는 급히 추격한다. 사마의의 추격 군이 가까워지자, 촉군은 반격으로 나서며 공명이 앉아 있는 사륜거를 호위하고 나온다.

이에 사마의는 “공명이 아직 살아 있다”며 혼비백산 도망친

---

159) 死(죽을 사) 能(능할 능) 走(달릴 주, 도망치다) 仲(버금 중) 達(통달할 달)

다. 위 장수들은 오십 여 리를 도망간 사마의를 겨우 에워싸고 "도독은 그만 놀라십시오"라고 소리친다.

중달은 자신의 머리를 더듬으며 "내 머리가 있어 없어?(我有頭否)"라고 묻는다. 중달은 이틀 뒤에, 촉의 군사들이 천지를 흔들 만큼 슬피 울며 퇴각했고 촉의 장수들이 밀고 나왔던 사륜거 위의 제갈공명은 목인(木人)이라는 보고를 받는다. 이에 사마의가 탄식한다.

"나는 그 나무로 만든 공명을 산 사람이라 생각했지 죽은 사람이라고 생각하지 못했다."

이로부터 촉에서는 "죽은 공명이 산 중달을 도망치게 했다.(死孔明能走生仲達)"는 속언이 생겼다.

司馬三代 160)

(사마삼대) 사마씨의 삼대. 사마의, 사마사, 사마염.

조비(曹丕; 文帝)가 황초 7년(서기 226년)에 나이 40세로 죽고 그 아들 조예(曹叡)가 즉위하니 이가 위 명제(明帝)이다. 명제는 사마의(司馬懿; 字 仲達)를 표기대장군으로 삼아 옹주(雍州)와 양주(凉州)의 병마권을 장악하게 한다.

이 소식을 들은 제갈량은 마속(馬謖)의 건의를 받아들여 반

160) 炎(불꽃 염)

간(첩자)을 밀파한다. 첩자들은 사마의의 이름으로 된 불온 벽보를 곳곳에 붙인다. 명제는 사마의를 의심하고, 대신 화흠은 "조조도 사마의에게 군사권을 맡기지 말라고 했다"며 사마의를 제거하라고 건의한다.

결국 사마의는 모든 관직을 박탈당하고 고향마을로 돌아간다. 이 소식을 전해들은 제갈량은 크게 기뻐하며 "안심하고 위를 칠 수 있다"고 출사표(出師表)를 올리고 출정한다. 그러나 이후, 위나라 군사가 제갈량에게 계속 패하자 위에서는 다시 사마의를 등용한다. 사마의는 가평(嘉平) 3년(서기 252년)에 병사한다.

사마의는 사마사(司馬師)와 사마소(司馬昭) 두 아들을 두었다. 사마의가 장악한 위의 군사권은 장자 사마사에게 계승되고 사마사는 군사권 뿐만 아니라 내정의 실권까지 장악한다. 사마사가 병사하자 다시 아우 사마소가 실권을 이어받고 사마소가 죽자 장자 사마염(司馬炎)이 아버지의 지위를 계승한다. 사마염은 인물이 사내답고 양손이 무릎에 닿을 만큼 길었으며 총명하고 담략이 있었다고 한다. 사마염이 서기 265년에 위 조환(曹奐)의 선양을 받아 제위에 오르니 이 사람이 진 무제(晉 武帝)이다.

舍美玉而求頑石 161)

(사미옥이구완석) 아름다운 옥을 버리고 돌멩이를 구하다.

유비와 제갈량이 처음 대좌했을 때, 유비는 서서(徐庶)와 수경선생(사마휘)으로부터 강력한 천거를 받았다고 인사한다. 이어 유비는 두 분의 말이 어찌 헛된 말이겠느냐 하며 가르침을 베풀어 달라고 간곡히 말한다. 이에 제갈량이 말한다.

"덕조(수경선생)와 원직(서서)은 세상 사람이 다 아는 훌륭한 분이지만 저는 그저 농부일 뿐이니 어찌 감히 천하의 일을 얘기하겠습니까? 장군은 어찌 아름다운 옥을 버리고 돌멩이를 가지려 하십니까?(將軍奈何 舍美玉而求頑石)"

이와 비슷한 뜻으로 "사심복이고수족(舍心腹而顧手足)"이란 말도 있다. 이는 '심장과 배의 질병을 버려 두고 손발의 병을 살펴본다' 즉 주요한 핵심을 제쳐놓고 지엽적인 사실을 중요시 한다는 뜻이다.

死復何恨 162)

(사부하한) 죽는다하여 무슨 여한이 있겠는가?

손책은 손견(孫堅)과 오부인(吳夫人)의 장남으로 태어났다. 손견이 형주(荊州) 유표를 공격하다가 전사하니 당시 37세였

161) 舍(집 사; 버리다) 頑(완고할 완)
162) 復(다시 부) 何(어찌 하, 무슨?) 恨(한할 한)

다.(서기 192년) 아버지의 뒤를 이은 손책은 한 때 수춘(壽春)에 웅거한 원술(袁術)의 휘하에 있다가 전국(傳國) 옥새를 원술에게 맡기고 삼천 명의 군사를 얻어 양주자사 유요(揚州刺史 劉繇)를 정벌했다.

일찍이 원술은 손책의 능력과 사람됨을 무척 아끼었는데 "나에게 손랑(孫郞; 손책을 지칭함)같은 아들이 있다면 죽는다 하여 무슨 여한이 있겠는가?(使術有子如孫郞 死復何恨)"라고 탄식한 적도 있다.

손책은 주유(周瑜), 장소(張昭) 등의 도움을 받아 강남 일부를 점령한 뒤, 곡아(曲阿)에 머물면서 오군(吳郡)의 엄백호(嚴白虎; 자칭 東吳德王)를 치고 가홍, 오정 등을 차지하여 강동을 완전히 장악한다. 이에 손책은 "패권을 잡은 젊은 왕"이란 뜻인 소패왕(小覇王)이라는 별칭을 얻었다.

손책은 강동을 장악하자 이를 조정에 보고하면서, 조조와의 관계를 개선한다. 손책은 사냥하다가 자객의 창에 찔려 중상을 입은 뒤, 요양 중에 도사 우길(于吉)을 죽인다. 손책은 우길의 허상에 시달리다가 아우 손권(孫權)에게 대권을 인계하고 죽으니 당시 그의 나이 26세였다. (擧賢任能 참고)

死不負約 163)

(사불부약) 죽을지언정 약속을 저버리지 않는다.

조조의 농간에 맞서 헌제가 보낸 피로 쓴 밀조(密詔)를 받은 동승(董承) 왕자복(王子服) 마등(馬騰)은 서로 의리를 지키겠다고 약속한다.

"우리들은 죽을지언정 약속을 져버리지 않는다고 맹세합시다.(吾等誓死不負約)"

나중에 유비도 여기에 서명한다. 그러나 결국엔 탄로 나지만 여기에 서명했던 사람들이 서로의 약속을 져버리지는 않았다.

死生有命

(사생유명) 인간의 죽고 사는 것이 다 운명이 달렸다.

촉한 후주 건흥(建興) 12년(서기 234년) 8월 23일에 제갈량은 54세로 오장원(五丈原)에서 죽는다. 죽기 전, 제갈량은 제단에 본명등(本命燈)과 49개의 등을 밝히고 인간의 수명을 주관한다는 북두(北斗)에게 수명을 일기(一紀; 12년)만 연장하여 달라고

163) 死(죽을 사) 負(질 부, 어길부) 約(묶을 약)

기도한다.

공명이 기도하는 동안 7일간 본명등이 꺼지지 않으면 되는데, 엿새째 되는 날 밤 적이 공격한다는 사실을 알리러 급히 뛰어 들어온 위연(魏延)의 발길에 본명등이 꺼진다.

산발한 공명은 칼을 짚고 기도하다가 칼을 버리며 탄식한다.

"죽고 사는 것이 다 명이 있으니 기도하여 얻을 수 없도다.(死生有命 不可得而禳也)"

이후 공명은 자신의 사후 처리를 차례차례 부탁한다.

『삼국지』에는 공명이 죽는 날 밤, 하늘과 땅이 슬픔에 잠긴 듯 달도 빛을 잃었다.(是夜天愁地慘 月色無光)고 기록했다.

또 당나라 때 시인 두보(杜甫)의 "출사하여 이기지 못하고 몸이 먼저 가니(出師未捷身先死) 후세 영웅의 눈물로 옷깃 가득 적신다(長使英雄淚滿襟)"는 시 구절 그대로라 할 수 있다.

四世三公

(사세삼공) 고조로부터 자신에 이르기까지 4세에 걸쳐 3공의 지위에 오르다. 원씨 가문의 융성을 말함.

대대로 회남에 웅거한 원술(袁術)은 회남의 많은 백성과 군량을 바탕으로 그리고 손책에게서 넘겨받은 옥새를 가지고 있기에 원술은 황제의 자리에 오르고자 한다. 그리하여 휘하 사람들을 모아 놓고 우선 자기 가문의 융성을 말한다.

원술은 자기의 고조 원안(袁安)이 사도(司徒)에 오른 이후 4세에 걸쳐 삼공(三公)의 지위에 올랐으며(四世三公) 이어 원씨 가문과 자신에 대하여 백성들이 믿고 의지하니, 하늘의 뜻과 백성들의 여망에 순응하여 황제의 자리에 오르는 것(正位九五)이 어떠하냐고 묻는다.

死亦甘心 164)

(사역감심) 죽는다해도 마음이 흐뭇하다. 죽어도 좋다.

관우가 유비를 찾아 여남으로 가던 중, 원래 황건적이었다가 산적이 된 주창(周倉)은 관우를 만나자 자기를 거두어 달라고 간청한다.

"전에 황건적 장보를 따라다닐 적에 한 번 뵌 적이 있습니다만 그때는 도적의 무리에 들어 있어 장군을 따르지 못했습니다. 다행히 오늘 이렇게 배견(拜見)하오니 바라옵건대 장군께서 저를 버리지 마시고 보졸이라도 시켜주신다면(今日行得拜見 願將軍不棄 收爲步卒) 아침저녁으로 말고삐를 잡고 따라

164) 死(죽을 사) 亦(또 역) 甘心(마음이 흡족하다. 달가워하다.) 周(두루 주) 倉(곳집 창)

다니다가 죽는다 하여도 마음이 흐뭇할 것입니다.(早晩執鞭隨鐙 死亦甘心)" (去邪歸正 참고)

이후 주창은 관우를 따라 다니며 시중을 든다. 지금 중국에서는 관우에 대한 숭배가 아주 보편화되었는데 관우를 모신 사당에는 청룡언월도를 들고 있는 주창을 같이 모시고 숭배한다고 한다. (졸저『중국인의 토속신과 그 신화』 關聖帝君 참고)

死則死 何懼之有 165)

(사즉사 하구지유) 죽으면 죽었지 무엇을 두려워하는가? 왜 목숨을 구걸하는가?

여포의 죽음은 그 뒷맛이 개운치 않다. 대장부의 비장한 기개가 아닌, 목숨을 구걸하는 필부의 초라한 모습이 눈앞에 가득하다.

서주(徐州)를 차지하고 있던 여포는 원술의 도움을 받지도 못한 채, 조조와 유비에 의해 하비성에서 포위된다. 여포는 성이 포위된 상태로 한 달이 넘게 버티었으나, 모사 진궁(陳宮)의 말을 듣지 않았고 처첩에 연연했으며 하루에 천리를 달린

165) 死(죽을 사) 則(곧 즉) 懼(두려워할 구)

다는(日行千里) 적토마와 자신의 용력(勇力)만을 믿었다.

여포는 거울에 비친 자신을 보고 놀라 금주령을 내리며 스스로 술을 끊었으나, 말 도둑을 잡은 하급 장교들이 술 한잔하겠다는 것을 엄한 매질로 다스린다. 결국 그들이 적토마를 훔쳐다가 조조에게 바쳤고, 조조는 사수(泗水)의 강물을 터서 하비성을 물에 잠기게 한다.

이날 여포는 성을 공격하는 조조의 군사에 맞서 이른 새벽부터 한낮이 되도록 육박전을 전개한다. 한 때 싸움이 그친 사이, 여포가 의자에 앉아 졸다가 부하들에게 밧줄에 묶여 산채로 조조에게 끌려간다. 이어 하비성은 함락되고 여포의 모사 진궁, 부장 고순(高順) 장료(張遼) 등이 모두 사로잡힌다.

하비성의 백문루(白門樓)에서 조조 앞에 끌려간 여포는 틈을 보아 유비에게 말한다.

"공은 좌상의 상객(上客)이고 나는 계단 아래 죄수의 몸이니 옛 정을 생각하여 말 한마디 해주지 않겠소?"

유비는 말없이 고개를 끄덕였다. 잠시 후, 여포는 조조에게 목숨을 또 구걸한다.

"공(公)은 본래 이 여포를 걱정했었지만 이제 내가 굴복하였으니 공이 대장을 맡고 여포가 부장 역할을 하면 천하를 평정하는 것이 어렵지 않을 것입니다."

이에 조조가 유비를 돌아보며 의견을 묻자 유비가 대답한다.

"공은 여포의 의부(義父)였던 정원(丁原)과 동탁의 끝을 보지 않았습니까?"

그러자 여포가 탄식하듯 소리친다.

"저 귀가 큰애(大耳兒; 유비를 지칭함)는 정말 믿을 수가 없구나!"

조조는 여포를 교수형에 처하라 했고 여포는 끌려가며 다시 소리 지른다.

"귀가 큰애는 군문(軍門)에서 활로 창의 가운데를 맞추어 그대를 살려 주었던 일을 기억하는가?"

그때 여포의 부장이었던 장료가 소리 지른다.

"여포 필부야! 죽으면 죽었지 무엇을 그리 두려워하는가!(呂布匹夫 死則死矣 何懼之有)"

詐降之計 166)

(사항지계) 거짓으로 항복하여 적을 치는 계략.

조조의 부장 악진(樂進)과 이전(李典) 등이 병주(幷州)를 공격할 때, 원소의 부장인 고간(高幹)이 호관구(壺關口)를 굳게 지켜 함락시킬 수 없었다. 이에 조조가 여러 장수를 모아 놓고 대책을 협의한다. 그때 순유(筍攸)는 '거짓으로 항복하는 계략(詐降之計)'을 건의한다.

조조는 즉시 원소의 부장이었다가 항복한 장수 여광(呂曠)과

166) 詐(속일 사) 降(항복할 항)

여상(呂翔)을 불러 계략을 일러준다. 여광 등은 고간에게 거짓으로 옛 주인을 찾아 왔다며 호관구에 들어간다. 여광은 고간에게 조조에 대한 습격을 건의했고 계략에 빠진 고간은 결국 호관구를 뺏기고 도망간다.

四海之望 167)

(사해지망) 온 천하 사람들의 여망이나 기대.

여포에게 쫓기어 허도로 조조를 찾아온 유비를 죽여야 한다는 주장에 대해 곽가가 조조에게 말한다.

"이는(유비를 죽이는 일) 한 사람의 걱정거리를 제거하여 온 천하의 소망을 져버리는 것이니 안전할 것인가 위태로울 것인가를 살피지 않을 수 없는 것입니다.(夫除一人之患 以阻四海之望 安危之機 不可不察)" (裹足不前 참조)

三顧之恩 168)

(삼고지은) (유비가 제갈량을) 세 번 찾아 온 은혜.(三顧草

---

167) 四海(온 천하. 중국인들은 중국의 사방에 바다가 있다고 생각했다)

168) 顧(돌아볼 고) 恩(은혜 은) 崗(산등성이 강) 臥龍崗은 江이 아님.

廬) 지우지은.(知遇之恩)

서서(徐庶)와 사마휘가 제갈량을 유비에게 천거했고 유비는 남양 와룡강(臥龍崗)으로 제갈량을 찾아간다. 와룡강을 세 번째 찾아가서야 유비는 제갈량을 만난다.

여기서 제갈량은 삼분천하(三分天下)의 대략을 설명했고 유비의 간청과 성심에 감동하여 벼슬에 나갈 것을 결심하고 유비에게 말한다.

"장군께서 저를 버리지 않으시니 저의 있는 힘을 다 바치고자 합니다.(將軍旣不相棄 願效犬馬之勞)"

유비 일행은 이날 제갈량의 집에서 하룻밤을 묵는다. 다음날 제갈량은 집을 나서면서 동생 제갈균(諸葛均)에게 말한다.

"나는 유황숙(劉皇叔)께서 세 번이나 찾아오신 은혜를 입어 출사하지 않을 수 없다.(吾受劉皇叔三顧之恩 不容不出) 너는 이곳 농사일을 하면서 논밭을 묵이지 않도록 하라.(汝可躬畊於此 勿得荒蕪田畝) 내가 성공하는 날에 다시 돌아와 은거하리라.(待吾成功之日 卽當歸隱)"

처음 출사(出仕)하는 공명은 바로 돌아올 날의 자신을 그리고 있었다. 그러나 그는 오장원(五丈原)에서 생을 마쳤고 다시는 와룡강에 돌아오지 못했다.

제갈량이 유비를 따라 와룡강을 떠나던 당시, 후한 헌제 건안 12년(서기 207년) 공명은 27세였고 유비는 47세, 조조는 53세였다.

三顧草廬 169)

(삼고초려) 유비가 제갈량의 초가를 세 번 찾아오다.(三顧之恩. 三顧茅廬) 예를 극진히 갖추고 (인재를) 초빙하다. 간절히 거듭 요청하다.

제갈량이 위 정벌에 앞서 후주(後主)에게 올린 출사표(出師表)의 원문 "선제께서는 저를 비천하다 여기지 아니하고 황공하게도 몸을 낮추시어 신의 초가로 세 번이나 찾아 오셔서 신에게 당시 정세에 관하여 물으셨습니다.(先帝不以臣卑鄙 猥自枉屈 三顧臣於草廬之中 帝諮臣以當世之事)"에서 나온 말.

三公論道 大夫行之

(삼공논도 대부행지) 삼공은 도(道)를 논하고 대부는 실무를 실행한다.

---

169) 草(풀 초) 廬(오두막집 려{여})

삼공은 나라의 정승으로 시대에 따라 그 직책 명칭은 다르지만 황제의 자문 역할이 중요 임무였고 행정의 실무는 대부들이 분담했다. 삼공(三公)은 전한 때는 대사마, 대사도, 대사공을 말하고 후한 때에는 태위, 사도, 사공을 지칭했다. (爲治有體 참고)

三軍易得 一將難求 170)

(삼군이득 일장난구) 삼군은 얻기 쉽지만 장수 한 사람을 구하기는 어렵다.

조홍(曹洪)은 장비에게 대패하여 겨우 몸만 빠져 남정(南鄭)으로 돌아온 장합(張郃)을 참수하라고 명령한다. 이에 곽준이 조홍에게 말한다.

"삼군은 얻기 쉽지만 장수 한 사람을 구하기는 어렵습니다. (三軍易得 一將難求) 장합이 유죄라 하지만 위왕(조조)께서 많이 아끼는 사람이니 쉽게 죽일 수 없습니다. 그에게 5천명 병력을 주어 하맹관(葭萌關)을 공략케 하여 기회를 준 뒤, 만약 패전한다면 그때 참수해도 늦지 않을 것입니다."

이에 장합은 하맹관을 공격한다. 한편 공명은 하맹관으로 황충과 엄안 두 노장을 파견한다. 장합은 "늙은이가 부끄러운 줄

---

170) 易(바꿀 역. 쉬울 이) 難(어려울 난)

도 모르고 싸움터에 나왔느냐"고 황충에게 욕을 한다. 이에 화가 난 황충이 말한다. "어린 녀석이 감히 나를 늙었다 얕보지만 내 수중의 보도는 조금도 늙지 않았다.(竪子欺吾老 吾手中寶刀却不老)" 이날 장합은 대패하여 8·9십 리쯤 퇴각한다.

三令五申 171)

(삼령오신) 여러 번 타이르고 설명하다.

여몽(呂蒙)의 뒤를 이어 오의 대도독이 된 육손(陸遜)은 여러 장수들에게 철저한 경계를 펴고 절대로 유비의 군사를 공격하지 말라고 명령한다. 여러 장수들은 육손이 적을 두려워한다고 비웃으며 경계를 강화하지 않는다. 이에 육손이 여러 장수들을 불러모아 놓고 다시 강조한다.

"내가 삼가 왕명을 받들고 여러 장수를 총 지휘하는 바(吾欽承王命 總督諸將) 어제 삼령오신 여러 번 반복하여 각처를 철저히 지켜라 하였거늘 모두가 내 명령에 따르지 않는 까닭은 무엇인가?(昨已三令五申 令汝等各處堅守 俱不遵吾令何也)"

모든 장수들은 유비와 결전을 벌여야 한다고 주장하였으나 육손은 여전히 굳게 수비만 하라고 엄명한다. (陸遜之才 참고)

---

171) 令(명령 령) 申(거듭할 신, 설명하다)

三分天下

(삼분천하) 천하를 삼분하다.

유비가 삼고초려의 정성으로 제갈량을 만났을 때, 제갈량은 당시 중국의 형세를 분석한다.

제갈량은 조조를 지모(智謀)가 뛰어난 데다가 천자를 끼고 있으니 지금으로서는 조조와 세력을 다툴 수 없다고 보았다. 또 손권에 대해서는 강동에 웅거하여 험한 지형을 이용하여 국토를 지키며 백성들의 신망을 얻고 있으니 손권의 도움을 받을 수는 있으나 당장 어떻게 도모할 수 없다고 분석하였다.

제갈량은 유비에게 군사적으로 주요한 형주(荊州)와 천혜의 요새이면서 경제적으로 풍요로운 익주(益州)를 차지해야 한다고 권유한다. (用武之地 참고) 이어 제갈량은 서천(西川; 蜀) 54주의 지도를 내걸고 유비에게 천하를 삼분할 전략을 설명하였다.

즉, 북쪽은 천시(天時)를 얻은 조조에게, 남쪽은 지리적 이점을 차지한 손권에게 양보할 수밖에 없다. 대신 유비는 "인화(人和)를 바탕으로 먼저 형주를 점유하여 집을 삼고(可占人和先取荊州爲家) 곧 이어 서천 지역을 손에 넣어 나라의 기초를 닦고 솥의 세 발(鼎足 정족)과 같은 형세를 이룬 후에 중원(中

原)을 도모할 수 있다(後卽取西川 建基業 以成鼎足之勢 然後可圖中原也)"고 말했다.

이는 중국을 삼분한 위, 촉, 오(魏 蜀 吳) 삼국의 정립을 예견한 제갈량의 혜안(慧眼)이라 말 할 수 있다. 제갈량의 이런 설명에 유비는 "구름과 안개를 걷어내고 푸른 하늘을 보는 것(撥雲霧而覩靑天)"과 같다고 말했다.

三思免悔 172)

(삼사면회) 세 번 생각하여 후회할 일을 면하다. 매사를 신중히 생각하다.

제갈량은 오의 군사력을 빌리기 위해 '강동이교(江東二喬)'를 조조에게 헌납하여 오의 국가적 문제를 해결하라고 말해 주유를 격분시킨다. 흥분한 주유는 조조가 자신을 아주 무시한다며, "나와 그 늙은이(조조)는 둘 중 하나가 없어져야 한다(吾與老賊 誓不兩立)"며 분노한다.

이에 제갈량은 "매사는 세 번씩 깊이 사려하여야 후회를 면할 수 있다(每事三思 免致後悔)"며 신중히 생각하여 참전을 결정하라는 말로써 자신의 의도를 다시 한번 더 감춘다.

이에 주유는 "손책이 죽으면서 자기에게 부탁한 바도 있는

172) 免(면할 면, 벗어나다) 悔(뉘우칠 회)

데 어찌 몸을 굽혀 조조에게 항복할 수 있겠느냐" 하면서 "비록 도끼 날이 머리를 치더라도 결코 뜻을 바꾸지 않을 것이니(雖刀斧加頭 不易志) 공명은 같이 힘을 합쳐 역적 조조를 격파하자"고 제의한다. 또 자신은 수군을 훈련시킬 때부터 벌써 북벌을 계획하고 있었다며 조조에 항전하겠다는 의지를 확실히 밝힌다. (江東二喬, 兵家之忌 참고)

三寸不爛之舌 173)

(삼촌불란지설) 세 치의 살아 있는 혀. 상대방을 설득하는 무기 또는 세객(說客)을 의미함.

조조는 형주의 태반을 점령하고 형주의 군사를 포함하여 83만의 병력을 100만 대군이라 호칭했다. 조조는 쫓기는 유비가 막판에 손권과 손을 잡을까 염려하여 손권에게 사신을 보낸다. 조조는 손권에게 "강하(江夏)에서 같이 만나 유비를 잡고 형주의 땅을 반분하자"고 제의한다. 손권은 이 제의를 검토하면서 조조 군대의 허실을 알아보기 위해 노숙(魯肅)을 유비에게 보낸다.

한편 유비와 공명은 손권과 연합하되 남북 대치 상황을 만

173) 爛(문드러질 란) 舌(혀 설)

들어 그 중간에서 독자 세력을 형성한다는 장기적 전략을 세운다. 유비는 이 장기적 계략에 의거하여 강동에 가서 손권을 설득하는 막중한 임무를 수행할 인물을 찾는다. 이때 공명이 말한다.

"만약 강동에서 우리에게 사람을 보내오면 제가 배를 타고 강동에 가서 세 치의 살아 있는 혀를 이용하여(憑三寸不爛之舌) 손권을 설득하겠습니다."

이후 제갈공명은 노숙을 따라 오(吳)에 갔고 유세와 협상으로 오나라를 끌어들여 적벽대전으로 연결시킨다.

喪家之狗 174)

(상가지구) 초상집의 개, 의지할 곳이 없는 막막한 신세.

이는 본래『사기(史記)』의 「공자세가(孔子世家)」에 나오는 말이다. 공자(孔子)가 노(魯)를 떠나 정(鄭)나라에 갔을 때, 그 제자들과 길이 엇갈려 동문에 홀로 서 있었다. 어떤 정나라 사람이 공자의 이런 모습을 보고 자공(子貢)에게 말하였다.

"… 그 망연자실한 모양이 마치 상가의 개와 같다."

상사를 당한 주인이 황망하여 개 먹이를 주지도 않고 상가의 그 누구도 개를 돌보지 않으니 상가의 개가 어떨지 그 모

174) 喪(죽을 상) 狗(개 구)

습을 떠올릴 수 있다.

조조에게 패한 이각과 곽사 그리고 그 잔당들은 모두 서쪽으로 도망할 때, '상가의 개처럼 허둥대며(忙忙似喪家狗)' 도주한 뒤, 모두 산 속으로 숨어버렸다.

祥瑞圖讖 175)

(상서도참) 새 왕조의 성립이나 왕조 교체를 상징하는 상서로운 현상과 미래의 길흉 예언하는 글이나 도서.

조조가 죽고 아들 조비가 위왕으로 즉위한 뒤, 조비는 한 헌제의 자발적인 퇴위 즉 선양을 강요한다. 이복이란 사람은 위왕 조비가 즉위한 이후에 "기린이 출현하였고 봉황이 나타났고 황룡이 출현하였으며 가화(嘉禾)가 무성히 자라고 감로(甘露)가 내리니 이 모두가 위가 한을 대신할 상서로운 징조를 보여준 것"이라고 말했다.

또 허지란 사람은 "참서의 귀(鬼) 있는 곳에 위(委)가 연접했다는 글은 바로 위(魏)가 한을 대신할 징조"라고 말했다.

이에 대하여 헌제는 "상서로운 징후나 도참에 대한 말은 모두 허망한 일(祥瑞圖讖 皆虛妄之事)"이라며 선양을 거부한다.

그러자 왕랑이란 사람이 다시 말한다.

---

175) 祥(상서로울 상) 瑞(길조 서) 圖(그림 도) 讖(비결 참)

“예로부터 흥하면 반드시 망하고 융성하면 필히 쇠퇴가 있으며 패망하지 않은 나라와 가문이 있습니까?(自古以來 有興必有廢 有盛必有衰 豈有不亡之國 不敗之家乎)”

헌제는 재위 32년에 강제로 조비에게 선위하고 산양공(山陽公)으로 강등되어 쫓겨난다. (名正言順 참고)

生死分定

(생사분정) 이미 정해진 생과 사. 사생이정.(死生已定)

적벽대전 이후 형주의 유비는 군사력을 보강한다. 손권이 합비에서 남서(南徐)로 돌아왔다는 정보를 얻은 유비는 공명을 불러 사후 대응책을 논의한다.

이때 양양의 유기(劉琦)가 병사했다는 소식이 전해진다. 유비가 크게 슬퍼하자 공명이 말한다.

“생사는 이미 정해진 것이오니 주공께서는 슬퍼하지 마십시오. 혹 귀하신 옥체를 다칠까 걱정입니다.(生死分定 主公勿憂 恐傷貴體)”

공명은 운장에게 양양을 지키게 하고 장례 절차를 마련하라고 건의한다. 유기의 죽음은 오(吳)에서 유비에게 형주 반환을 요구할 수 있는 명분이 되었다.

生爲袁臣 死爲袁鬼 176)

(생위원신 사위원귀) 살아서는 원씨의 신하이며 죽어서도 원씨의 귀신이 된다.

원소의 아들 원상에게 끝까지 충성을 다한 심배(審配)가 죽으면서 한말. 조조는 형제간 내분에 빠진 기주를 공격하여 성을 함락시킨다. 기주성을 지키려 최선을 다했던 심배는 조조의 투항권유를 당당히 거부한다. 심배는 이미 투항했던 신비(辛毗)의 가족을 몰살했는데, 신비는 "심배를 빨리 처형해야 한다"고 조조에게 간청한다. 이에 심배가 말한다.

"나는 살아서는 원씨의 신하였고 죽어서도 원씨의 귀신이 될 것이다.(吾 生爲袁氏臣 死爲袁氏鬼) 너 같이 아부나 하는 도적과는 다르니 빨리 죽여 달라."

심배는 처형당할 때 "나의 주군이 북쪽에 계시니 남쪽을 보고 죽을 수 없다.(吾主在北 不可死吾面南而死)" 하며 북쪽을 향해 무릎을 꿇은 채 처형당했다. 조조는 심배의 충의를 높이 평가해 기주성 북쪽에 무덤을 만들어 주었다.

서기 263년, 위 대장군 종회(鍾會)가 촉을 멸망시킬 때, 촉의 양평관(陽平關)을 지키던 장수 부첨(傅僉)은 삼천 병력을 거느

---

176) 爲(될 위) 袁(옷길 원; 성씨) 鬼(귀신 귀)

리고 나가 종회의 십만 대군과 맞서 당당히 싸웠으나 그의 부장의 배신으로 양평관을 빼앗긴다. 부상을 당해 더 이상 싸울 기력을 잃은 부첨은 하늘을 우러러보며 "살아서 촉의 신하였으니 죽어 당연히 촉의 귀신이 되어야 한다(生爲蜀臣 死亦當爲蜀鬼)"며 자결한다.

徐母高義

(서모고의) 서서(徐庶) 모친의 높은 의기.(義氣)

조조가 처음 서서의 모친을 만났을 때, 서서의 모친은 조조를 신랄하게 비판할 정도로 인물에 대한 식견을 갖고 있었다. 그러나 서서는 정욱이 보낸 모친의 가짜 편지에 속아 유비를 떠나 허도(許都)로 돌아온다. 서서가 섬돌 아래 무릎 꿇고 모친을 뵈웠을 때, 서서의 모친은 아들을 크게 꾸짖는다.

"네가 오랫동안 강호(江湖)를 떠돌아다니며 스승을 좇아 배운다기에 학업이 진보했는가 생각했었는데 이제 보니 집 떠날 때보다도 더 어리석구나."

"너도 독서를 했기에 충과 효 두 가지를 다 함께 이룰 수 없음(忠孝不能兩全)을 알았을 것이며, 여태껏 조조와 현덕공의 사람됨을 몰랐었는가?"

"네가 현덕공을 섬겼다면 섬길만한 주군을 얻은 셈인데 가짜 편지 한 장에 속아 진위를 상세히 살피지도 않고 명철한 주군을 버리고 어리석은 사람을 따라와 스스로 악명을 덮어쓰니 정말 어리석은 사내로다.(棄明投暗 自取惡名 眞愚夫也)"

"너는 조상을 욕되게 하였으니 천지간에 헛된 인생을 살았다."

이에 서서는 감히 고개를 들어 모친을 바라볼 수도 없었다. 서서의 모친은 병풍 뒤로 들어가 대들보에 목을 매었다. 서서가 모친을 끌어안았을 때, 서서의 모친은 이미 죽어 있었다.

서서 모친의 높은 의기는 수경선생(水鏡先生)도 알고 있었다. 서서가 허도로 돌아갔다는 말을 들은 수경선생은 그 편지가 가짜이며, 서서가 돌아갔으니 필경 그 모친을 잃을 것이라고 말했다. 현덕이 그 까닭을 묻자 수경선생이 대답했다.

"서서 모친의 높은 의기로는 그 아들과의 상면을 수치라고 생각할 것입니다.(徐母高義 必羞見其子)"

鼠輩安敢如此 177)

(서배안감여차) 생쥐 같은 녀석들이 어찌 이럴 수 있나? 깔보고 무시하는 말.

조조는 건안 5년 자기를 죽이려했던 동승과 왕자복, 유비,

177) 鼠(쥐 서) 輩(무리 배) 安(어찌 ~할 수 있나)

마등 등의 모의를 다 밝혀낸다. 동승의 집을 뒤져 헌제의 비밀 조서를 찾아낸 조조는 웃으면서 말한다.

"생쥐 같은 녀석들이 어찌 이럴 수 있나?(鼠輩安敢如此)"

조조는 이를 계기로 임신 5개월의 동비(董妃)를 죽이고 동승 일가 등 700여명을 죽였으며 서주에 머물고 있는 유비를 공격한다. 조조의 대군에게 격파된 유비는 단신으로 원소를 찾아가 의탁하고 장비는 망탕산(碭碭山)에 들어가 숨고, 관우는 3가지 조건을 내 걸고 조조에게 항복한다.

徐庶至孝 178)

(서서지효) 서서의 대단한 효심.

서서(徐庶; 字 元直)는 영주(穎州)사람으로 남의 원수를 갚아 준다고 살인한 뒤, 성명을 선복(單福)이라 바꾸고 각지로 스승을 찾아다니며 배웠다. 서서는 어려서 부친을 여의었기에 모친에 대한 효성이 대단했다.

서서는 형주에서 유비를 만나 군사(軍師)가 되어, 번성(樊城)을 점령하기도 하였다. 그 동안 모친을 모시고 있던 서서의 동생이 죽었기에 홀로 기거하던 모친에 대해 불효를 한다는 생각을 늘 갖고 있던 서서는 조조와 정욱(程昱)이 꾸민 계략(모

178) 徐(천천할 서) 庶(여러 서; 많다) 至(이를 지; 지극할 지)

친의 가짜 편지)에 말려 허도로 돌아가지 않을 수 없었다.

서서는 제갈량(諸葛亮)과도 교우관계가 있었기에 유비와 헤어지면서 제갈량을 천거한다. (不義不仁之事, 金波玉液, 참고)

西子不能閉其美 179)

(서자불능폐기미) (월나라의 미인) 서시(西施)의 미모는 감출 수 없다.

공명은 이회를 세객(說客)으로 보내 장노(張魯)에 의탁하고 있던 마초를 설득케 한다. (良禽擇木而棲 참고)

이때 이회는 "당신에게 곧 재앙이 닥칠 것"이라면서 "내가 알기로는 월의 서시(西施)를 아무리 헐뜯어도 그녀의 아름다움을 감출 수 없고(吾聞越之西子 善毁者 不能閉其美) 제(齊)의 무염(無鹽)은 아무리 칭찬을 해도 그 추한 모습을 감출 수 없다(齊之無鹽 善譽者 不能掩其醜)"며 마초가 선택할 수 있는 유일한 길은 "유비에게 투항하는 것"이라고 설득하였다.

179) 越(넘을 월. 나라 이름) 毁(허물 훼) 閉(닫을 폐) 齊(가지런할 제. 나라 이름) 鹽(소금 염) 譽(칭찬할 예) 醜(추할 추)

善善惡惡 180)

(선선오악) 선인을 좋아하고 악인을 미워하다.

유비가 단계(檀溪)를 건너와 수경선생 집에 묵는 날 밤, 수경선생을 찾아온 선복(單福; 본명 徐庶)은 자신이 형주로 유표를 찾아가 만났으나 실망했다는 말을 한다.

"오래 전부터 유경승(劉表)이 선인을 좋아하고 악인을 미워한다는 말을 들었기에 찾아가 만났으나 실제 만나보니 한낱 헛 명성이었습니다.(久聞劉景升善善惡惡 特往謁之 及至相見 徒有虛名) 그저 선인을 좋아하지만 등용하지 못하고 악인을 미워하나 제거하지 못하는 그런 사람입니다.(蓋善善而不用 惡惡而不能去者也) 그래서 헤어지겠다는 편지를 써 보낸 뒤 이곳을 찾아왔습니다."

그러자 수경선생이 서서에게 말한다.

"왕자(王者)를 보좌할 재능을 가졌으면 마땅히 인물을 골라 섬겨야지 어찌 경솔하게 유경승을 찾아가 만났소? 영웅호걸이 바로 눈앞에 있지만 다만 공이 알아보지 못하는 것입니다."

이런 대화를 옆방에서 우연히 듣게된 유비는 서서가 복룡봉추 중 한 사람일 것이라 생각한다. 서서는 곧 유비를 찾아와 유비의 군사(軍師)가 된다.

---

180) 善(좋아할 선) 用(등용하다) 惡(미워할 오) 去(제거하다)

聲東擊西 181)

(성동격서) 동쪽에서 함성을 지르나 실은 서쪽을 공격한다. 이쪽을 치는 척 저쪽을 치다.(指東擊西)

조수란 곳에서 배수진을 치고 위군을 대파한 강유는 적도성을 공격하다가 위나라 장수 등애에게 대패하여 한중으로 일단 철수한다.

이에 등애는 강유가 기산이나 농서, 남안, 적도성을 다시 공격해 올 것이라며 그 이유 다섯 가지를 열거한다.

첫째 촉군이 지금 승승지세(乘勝之勢)이며

둘째 제갈량에 의해 오랫동안 훈련받은 군사이며,

셋째 촉군은 수로를 이용, 힘 안들이고 이동할 수 있으며

넷째 위군은 기산 등 요지를 방어하는 입장이지만 촉군은 혹 동쪽에서 소리 지르며 서쪽을 공격하고 남쪽을 공격하는 척 북쪽을 공격할 수 있는(或聲東擊西 指南攻北) 유리한 입장이고

마지막으로 촉군은 기산의 보리를 베어 군량을 조달할 수 있다는 등 다섯 가지 이유를 들었다.

---

181) 聲(소리 성) 擊(부딪칠 격)

그러면서 등애는 촉군의 공격에 대비한 대응책을 곧 마련한다. 한편 강유도 등애가 열거한 것과 같은 다섯 가지 이점이 자기에게 있다며 위군을 공격하지만, 이미 준비하고 기다린 등애에게 대패한다.

盛衰不改節 存亡不易心 182)

(성쇠부개절 존망불역심) 성쇠에 따라 절개를 고치지 않고 존망에 따라 마음을 바꾸지 않는다.

사마의한테 모든 군사 지휘권을 뺐기고 다만 부가옹(富家翁)이 되고 싶다하던 조상(曹爽)과 그 형제 일족 및 추종자들은 역모를 꾀했다고 모두 사형을 당하거나 투옥된다.

조상의 사촌 동생 문숙의 아내는 하후령의 딸인데 그녀를 친정에서 개가시키려하자 문숙의 처는 이를 거부하며 자신의 코를 잘라버렸다. 주위 사람들이 그녀에게 물었다.

"인생살이가 약한 풀잎 위에 얹힌 가벼운 먼지 같거늘 어찌 이런 고생을 스스로 겪어야하는가?(人生世間 如輕塵棲弱草 何至自苦如此) 더군다나 조씨 일가가 사마씨에게 몰살당하여 아무도 남은 사람이 없거늘 누구를 위해 수절하려는가?"

이에 문숙의 처 하후씨가 말했다.

---

182) 盛(번성할 성) 衰(쇠할 쇠) 節(마디 절, 절개) 易(바꿀 역)

"어진 자는 성쇠에 따라 절개를 고치지 아니하고 의로운 사람은 존망에 따라 마음을 바꾸지 않는다고 들었습니다.(吾聞仁者不以盛衰改節 義者不以存亡易心) 조씨가 융성할 때에도 일생을 바치려 했거늘 하물며 지금 이 가문을 어찌 버릴 수 있겠습니까? 제가 어찌 금수와 같은 짓을 하겠습니까?"

이 말을 전해들은 사마의는 문숙의 아내에게 조씨의 제사를 지내도록 허용했다.

聖手能醫 183)

(성수능의) 성스럽고 유능한 의사 화타. 화타(華陀; 字 元化)는 패국 초현(沛國 譙縣) 사람으로 당대의 신의(神醫)였다.

관우는 번성(樊城)을 공격하다가 조인(曹仁)의 군사가 쏜 화살을 오른 팔에 맞고 낙마한다. 팔은 금방 퍼렇게 부어 올랐고 관우는 팔을 쓸 수 없었다. 사방에 사람을 보내 급히 의원을 구하는데 마침 '어린 아이 같은 고운 얼굴에 흰머리를 휘날리며(童顔鶴髮) 헐렁한 옷을 입고 푸른 주머니를 하나 멘 화타'가 관우를 찾아온다.

화타는 관우가 맞은 화살은 오두지약(烏頭之藥)을 바른 독

183) 聖(성스러울 성) 醫(의원 의, 치료하다) 華(꽃 화) 陀(비탈질 타)

화살이고 이미 독이 뼈 속까지 퍼졌으므로, 살을 갈라 뼈의 독을 긁어내어야 치료가 된다고 말한다.

화타가 관우를 치료하는 장면은 아주 감동적이다. 관우는 선선히 화타에게 팔을 맡기면서 말한다.

"죽음이란 가야할 곳에 가는 것으로 생각하는데 무엇을 두려워하랴?(視死如歸 有何懼哉)"

"편한 대로 치료하라. 내 어찌 세상 속인들처럼 아픔을 겁내겠는가?(任汝醫治 吾豈比世間俗子 懼痛者耶)"

화타는 큰 기둥에 관우의 몸을 묶고 수술을 해야한다고 말했지만 관우는 백미 마량(白眉 馬良)과 바둑을 두면서 술 마시고 담소하며 수술을 받는다. 피는 큰 대야에 가득하고, 사각사각 뼈를 긁는 소리에 장막 안과 밖의 모든 사람들이 하얗게 질려 얼굴을 가리고 숨을 죽인다.

치료를 끝낸 화타는 약을 바르고 상처를 실로 꿰맨다. 관우는 큰 소리로 웃으면서 일어나 팔을 휘둘러본다. 그리고 여러 장수들을 둘러보며 말한다.

"이 팔이 이전처럼 편안하고 조금도 아프지 않으니. 선생은 정말 신의입니다.(此臂伸舒如故 並無痛矣 先生眞神醫也)"

이에 화타도 감격하며 말한다.

"제가 의원이 된 이후 이런 일은 처음이니 군후께서는 정말로 천신이십니다.(某爲醫一生 未嘗見此 君侯眞天神也)"

관우가 황금 백 냥으로 사례했으나 화타는 "저는 장군의 높으신 의기를 듣고 찾아와 치료했을 뿐이거늘 어찌 보수를 바

라겠습니까"하며 끝내 사양했다. 이후 사람들은 성스럽고 유능한 의사로 화타를 꼽았다.(聖手能醫說華陀)

勢如破竹 184)

(세여파죽) 대나무를 쪼개는 것과 같은 기세. 기세가 등등하다.(破竹之勢)

제갈량은 반간계를 써서 사마의를 현직에서 물러나게 한 뒤에, 후주에게 출사표를 올리고 출정한다. 한편 사마의는 명제(明帝)에 의해 현직에서 물러났다가 위군이 제갈량에게 여러 번 패하자 다시 임용된다. (知彼知己 참고)

이에 제갈량과 사마의는 전략 요충지인 가정(街亭)을 놓고 불꽃튀는 지모의 대결을 전개한다. 제갈량은 가정의 수비를 자원한 참군(參軍) 마속(馬謖; 白眉 馬良의 아우)에게 "가정을 잃으면 전군이 패배한다"며, 또 상대방 사마의와 장합을 상대할 수 없을 것이라며 만류한다. 그러나 마속은 사마의를 이길 수 있다면서 전 가족의 목숨을 걸고 군령장을 써 제출한다. 그래서 제갈량은 왕평(王平)을 동행케 하면서 신중히 대처하라고 당부한다.

---

184) 勢(기세 세) 如(같을 여) 破(깨뜨릴 파)

자신감에 넘친 마속은 가정의 주요 통로를 지키지 않고 "높은 곳에 기대어 아래를 내려 볼 수 있다면 마치 파죽지세와 같다(凭高視下 勢如破竹)"며 산 위에 진지를 마련한다.

그러자 왕평은 적이 우리의 급수통로를 차단하면 어찌 대처할 것이냐고 물었다.

마속은 "손자가 사지에 두면 살아난다 했으니 우리 군사가 어찌 죽기를 각오로 싸우지 않겠는가(孫子云 置之死地後生 蜀兵豈不死戰)"라고 말한다.

한편 마속의 진지를 바라본 사마의는 마속에 대하여 "헛된 명성 뿐 용렬한 사람인데, 공명이 저런 인물에게 일을 맡겼으니 어찌 실패하지 않겠느냐"고 말했다. 나중에 진지 그림을 본 제갈량은 탁자를 치며 "마속의 무지가 우리 군을 구렁텅이에 처넣었다"고 탄식했다. (涙斬馬謖 참고)

世之梟雄 185)

(세지효웅) 사납고 야심을 가진 호걸. 유비를 지칭함.

형주 유표의 처남 채모(蔡瑁)는 유비를 제거할 계략으로 형주 내 9군 42주의 관원을 양양성(襄陽城)에 모두 모아 잔치를 벌인다. 이 자리에서 유비는 병석에 누운 유표를 대신해 관리

185) 梟(올빼미 효; 사납고 용맹스러움) 雄(수컷 웅)

들을 접대한다. 그 동안 채모는 괴월(蒯越)을 불러 유비를 죽일 계책을 설명한다.

“유비는 세상에 알려진 사납고 야심을 가진 영웅으로(劉備世之梟雄) 이곳에 오래 머물게 하면 뒷날 반드시 해가 될 것이니 오늘 없애 버려야 한다”

채모는 동 남 북쪽의 각 성문에 군사를 배치한다. 서문 밖은 어느 누구도 건널 수 없는, 급류가 용솟음치는 단계(檀溪)가 있어 군사를 배치하지 않았다.

나중에 음모를 알게된 현덕은 조운(趙子龍)에게 알리지도 못하고 성을 빠져 나온다. 이를 안 채모가 보낸 추격군이 따라오고 현덕이 탄 적로마(的盧馬)는 단계를 뛰어 건너 유비의 목숨을 구한다. (的盧飛越檀溪 참고)

燒眉之急 186)

(소미지급) 눈썹에 불이 붙을 정도로 다급하다. 사태가 아주 절박하다. 눈앞에 닥친 위기.

익주(촉)의 유장은 황건적 잔당으로 한중(漢中)을 차지하고 있던 장로(張魯)와 조조의 침략에 대비하여 유비를 불러들일 뜻을 갖고 있었다. 이때 조조에게 사신으로 갔다가 박대를 받

186) 燒(태울 소) 眉(눈썹 미) 急(급할 급)

고 쫓겨난 뒤, 형주로 유비를 찾아가 환대를 받고 돌아온 장송(張松)이 이를 건의하자 황권(黃權)이 반대한다.

그러나 유장이 적을 막을 대책을 묻자 황권은 촉의 험한 지형을 이용하여 굳게 지켜 적이 물러갈 때를 기다려야 한다고 말한다. 이에 대하여 유장은 "적병이 경계를 침입하여 눈썹을 태울 정도로 다급하다.(賊兵犯界 有燒眉之急)"면서 황권의 뜻을 꺾는다. (心腹大患 참고)

疎不間親 187)

(소불간친) 관계가 소원한 사람이 친한 사람들을 이간시킬 수 없다.

회남의 원술은 유비를 엄호하여 지켜 준 여포를 정벌하려고 했다. 이때 원술의 참모 기령(紀靈)은 불가하다며 유비를 치기 위해서라면 여포를 이용해야 한다고 설득한다.

"여포는 무예와 힘이 뛰어나고 서주(徐州)를 차지하고 있습니다. 만약 여포와 유비가 머리와 꼬리가 서로 이어지듯(首尾相聯) 협조한다면 결코 쉽게 치지 못할 것입니다. 제가 알기로는 여포의 처 엄씨(嚴氏) 소생의 딸이 혼기에 이르렀다 하니

187) 疏(트일 소, 친하지 않음) 間(사이 간, 벌어지게 하다.) 親(친할 친)

사람을 보내 주공의 아드님과 혼사를 추진하여 만약 여포가 딸을 시집보낸다면 뒷날 틀림없이 유비를 죽일 것입니다. 이는 관계가 소원한 사람이 친한 사람들을 멀어지게 할 수 없다는 이른 바 소불간친지계(疎不間親之計)입니다."

그러자 원술은 이에 당장 사람을 보내 양가의 혼인 관계 즉 진진지호(秦晉之好)를 맺고자 한다. 본디 여포는 본처 엄씨에게서 딸 하나를 얻었고 첩실 초선(貂蟬)에게선 소생이 없었다. 또 여포가 소패(小沛)에 머물 때 맞이한 조표(曹杓)의 딸은 후처로 역시 소생 없이 일찍 죽었다. 이 혼담은 우여곡절을 겪다가 끝내 이루어지지 않았다.

小不忍則難大謀 188)

(소불인즉난대모) 작은 것을 참지 못하면 큰 일을 망친다.

사마의는 제갈량한테 여러 차례 패전했기에 마치 호랑이처럼 촉의 군사들을 무서워했다.(畏蜀如虎) 패전한 사마의는 갈림길에서 금빛 투구를 딴 길에 벗어 던지고 겨우 목숨을 건진 적이 있었는데, 이후 사마의는 성문을 닫고 꼼짝하지 않았다. 촉장 위연이 사마의의 투구를 흔들며 도전하자 사마의가 웃으며 부장들에게 말했다.

---

188) 忍(참을 인) 亂(어지러울 란, 실패하다)

"작은 것을 참지 못하면 큰 일을 망친다.(小不忍則難大謀)"

사마의가 응전하지 않자, 공명은 일부러 소소한 패전을 여러 차례 거듭하여 사마의를 유인한다. (謀事在人 참고)

小宴三日 大宴五日 189)

(소연삼일 대연오일) 3일에 한 번씩 작은 잔치를, 5일에 한 번씩 큰 잔치를 벌여 환대하다. 손님을 정성으로 환대하다.

서주를 정벌하고 관우의 항복을 받은 조조는 허도로 개선한 뒤, 관우의 마음을 돌리기 위해 지성으로 환대한다. 3일에 한 번씩 간단한 잔치를 5일에, 한 번씩 큰 잔치를 벌여(小宴三日 大宴五日) 환대하였다. 또 미녀 10여명을 관우의 처소에 보내 주었는데, 관우는 그 여인들을 모두 형수의 처소에 보내서 시중을 들게 하였다.

笑而不答 190)

(소이부답) 웃으면서 대답하지 않음. 큰 뜻을 숨김.

---

189) 宴(잔치 연)
190) 笑(웃을 소) 而(말 이을 이) 答(대답할 답)

제갈량은 자신과 왕래하고 교제하는 친우의 능력을 헤아리고 있었다. 그러나 제갈량 자신의 능력을 묻는 교우들에게 그저 웃기만 할 뿐, 대답하지 않았다.(笑而不答)

『삼국지』에 제갈량의 능력은 '결코 헤아릴 수 없는 것'으로 서술되고 있다.

孫亮聰明 191)

(손량총명) 손량의 총명함.

손권이 태원 2년(서기 252년) 71세로 죽자 손권의 셋째아들 손량(孫亮)이 즉위한다. 어느 날 손량은, 내시가 올린 꿀단지를 열어보니 그 안에 쥐똥이 몇 개 들어 있었다. 손량이 담당 관리를 불러 꾸짖자, 그 관리는 자신이 직접 밀봉하여 보관했기에 쥐똥이 들어갈 리 없다며 전날 내시가 꿀을 달라고 했을 때 주지 않았던 일이 있었다고 말했다. 그러나 불려온 내시 또한 모르는 일이라 발뺌하자 손량이 말한다.

"쥐똥을 꺼내 갈라 보아라. 속까지 젖어 있으면 오래 전에 넣은 것이고 건조하다면 금방 넣은 것이다."

쥐똥은 말라 있었고 내시의 죄는 드러났다. 이렇듯 총명했던 손량은 군사권을 장악한 손침(孫綝)에 눌려 군주권을 제대로

191) 孫(손자 손) 亮(밝을 량{양}) 聰(귀 밝을 총)

행사 못하다가 오봉(五鳳) 5년(서기 258년) 17세에 폐위된다. 뒤를 이어 손권의 여섯 째 아들 손휴(孫休)가 즉위한다.

損一棟梁 192)

(손일동량) 똥량(대들보)을 잃다. 큰 인재를 잃다.

건흥 6년(서기 228년) 공명은 한중(漢中)에 주둔하면서 군사력 증강에 힘쓰고 있었다. 위 조휴의 대군을 격파한 뒤 오에서는 이 사실을 촉에 통보하며 북벌을 종용한다. 이 중요한 시기에 조운(子龍)이 죽는다. 이 소식을 들은 공명은 발을 구르면서 말한다.

"자룡의 죽음은 나라의 대들보를 잃은 것이고 나의 한 팔이 잘려 나간 것이다.(子龍身故 國家損一棟梁 吾去一臂也)"

誰敢殺我 193)

(수감살아) 누가 감히 나를 죽이겠는가?

---

192) 損(덜 손, 잃다) 棟(용마루 동) 梁(들보 량{양})
193) 誰(누구 수) 敢(감히 감) 殺(죽일 살) 我(나 아)

위연(魏延)은 용감하고 무예가 뛰어났지만 언젠가는 배반할 인물이었다. 이점은 제갈량도 잘 알고 있었다.

공명이 죽은 뒤, 평소에 공명에게 좋은 대우를 못 받은 위연은 촉을 배반한다. 그 이후 강유(姜維)와 양의(楊儀)는 남정(南鄭)을 공격해오는 위연과 진을 치고 마주 본다. 공명이 죽기 전에 미리 만들어 준 비단 주머니를 풀어 본 양의는 웃으며 위연에게 소리친다.

"승상께서도 네가 배반할 것이라며 대비하라 말씀하셨는데 과연 그러하구나. 네가 말 위에서 '누가 감히 나를 죽이겠는가' 라고 세 번만 소리지를 수 있다면 대장부라 생각하여 너에게 한중(漢中)의 땅을 넘겨주겠다."

그러자 위연이 대답한다.

"양의 이 못난 놈아! 잘 들어라. 공명이 살았어도 두려워하지 않았는데 지금 죽고 없는데 무엇을 두려워하랴. 세 번 아니라 삼만 번이라도 소리치겠다."

그리고 위연은 "누가 감히 나를 죽이겠는가!(誰敢殺我)"라고 소리 지른다.

그러나 그 말이 채 끝나기도 전에 위연의 뒤에서 "내가 너를 죽인다(我敢殺汝)"라는 소리와 함께 위연의 목이 날아간다.

그는 바로 마대(馬岱)였다. 마대는 공명의 지시에 따라 위연이 배반할 적에 위연에 동조하는 척하면서 위연이 사마의에게 투항하는 것을 막았다.

雖居虎口 安如泰山 194)

(수거호구 안여태산) 비록 호랑이 입안에 있지만 태산처럼 편안하다.

오(吳)와 공동 작전으로 조조를 격파하기로 동맹한 주유(周瑜)와 제갈량은 강하(江夏)에서 5·60리 떨어진 삼강구(三江口)란 곳에 주둔한다. 주유는 동맹의 우의를 돈독히 하겠다며 유비를 초청하나 살해할 뜻이 있었다.

유비는 관우만을 대동하고 비무장으로 초청에 응한다. 그 당시 주유 진영에 머물던 제갈량은 유비가 왔다는 소식에 크게 놀라지만 관우가 경호하는 것을 보고 안심한다. 유비는 돌아가면서 제갈량에게 함께 동행하자고 말한다.

그러자 제갈량은 조조를 격파할 대응책을 강구해야 하는 등 할 일이 많다며 유비에게 말한다.

"제가 비록 호랑이 입안에 있지만 태산처럼 편안합니다.(亮雖居虎口 安如泰山)"

그리고 제갈량은 십일월 이십일 갑자 일에 자룡(子龍)으로 하여금 배를 준비하고 기다려 달라고 부탁한다. 유비가 그 뜻을 묻자 제갈량은 "동남풍이 불면 제가 돌아갈 것입니다"라고 말한다. 제갈량은 이미 적벽대전의 종료와 호구(虎口; 주유 진

194) 雖(비록 수) 居(있을 거) 泰(클 태)

영)에서의 탈출 일자를 정확하게 계산하고 있었다.

受命于天 其數永昌 195)

(수명우천 기수영창) "하늘의 명을 받았으니, 나라의 수명이 길이 번창하리라."진 시황제(秦 始皇帝) 옥새(玉璽)의 글귀.

본래 초(楚)의 변화(卞和)란 사람이 형산(荊山)에서 얻은 옥석에, 진시황 26년, 승상 이사(李斯)가 전서로 "受命于天 其數永昌"이란 8자를 새겨 전국(傳國)의 도장(璽)으로 삼았다.

초한전(楚漢戰)의 혼란기를 거쳐 우여곡절 끝에 한 고조(漢高祖)에게 전달이 되었다. 이는 다시 왕망(王莽)의 신(新)을 거쳐, 후한 광무제(光武帝)에게 넘어갔고 이후 영제에게 전승되었다. 그 뒤 소제(少帝)때 십상시(十常侍) 난중에 잠시 잃어 버렸던 것을 손견(孫堅)이 먼저 찾아낸다.

그 뒤, 이 옥새는 원술(袁術)의 손에 들어갔다가 건안 4년 6월에 원술이 죽으면서 조조가 차지한다.

---

195) 受(받을 수) 命(목숨 명) 于(어조사 우) 其(그 기) 數(셀 수)

修文偃武 196)

(수문언무) 문치에 힘쓰고 군사를 일으키지 않다.

나라의 국력을 키우고 백성들을 쉬게 하며 교육을 진흥시키다. 오왕 손권은 서기 229년에 자립하여 황제라 칭하며 연호를 바꾼다. 칭제 이후 손권은 장소(張昭)의 건의를 받아들여 학교를 증설하는 등 문덕(文德)을 닦으며 위를 정벌하는 군사를 일으키지 않고(修文偃武) 내치에 힘을 기울인다.

袖手冷笑 197)

(수수냉소) 팔짱을 끼고 비웃다.

조조가 형주를 차지하고 난 뒤, 오(吳)에서는 조조의 백만 대군 위협 앞에 항복하여 오의 영토를 지키느냐 아니면 유비와 협력하여 싸우느냐는 논쟁이 벌어진다.

일반 문신들은 항복을, 무신들은 전쟁을 주장하는 가운데, 손권에게 가장 결정적인 조언을 할 수 있는 주유(周瑜)가 노숙(魯肅)과 함께 제갈량을 만난다. 노숙은 조조에 강력 대응하자

---

196) 修(닦을 수. 다스리다) 偃(쓰러질 언)
197) 袖(소매 수, 소매 속에 넣다) 冷(찰 냉)

고 주장하나 주유는 겉으로 항복하는 것이 좋을 것이라는 의사를 표명한다. 주유와 노숙 두 사람이 논쟁을 벌일 때, 제갈량은 팔짱을 끼고 냉소하고 있었다.(二人互相爭辯 孔明只袖手冷笑) 이날 제갈량은 주유를 격분하게 만들어 오의 참전 결정을 이끌어 낸다. (江東二喬, 獻西施之計 참고)

守義不辱 198)

(수의불욕) 의리를 지켜 욕을 당하지 않다.

제갈량은 노숙을 따라 오(吳)에 가서 손권의 참모들과 조조와의 항전 여부를 놓고 논쟁을 벌인다. 황개는 참모들의 논쟁을 중지시키고 노숙을 만난다.

노숙은 제갈량에게 조조의 강력한 군사력에 대해서는 말을 자제해달라는 부탁을 했었다. 그러나 손권을 처음 본 공명은 손권의 당당한 외모가 사뭇 비상하기에, 손권을 격분시켜 조조와 싸울 결단을 내리게 해야겠다고 생각한다.

제갈량은 손권에게 조조의 군사력과 유능한 참모진, 그리고 조조의 작전 능력 등을 약간 과장하여 설명한다. 그러면서 오의 영토를 지키려면 많은 참모들의 의견을 따라 조조에게 굴복하는 것도 괜찮을 것이라고 말한다.

---

198) 守(지킬 수) 義(옳을 의) 辱(욕되게 할 욕)

그 때 손권이 "그렇다면 유비는 왜 항복하지 않고 조조에게 저항을 계속하느냐"고 묻자 공명이 대답한다.

"옛날 제(齊)의 장사였던 전횡(田横)은 의리를 지켜 욕을 당하지 않았습니다.(昔田横齊之壯士耳 猶守義不辱) 유예주(劉豫州; 유비)께서는 황실의 후예로 그 분의 영특한 재능은 이미 세상에 널리 알려졌고 모든 선비들이 존경하는 분으로 그분이 뜻하시는 일이 이루어지지 않는다면 그것은 하늘의 뜻입니다. 그런 분이 어찌 다른 사람에게 몸을 굽혀 섬길 수 있겠습니까?"

이 말을 들은 손권은 얼굴에 노기를 띠고 벌떡 일어나 후당으로 들어간다. 결국 제갈량의 이런 시도는 성공을 거둔다. (負薪救火 참고)

豎子不足與謀 199)

(수자부족여모) 겁쟁이들과 함께 일을 꾸밀 수 없다.

관동 제후들의 연합 세력에 밀린 동탁이 헌제를 협박하여 수도 낙양을 버리고 폐허와 같은 장안으로 옮겨 갈 때,(서기 190년) 조조는 지금이야말로 하늘이 동탁을 멸망시키려는 기회라며 추격을 강력하게 요구했지만 연합 세력의 맹주인 원소와 여러 제후들은 '불가경동(不可輕動)'이라며 낙양에 머문다.

---

199) 豎(더벅머리 수) 豎子 겁쟁이 들. 與(더불어 여) 謀(꾀할 모)

이에 조조는 "겁쟁이들과 함께 일을 꾸밀 수 없다(豎子不足與謀)"며 자기 군사만으로 동탁을 추격한다. 결국, 조조는 동탁의 복병에게 대패하고, 겨우 몸만 빠져 고향으로 돌아간다.

手中寶刀却不老 200)

(수중보도각불노) 수중의 보도는 전혀 늙지 않았다. 칼 솜씨는 여전하다.

위(魏)의 장합이 하맹관을 공격하자, 공명은 하맹관으로 황충과 엄안 두 노장을 파견한다. 장합이 황충을 늙은이라 욕하자 화가 난 황충이 말한다.

"어린 녀석이 나를 늙었다 얕보지만 내 수중의 보도는 하나도 늙지 않았다.(豎子欺吾老 吾手中寶刀却不老)"

脣亡齒寒 201)

(순망치한) 입술이 없어지면 이가 시리다. 입술과 이는 상호 보완 관계이니 어느 한쪽이 망하면 그 영향이 곧 다른 한편에 미친다는 뜻.

---

200) 寶(보배 보) 却(물리칠 각, 도리어 각)
201) 脣(입술 순) 亡(망할 망) 齒(이 치) 寒(찰 한)

조조의 공격으로 서주를 잃고 하비성(下邳城)에 몰린 여포는 원술에게 사자를 보내어 전날에 추진했던 원술의 아들과 자신의 딸과의 혼사를 다시 추진한다. 여포의 사자가 회남(淮南)에서 원술을 만났을 때, 원술은 여포의 무신(無信)을 나무란다.

"만약 조조의 침략이 없었으면 딸의 혼사를 그만두려 했는가?"

이에 여포의 사자 왕해(王楷)가 변명한다.

"공께서 지금 우리를 구원하시지 않는다면 입술이 없어지면 이가 시린 것처럼 공에게도 좋은 일은 아닐 것입니다."

이에 원술은 "여포가 딸을 먼저 보내주면 군사를 내어 돕겠다"고 약속한다. 그 뒤, 다급한 여포는 이 약속대로 딸을 원술에게 보내려고 눈물겨운 싸움을 하며 위기탈출을 꾀하지만 결국 실패한다. 곧 이어 여포도 원술도 모두 죽고 만다.

또 유비와 공명이 서천(촉)의 유장을 공격할 때 이엄(李嚴)은 유장과 원수 관계에 있는 장로(張魯)의 도움을 받으라고 건의한다. 즉 유비가 익주를 차지하면 장로에게도 이로울 것이 없는 이해관계 즉 순망치한(脣亡齒寒)의 이론을 말한다.

그리고 서기 263년 촉한이 망하자, 오의 한 관리는 "오와 촉은 입술과 이의 관계로 순망치한(吳蜀乃脣齒也 脣亡則齒寒)"이라며 위 사마소의 내침에 대비하라고 오주 손휴(孫休)에게 건의한다.

順我者生 逆我者死 202)

(순아자생 역아자사) 나를 따르는 자는 살고 나와 맞서는 자는 죽는다.

20만 대군을 거느리고 낙양에 주둔한 동탁(董卓)은 대신들을 모아 놓고 현 황제를 폐위하고 진류왕 협(陳留王 協)을 새 황제로 옹립하겠다고 선언한다. 이에 형주자사 정원(荊州刺使 丁原)이 정면으로 반박하며 동탁을 매도하자 동탁이 칼을 뽑아들며 외친다.

"나를 따르는 자는 살고 나와 맞서는 자는 죽는다.(順我者生 逆我者死)"

그러나 동탁은 정원의 뒤에 여포(呂布; 정원의 양아들)가 버티고 있어 손을 쓰지 못한다.

順天者逸 逆天者勞 203)

(순천자일 역천자노) 하늘의 뜻에 순응하면 편안하고 하늘을 거슬리는 자는 고생만 한다. 정해진 하늘의 운명이나 자연에

---

202) 逆(거스를 역. 맞서다. 대항하다)

203) 順(순할 순; 따르다) 逸(편안할 일) 逆(거스를 역) 勞(일할 노{로}; 힘들다)

순응해야 한다는 뜻.

제갈량은 강유(姜維)를 얻은 뒤, 위의 왕랑(王朗, 당시 76세의 고령이었다)과 대진하면서 논쟁을 벌인다. 그 때 제갈량은 "천명은 이미 정해진 것이기에 인간에 의해 억지로 바꿀 수 없으며 하늘 뜻에 따르는 자는 번창하고 거역하는 자는 망한다(命之所定 人不得而强之也. 順天者昌 逆天者亡)"라는 말을 했다. 늙은 나이에 조조에게 아부했던 왕랑은 제갈량의 논리에 말려 수치심으로 가슴을 떨다가 말에서 떨어져 그대로 죽고 만다.

勝負 兵家之常

(승부 병가지상) 승부는 병법가(전술가)에게 언제나 있는 일.

원소에 의탁하고 있다가 겨우 탈출하여 여남(汝南)에 모였던 유비와 관우 장비 조운은 조조의 군사를 어설프게 공격하다가 대패한다. 형주(荊州) 가까운 곳, 한수(漢水) 가에서 잠시 쉬면서 유비는 탄식한다.

"여러분들은 모두 왕자(王者)를 도와 대업을 이룰만한 인재들인데 불행하게도 나를 만난 것이 잘못된 것이다. 지금 내 신세는 송곳하나 세울 땅이 없으니 나의 궁색한 운명 때문에 여러분들의 앞날까지도 기약할 수가 없게 되었소. 그러니 이제

나를 버리고 현군을 찾아가 큰 공명을 이루도록 하시오."

말을 마친 유비는 얼굴을 가리고 울었다. 이에 운장이 유비를 위로한다.

"형님 말씀이 틀렸습니다. 옛날 고조(高祖; 劉邦)는 항우(項羽)와의 싸움에서 늘 패배했지만 나중에 구리산(九里山) 전투에서 승리한 뒤 4백년 한 왕조를 개창할 수 있었습니다. 싸움에 이기고 지는 일은 병법가(전술가)에게 언제나 있는 일이거늘 어찌 이렇듯 의지를 스스로 떨어뜨리십니까?(勝負 兵家之常 何可自墜其志)"

그러자 유비의 처남 손건(孫乾)도 유비를 위로한다.

"성패는 때에 따라 달라지는 것이니 의지를 꺾어서는 아니되십니다.(成敗有時 不可喪志)"

그러면서 손건은 형주의 유표(劉表)를 찾아가 의탁할 것을 권한다. 유비는 형주로 유표를 찾아간다.

勝負在將

(승부재장) (전투에서의) 승부는 장수의 능력에 있다.

육손이 유비의 70만 대군을 괵정(虢亭)과 이릉(彝陵)에서 격파한 뒤, 오에서는 상하가 합심하여 위의 침공에 대비한다. 위의 조비는 신하들의 반대에도 불구하고 원정군을 보낸다.

오의 장군 주환(朱桓)은 27세의 젊은 나이에 담략이 있어 손권의 인정을 받고 있었다. 위의 장군 조인(曹仁)이 5만 군사를 거느리고 유수(濡須)로 진격해오자 많은 장수들이 두려워하였다. 이에 주환이 말한다.

"승부는 장수의 능력에 달렸지 병력의 많고 적음에 있지 않다.(勝負在將 不在兵之多寡) 병법에 '공격 병력 두 배에 방어 병력 절반'이라는 말은 방어하는 측이 공격하는 군사를 이길 수 있다는 뜻이다.(兵法云 客兵倍而主兵半者 主兵尙能勝於客兵也)"

이어 주환은 조인이 천리 길을 행군하여 인마가 모두 피곤하겠지만 우리는 높다란 성곽에서 큰 강과 험한 산을 이용하여 방어하니 이는 "편안히 앉아 적이 피로하기를 기다리는 것이며 주인(방어 병력)이 손님(공격 병력)을 견제하는 것(以逸待勞 以主制客)"이라고 하였다. 실제로 주환은 단 한번의 전투로 조인을 대파하여 격퇴한다. (客兵倍而主兵半 참고)

視死如歸 204)

(시사여귀) 죽음을 갈 곳에 가는 것처럼 생각한다. 죽음을 두려워하지 않는다.

건안 5년(서기 200년) 서주에서 조조의 공격을 받은 유비는

204) 視(볼 시) 死(죽을 사) 如(같을 여) 歸(돌아갈 귀)

서주를 잃고 기주로 원소를 찾아가 몸을 의탁했고 장비는 망탕산에 숨었다. 관우는 하비(下邳)를 지키다가 성을 뺏기고 작은 토산에서 완전히 포위된다. 조조는 관우를 설득하여 항복받으려고 장수(張繡)를 관우에게 보내 상황을 설명하게 한다. 그러나 관우는 화를 내며 거절한다.

"그 말이 곧 나를 설득하려는 말이 아닌가?(怒曰 此言特說我也) 내 비록 완전 고립되었지만 죽음을 갈 곳에 가는 것처럼 생각하니 당신은 속히 돌아가시오.(吾今雖處絶地 視死如歸 汝當速去)" (安敢失信 참고)

食少事煩 205)

(식소사번) 밥은 조금 밖에 못 먹고 일은 번잡하다. 체력은 약하고 일은 힘들다.

사마의는 호로곡에서 공명에게 패전하며 거의 죽을 뻔한 뒤로는 촉의 공격에 전혀 응전하지 않는다. 이에 공명은 오장원(五丈原)에 새 진지를 마련한다. 이 보고를 받은 사마의는 손으로 자신의 이마를 치며 좋아한다.

계속 도전해도 사마의가 전혀 반응을 보이지 않자 공명은 사마의에게 부인의 옷과 수건 등을 보내며 "중원의 대군을 거

---

205) 食(밥 식. 먹다) 煩(괴로와할 번., 번거롭다.)

느린 대장으로서 출전하지 않을 것이면 이 옷을 받겠지만, 사나이라면 날짜를 정해 한판 겨루자"는 편지를 보낸다. 사마의는 속으로 대단히 화가 났으나 겉으로 웃으면서 편지를 가지고 온 사자에게 "요즈음 공명의 침식과 하는 일이 어떠냐"고 묻는다.

공명의 사자는 "승상께서는 일찍 일어나서 밤늦게 까지 곤장 20대에 해당하는 벌 그 이상을 친히 결재하시며 진지는 담백한 음식 약간을 드십니다"라고 대답한다. 이에 사마의가 주위를 둘러보며 말한다.

"밥은 조금 밖에 못 먹고 일은 많으니 어찌 오래 갈 수 있겠는가?(食少事煩 其能久乎)"

사자로부터 이 말을 전해들은 공명은 "그 사람이 나를 잘 보았구나!(彼深知我也)"하면서 길게 탄식한다. (爲治有體 참고)

神交

(신교) 마음과 뜻이 통하는 교제.(以精神相交也) 직접 만나지는 않았지만 이름만 들어 사모하며 뜻이 통하는 우의.(友誼)

관우와 장비를 잃은 유비는 공명에게 나라를 부탁하고 친히 70만 대군을 이끌고 오의 원정에 나서서 백제성(白帝城)에 머문다. 손권을 이를 걱정했고 제갈근은 유비를 설득시켜보겠다고 유비를 찾아온다.

한편 제갈근이 촉으로 떠난 뒤, 장소(張昭)는 손권에게 제갈근이 돌아오지 않을 것이라고 말한다. 그러나 손권은 제갈근은 틀림없이 돌아온다며 그간에 있었던 일을 예를 들어 설명한다. 손권은 자신과 제갈근은 "신교라 할 수 있으며 다른 사람의 말이 끼어 들 틈이 없는 관계(可謂神交 外言非所得間也)"라고 말한다. 손권의 믿었던 대로 제갈근은 돌아왔고 장소는 몹시 부끄러워하며 물러났다.

神機妙算 206)

(신기묘산) 헤아릴 수 없는 임기응변의 책략과 신묘한 꾀.

공명이 양자강의 안개를 이용하여 조조에게서 화살 10만개를 빼어오자 동행했던 노숙이 묻는다.

"선생은 정말 신인이십니다. 오늘 이렇게 짙은 안개가 낄 줄을 어떻게 알았습니까?(先生眞神人也 何以知今日如此大霧)"

이에 공명이 대답한다.

"장수로서 천문과 지리에 능통하지 못하고 음양의 변화를 깨우치지 못하며 진도(陣圖)를 볼 줄 모르고 병세(兵勢)에 밝지 못하다면 이는 그저 평범한 인물이라고 평가해야 합니다."

---

206) 妙(묘할 묘) 算(셀 산)

그리고 공명은 주유의 의도를 처음부터 간파했었다며 "나의 목숨은 하늘에 달렸거늘 공근(주유)이 어찌 나를 해칠 수 있겠습니까(我命係於天 公瑾焉能害我哉)" 하고 말한다.

주유는 노숙으로부터 제갈량이 화살을 얻은 전말과 제갈량의 이야기를 전해듣고 크게 놀라며 탄식한다.

"공명의 신기묘산을 나는 따라갈 수가 없다!(孔明神機妙算吾不如也)"

新恩雖厚 舊義難忘 207)

(신은수후 구의난망) 비록 새로 입은 은혜가 두터우나 옛 의리 또한 잊을 수 없다. 조조가 관우에게 베푼 은혜가 비록 두터우나, 유비와의 옛 의리를 결코 잊을 수 없다는 관우의 편지 글.

조조에 일단 투항한 뒤, 허도(許都)에 머물던 관우는 유비의 소식과 서신을 받고, 유비를 찾아 떠날 준비를 다 마쳤다. 관우가 승상부로 조조를 찾아가나, 조조는 고의로 면담을 회피한다. 관우는 조조의 뜻을 알고 편지를 한 통 써 보내고 떠난다. 그 편지 전문은 다음과 같다.

---

207) 恩(은혜 은) 雖(비록 수) 厚(두터울 후) 舊(옛 구) 難(어려울 난) 忘(잊을 망)

"관우는 젊은 나이에 황숙(皇叔; 유비)을 섬겨 생사를 같이 하기로 맹세하였고 하늘과 땅도 틀림없이 이 말을 들었을 것입니다.(羽 少事皇叔 誓同生死 皇天后土 實聞斯言) 전자에 하비성을 지키지 못하고 청한 바 세 가지 일(관우 투항의 3조건)에 대하여는 이미 수락을 받는 은혜를 입었습니다.(前者 下邳失守 所請三事 已蒙恩諾) 지금 주군(유비)께서 원소 진영에 계시다는 사실을 알았습니다. 지난날의 맹세를 회상하면 어찌 어길 수 있겠습니까?(今探知故主見在袁紹軍中 回思昔日之盟 豈容違背) 비록 새로 입은 은혜가 두터우나 옛 의리 또한 잊을 수 없습니다.(新恩雖厚 舊義難忘) 이에 특별히 글을 올려 떠나는 인사를 올리니 헤아려 주시기 바랄 뿐이며(茲特奉書告辭 伏惟照察) 다 갚지 못한 나머지 은혜는 다른 날을 기다려 주시기 바랄 뿐입니다.(其有餘恩未報 願以俟之異日)"

관우는 그간 받은 금은보화를 봉해 창고에 쌓아두고 한 수정후(漢 壽亭侯) 인수(印綬)를 대청에 걸어둔 뒤,(封金掛印) 유비의 두 부인을 모시고 유비가 있는 하북을 향해 길을 떠난다.

神人

(신인) 신과도 같은 사람.

관우는 원소의 대장 안량(顏良)을 죽이고 무인지경을 달리듯

적진을 휘저은 뒤, 조조에게 안량의 머리를 바친다. 관우의 싸우는 모습을 산 위에서 다 지켜본 조조는 관우가 돌아오자 "장군은 참으로 신인이십니다(將軍眞神人也)"라며 탄복한다.

그러자 관우는 짐짓 장비를 추켜세운다.

"저야 별로 대단하지 않습니다. 제 아우 장익덕은 백만 대군을 지휘하는 장수의 목을 베는 일을 마치 주머니를 뒤져 물건을 꺼내듯 합니다.(吾弟張翼德 百萬軍中 取上將之頭 如探囊取物耳)"

迅風掃秋葉 208)

(신풍소추엽) 질풍이 가을 낙엽을 쓸어가다.

원소(袁紹)가 죽은 뒤, 장자 원담(袁譚)과 막내 원상(袁尙) 간에 내분이 일어난다. 원소의 지위를 차지한 원상이 원담을 궁지로 몰아가자 원담은 신비(辛毗)를 조조에게 보내어 투항 의사를 밝히고 도움을 요청한다.

조조가 기주의 상황을 묻자 신비가 대답한다.

"계속된 전쟁과 흉년으로 기주가 피폐해졌고 형제의 갈등으로 나라가 양분되어 마치 토붕와해(土崩瓦解)할 지경이니 이는 하늘이 원씨를 멸망시키려는 때입니다."

---

208) 迅(빠를 신) 掃(쓸 소) 葉(잎 엽)

이어 형제간의 내분을 설명했다.

“만약 이때를 이용하여 조조가 군대를 동원해 기주를 공격하면 원상은 막아 싸울 것이며 동시에 원담이 원상을 칠 것이다. 이미 쇠약해진 원상을 공격하는 것은 마치 질풍이 가을 낙엽을 쓸어 가는(迅風掃秋葉)”

失信天下 吾不忍也

(실신천하 오불인야) 천하 사람들의 신의를 버리는 일을 나는 차마 못하겠다.

유비에게 익주를 차지해야한다고 건의하는 방통(龐統)에게 유비는 자신이 조조와 반대되는 생각과 행동 때문에 존재할 수 있었다며 “작은 이익 때문에 천하 사람들의 신의를 버리는 일은 차마 못하겠다(若以小利而 失信於天下 吾不忍也)”며 단호하게 거절했다.

失二鹿而得一虎 209)

(실이록이득일호) 사슴 두 마리를 잃은 대신 호랑이 한 마리를 얻다. 잃은 것보다 얻은 것이 더 알차다는 뜻.

---

209) 鹿(사슴 록) 得(얻을 득)

기주(冀州)에 웅거한 원소는 유비를 찾아오는 관우를 기다리면서 유비에게 "관우가 오면 잡아 죽여 안량과 문추를 죽인 한을 풀겠다"고 말한다. 이에 현덕이 원소에게 말한다.

"공께서 관우를 등용하신다하여 제가 불렀는데, 무슨 연유로 오늘은 죽이겠다 하십니까? 그리고 안량 문추가 두 마리의 사슴이라면 운장은 호랑이라 할 수 있습니다.(且顔良文醜 比之二鹿而雲長乃一虎也) 사슴 두 마리를 잃은 대신 호랑이 한 마리를 얻는 셈인데 무슨 감정이 있으십니까?(失二鹿而得一虎 何恨之有)"

그러자 원소는 "나도 그 사람을 아끼기에 장난으로 해본 말(吾故愛之 故戱言耳)"이라고 대답한다.

心腹大患 210)

(심복대환) 몸 깊숙이 파고든 큰 병환.

익주의 유장이 유비를 불러들이느냐 마느냐 하는 문제를 놓고 막료들은 설전을 벌인다. 이때 종사관 왕루(王累)는 유비를 불러들이는 것을 반대하며 유장에게 말한다.

"장로가 우리 경계를 침범하는 것은 마치 피부의 옴과 같은 병이지만 유비가 서천에 들어오는 것은 몸 속 깊은 곳의 큰

210) 腹(배 복) 患(근심 환) 癬(옴 선) 疥(옴 개) 疾(병 질)

병입니다.(張魯犯界 乃癬疥之疾 劉備入川 乃心腹大患)"
결국 유장은 유비를 불러들이기로 결정한다.(逐兎先得 참고)

心如鐵石 211)

(심여철석) 마음이 쇠와 돌처럼 굳다.

마음이 변하지 않는다. 유비가 조조에게 패해 번성을 버리고 백성들과 함께 강릉으로 옮겨 갈 때, 조조군의 공격으로 장수와 군사, 가족과 백성들이 모두 흩어진다.
이때 조자룡이 조조군에 투항했다는 보고가 들어온다. 유비가 그럴 리 없다고 부인하자, 장비가 "조운이 부귀를 얻으려 조조에 투항했을 지 모른다"고 대답한다. 이에 유비가 말한다.
"자룡의 마음은 철석같아 부귀 때문에 흔들리지 않을 것이다.(子龍心如鐵石 非富貴所能動搖也)"

十勝十敗

(십승십패) 승자와 패자의 10가지 비교론.

곽가(郭嘉)가 조조와 원소의 비교에서 원소와 그 군사를 격

211) 如(같을 여) 鐵(쇠 철)

정할 상대가 아니라는 뜻으로 두 사람을 비교하였는데, 조조는 10가지 측면에서 승리할 수 있고 원소는 10가지 이유로 패할 수밖에 없다고 하였다. 곽가의 비교에대해 조조의 참모 순욱(筍彧)도 동감을 표시했다. 이에 조조는 웃으며 "내 어찌 그대가 말하는 그 정도가 되겠소"라며 겸손을 떨었다. 곽가의 비교를 도표로 만들어보면 다음과 같다.

비교 영역	조조의 우수함	원소의 부족함
인품(道)	몸소 실천,자연스러움(體任自然)	허례허식 따름 (繁禮多儀)
정의(義)	정의를 따름 (順率)	정의를 거역 (逆動)
통치(治)	엄격한 관리 감독 (猛糾)	방만한 관리 (寬濟)
아량(度)	겉은 간결, 안은 명철 (外簡內明) 재능대로 인재등용 (用人唯才)	겉엔 관용, 속은 좁음(外寬內忌) 친척들에게 일을 맡김(任多親戚)
지략(謀)	책략을 신속 결행 (得策輒行)	지모 있음, 결단 적음 (多謀少決)
덕행(德)	지성으로 사람을 대함(至誠待人)	오직 명예만을 추구 (專收名譽)
인자(仁)	주변 모두를 챙겨 줌 (慮無不周)	근친 자애. 먼사람홀대(恤近忽遠)
분별(明)	참소가 먹혀들지 않음(浸潤不行)	참소 듣고 현혹됨 (聽讒惑亂)
행정(文)	법도 엄하고 밝음 (法度嚴明)	시비 분별 못함 (是非混淆)
군사(武)	신의 경지 용병술 (用兵如神)	병법 요체 모름 (不知兵要)

我負天下人 212)

(아부천하인) 내가 세상 사람들을 버리다. 내가 남을 속일지

---

212) 寧(차라리 영) 敎(~하게 하다) 負(부; 背恩) 休(그칠 휴, 못하게 하다)

언정 사람들이 나를 속이게 할 수는 없다는 조조의 말.

조조가 동탁을 죽이려다가 실패하고 도망가다가 중모현령 진궁(陳宮)에게 잡힌다. 진궁은 조조를 알아보고 조조와 행동을 같이 한다.

조조와 진궁은 조조 부친과 의형제(義兄弟)를 맺은 여백사(呂伯奢)의 집에 들른다. 여백사가 술을 사러 나간 사이 부엌에서 돼지를 잡으며 하인들이 하는 말을 자기를 죽이려는 뜻으로 잘못 알아들은 조조는 여백사의 일가족을 몰살하고 도주한다. 그리고 조조는 술을 사들고 돌아오는 여백사를 길에서 만나자 그마저 잔인하게 죽여버린다.

이에 조조를 따르던 진궁이 조조를 나무란다.

"상대가 나에게 악의가 없다는 것을 알면서도 사람을 죽이는 짓은 의롭지 못하다"

그러나 조조의 생각은 달랐다.

"차라리 내가 천하 사람을 버릴지언정 세상 사람이 나를 버리게 하지는 않겠다.(寧敎我負天下人 休敎天下人負我)"

이후 조조는 고향에 돌아와 동탁을 토벌하자는 의병을 모집한다.

安敢失信

(안감실신) 어찌 약속을 어기겠는가? 틀림없이 지키겠다.

하비성으로 조조를 찾아 투항한 관우가 말에서 내려 조조에게 인사를 올리니 조조도 황급히 답례한다. 관우와 조조의 대화는 다음과 같이 진행되었다.

"패전한 장수로 죽지 않는 큰 은혜를 받았습니다."

"평소 운장(雲長)의 충의를 사모했었는데, 다행히 오늘 이렇게 상견하니 평생 바라던 바를 이룬 셈입니다."

"문원(文遠; 張繡)에게 부탁하여 세 가지를 말씀드려 승상의 허락을 받았으니 식언(食言)하는 일이 없기를 바랍니다."

"내가 한 말이거늘 어찌 약속을 어기겠습니까?(吾言旣出 安敢失信)"

"내가 만약 황숙(유비)이 계신 곳을 알면 물불을 가리지 않고 틀림없이 찾아갈 것입니다. 그때 떠나는 인사를 하지 못하더라도 이해해 주시기 바랍니다." (小宴三日 大宴五日 참고)

眼生前失 213)

(안생전실) 길이 익숙하지 않아 앞으로 넘어지다.

유비와 방통이 촉(蜀)의 낙성(雒城)을 공격할 때, 방통이 탄 말이 앞으로 넘어진다. 이에 현덕은 방통에게 걱정을 해준다.

"출진하면서 길이 설어 말이 넘어지면 사람의 목숨을 그르

213) 眼(눈 안) 失(잃을 실)

친다고 합니다.(臨陣眼生前失 悞人性命) 나의 백마는 극히 온순한 말이니 군사는 이 말을 타도록 하시오.(吾所騎白馬 性極馴熟 軍師可騎)"

현덕이 말을 바꾸어 주었지만 방통은 결국 낙봉파(落鳳坡)에서 익주 군사의 집중 공격을 받아 죽으니 그의 나이 36세였다.

愛之欲其生 214)

(애지욕기생) 좋아하는 사람을 살려주고 싶다.

촉한의 후주 유선은 아주 용렬한 군주였다.『삼국지』곳곳에 그의 무능과 어리석음이 드러난다. 특히 말기에는 환관 황호(黃皓)만을 신임하며 주색과 환락만을 추구한다.

그리고 강유가 공을 세울 만하면 강유를 소환하곤 했다. 서기 263년 기산에 여덟 번째로 출정했던 강유는 황호의 모함에 의해 소환 당한다. 강유는 돌아온 지 10여일 만에 겨우 후주를 만난다.

강유는 사실의 전말을 밝히고 후주에게 환관 황호를 죽여야 한다고 주청하지만 후주는 황호를 계속 비호한다. 그러자 후주는 강유에게 말한다.

"좋아하는 사람을 살려주고 미워하는 사람은 죽이고 싶은

---

214) 愛(사랑 애. 친밀하다) 欲(하고자 할 욕) 惡(미워할 오)

것이거늘(愛之欲其生 惡之欲其死) 경은 환관 하나를 용서하지 못하는가?(卿何不容一宦官也)”

그리고 황호도 강유 앞에 엎드려 울며 용서를 구한다. 결국 강유는 농서의 답중(沓中)이란 곳에 둔전(屯田)한다며 후주 곁을 떠난다. 이는 강유의 피화지계(避禍之計)라 할 수 있다.

羊角哀左伯桃之事 215)

(양각애좌백도지사) 연나라 사람 양각애와 좌백도의 사적.
(친우를 위해 죽을 수 있고, 그 친우를 잊지 않는 의리)

유비와 관우가 원소 및 조조의 진영으로 소식을 모른 채 갈라져 있다가 서로의 소식을 듣는다. 그리고 유비가 비밀리에 보낸 서신이 관우에게 전달된다. 관우는 유비를 찾아 떠나기 전, 그간의 사정을 알리는 서신을 써서 조조에게 먼저 보낸다. 그 서신에 양각애와 좌백도의 이야기가 나온다. 관우가 조조에게 보낸 서신의 일부는 다음과 같다.

“저는 의(義)란 마음을 버리지 않는 것이고 충(忠)은 죽음을 돌보지 않는 것이라고 들었습니다. 이 관우는 젊어 독서를 했기에 예와 의에 대해 대략은 알고 있지만(羽自幼讀書 粗知禮義) 양각애와 좌백도의 행적을 보고서는 세 번이나 감탄하며

---

215) 角(뿔 각) 哀(슬플 애) 左(왼 좌) 伯(맏 백) 桃(복숭아 도)

눈물을 흘리지 않을 수 없었습니다.…(觀羊角哀左伯桃之事 未嘗不三歎而流涕也.…)"

전국시대에 북쪽 연나라의 양각애와 좌백도 두 사람은 벼슬을 얻으려 남쪽 초(楚)나라를 찾아간다. 도중에 눈보라 속에 양식이 떨어질 지경이 되자 좌백도는 자기의 남은 식량과 옷을 벗어 양각애에게 주고 자신은 숲 속에서 얼어죽었다. 초나라에 무사히 도착하여 상대부(上大夫)가 된 양각애는 좌백도의 시신을 찾아 예를 다해 장례를 치러 주었다.

관우는 조조에게 두 사람의 의리를 인용해 자신은 유비와의 의리를 지키기 위해 떠나야 한다는 점을 강조했다. 관우는 조조가 자신을 만나주지 않자 한 수정후의 인수와 그간에 조조로부터 받은 금을 모두 봉해 놓고 유비를 찾아 길을 떠난다.

良禽擇木而棲 良臣擇主而事 216)

(양금택목이서 양신택주이사) 좋은 새는 나무를 가려 둥지를 틀고 훌륭한 신하는 주군을 가려 섬긴다.

여포(呂布)를 처음 본 동탁은 여포의 위풍에 압도당한다. 동탁의 참모 이숙(李肅)은 여포와 동향인으로 동탁의 적토마와 금은 보화를 가지고 여포를 찾아가 의부 정원(丁原)을 버리고

216) 禽(새 금) 棲(살 서) 事(섬길 사)

동탁을 섬기라며 여포를 설득한다. 그러자 "나는 아직 부귀공명을 이룰만한 주군을 만나지 못했다"는 여포의 말에 이숙이 웃으면서 말한다.

"좋은 새는 나무를 가려 둥지를 틀고, 훌륭한 신하는 주군을 가려 섬기나니(良禽擇木而棲 良臣擇主而事) 기회가 왔는데도 서두르지 않으면 후회해도 늦을 것입니다.(見機不早 悔之晩矣)"

이 말은 당시 상당히 널리 쓰였던 모양이다. 조조가 헌제를 옹위하고 허도(許都)로 옮겨 갈 때 서황(徐晃)이 조조를 가로막는다. 그때 서황을 설득했던 조조의 참모 만총(滿寵)도 같은 말을 하고 있다.

"새도 나무를 가려 앉고 현명한 신하라면 주군을 가려 섬기는 것입니다. 섬길만한 주군을 만나고도 어깨를 스치고 지나버리면 대장부가 아니라는 말을 들어보지 못했습니까?"

또 익주 유장의 참모 이회(李恢)는 유장에게 유비를 불러들여서는 안 된다고 강력히 건의했었지만 결국 나중에 유비에게 귀항하면서 "良禽擇木而棲 良臣擇主而事"라는 말을 한다. 이회는 마초를 설득하여 유비 진영으로 끌어들인다.

養兵千日 用在一時

(양병천일 용재일시) 장기간의 양병으로 한 때의 위기에 대

비하다.

건흥 8년(서기 230년) 40만 대군으로 촉한 정벌에 나선 조진과 사마의는 한번 싸워보지도 못하고 한 달간의 장마에 지친 군사를 철수시켜야만 했다. 조진과 사마의는 열흘 이내에 제갈량이 추격해올 것인가 아닌가를 놓고 우스개 내기를 걸고 양쪽 요충지에 나누어 주둔한 뒤, 제갈량의 추격에 대비한다.

어느 날 사마의가 변장을 하고 부대를 순찰할 때, 하급 부장 하나가 속히 귀환하지 않는다고 불평을 하였다. 이에 사마의는 전 장수를 소집한 뒤, 그 부장을 불러내 질책한다.

"장기간 군사력을 양성하는 이유는 한 때의 위기에 대비하기 위한 것인데(養兵千日 用在一時) 너는 어찌하여 불평불만으로 군의 사기를 떨어뜨리는가?(汝安敢出怨 以慢軍心)"

사마의는 그 부장을 참수한다.

楊修之敏 217)

(양수지민) 양수의 기민함. 양수의 뛰어난 박학다식.

양수(楊修)는 승상 문하의 주부(主簿)로 박학능언(博學能言)

---

217) 楊(버들 양) 修(닦을 수) 敏(재빠를 민)

하고 식견이 뛰어난 재사(才士)였다. 양수의 기민한 지혜는 조조가 탄복하고 오히려 질시할 정도였고 그 때문에 죽어야만 했다.

일찍이 조조가 정원을 하나 조성케 했는데 공사가 완공된 뒤 정원을 둘러본 조조는 아무 말 없이 정원 문에 "활(活)" 한 자를 써놓고 나갔다. 아무도 그 뜻을 몰랐지만 양수가 말했다.

"문(門) 안에 활(活)이니 넓다(闊; 넓을 활)는 뜻입니다."

이에 정원을 축소했고, 다시 둘러본 조조는 만족한 표정을 지었다. 조조는 비록 양수의 총명을 칭찬했지만 마음속으로는 양수를 꺼리고 싫어했다.

조조는 자신의 은밀한 의도가 모두 간파 당한다 생각하니 양수를 좋아할 리 없었다. 특히 양수가 조조의 장남 조비(曹丕)와 삼남 조식(曹植) 사이에서 조식의 편을 들어 여러 번 조조의 비위를 상하게 하였는데, 결국 계륵 사건으로 죽을 수밖에 없었다. (鷄肋鷄肋 참고)

良藥苦口 218)

(양약고구) 좋은 약은 입에 쓰다.

익주자사 유장(劉璋)이 장로(張魯)의 위협에 대비하여 유비를

218) 良(좋을 량{양}) 藥(약 약) 苦(쓸 고)

불러 도움을 받으려는 것에 대하여 유장의 막료들의 반대는 거세었다.

왕루(王累)라는 사람은 자신의 몸을 성문에 매달아 놓고 자기의 충언이 받아들여지지 않으면 도끼로 밧줄을 끊어 자살하겠다며 글을 올렸다.

"…저는 좋은 약은 입에 쓰나 병에 이롭고 충언은 귀에 거슬리나 자신의 행동에 이롭다고 들었습니다.(…竊聞良藥苦口利於病 忠言逆耳利於行) 옛날 초나라 회왕(懷王)은 굴원의 말을 듣지 않고 무관에서 진왕(秦王)과 회맹했으나 … 가는 길은 있어도 돌아올 길이 없을까 걱정이 됩니다.…(楚王不聽屈原之言 會盟於武關… 恐有去路而無回路矣.…)"

유장이 글을 받아 읽고 대노하자 왕루는 쥐고 있던 도끼로 밧줄을 끊어 땅에 떨어져 죽었다. (迎虎於門 참고)

羊質虎皮 219)

(양질호피) 양(羊)의 몸에 호랑이 가죽. 바탕은 약한데 강한 체하다. 겉으로는 위엄이 있으나 실제로는 허약함.

기주(冀州)에서 웅거하며 한때 청주(靑州) 유주(幽州) 병주(幷州)의 백만 대군을 호령하던 원소(袁紹)는 장남을 제쳐두고 막

219) 質(바탕 질) 皮(가죽 피)

내아들 원상(袁尙)을 후계자로 지명하고 죽는다. 이는 곧 형제 내분으로 이어진다.

원소의 능력은 사실 별거 아니었고 사람 됨됨이도 뛰어나지 못했다. 이러한 원소를 평가한 후인의 시(詩)에 이런 구절이 있다.

"양의 몸에 호랑 가죽이라 공명을 이루지 못하고(羊質虎皮功不就) 봉황 털에 닭의 담력이라 사업을 이루기 어렵다.(鳳毛鷄膽事難成)"

揚湯止沸 220)

(양탕지비) 끓는 물을 퍼냈다가 다시 부어 끓지 않게 하다. 이는 솥 밑의 장작을 빼내는 것만 못하다.(揚湯止沸 不如去薪) 즉 임시 방편으로 문제를 해결하려 하는 것보다 사건 발생 원인을 없애는 것이 가장 근본적인 해결 방법이란 뜻.

서량자사 동탁(西涼刺使 董卓)은 황건적 토벌에 아무런 공적도 없었다. 이에 조정에서 그 죄를 논의하자 동탁은 환관 십상시와 일부 대신들에게 뇌물을 써 빠져나갔다.

동탁은 20만 대군을 거느리고 항상 불신지심(不臣之心)을 갖

---

220) 揚(들어올릴 양) 湯(물 끓을 탕) 止(멈출 지) 沸(끓을 비) 薪(땔나무 신; 장작)

고 있었는데 하진이 보내온 십상시를 토벌하려하니 군사를 낙양에 들어오라는 가짜 조서를 받고 즉시 낙양으로 출동한다.

출발에 앞서 동탁은 참모 이유(李儒)의 건의를 받아들여 환관을 제거하기 위해 기병한다는 글을 조정에 올린다.

'끓는 물을 퍼냈다가 다시 부어 물을 끓지 않게 하는 것은 솥 밑의 장작을 빼내는 것만 못하다(揚湯止沸 不如去薪)'란 말은 동탁이 올린 글에 인용된 속담이다.

兩脇生翅 221)

(양협생시) 양 겨드랑이에 날개가 생기다. 궁지 탈출.

제갈량은 주유가 요청한 화살 10만개를 3일만에 만들어 조달하겠다고 약속한 뒤, 군령장(軍令狀)을 작성한다. 이에 주유는 제갈량이 스스로 죽음을 자청했다고 좋아하며 말한다.

"그가 당장 양 겨드랑이에 날개가 돋는다 하더라도 날아 도망가지 못하리라.(他便兩脇生翅 也飛不去)" (軍中無戱言 참고)

---

221) 兩(두 양{량}) 脇(갈비 협) 翅(날개 시)

陽貨輕仲尼 臧倉毁孟子 222)

(양화경중니 장창훼맹자) 양화(陽貨)가 공자(孔子)를 깔보고 장창이 맹자를 헐뜯다. 나쁘고 열악한 사람이 훌륭한 인물을 깔보며 무시하고 방해한다는 뜻.

양화는 춘추시대 노(魯) 나라의 집권자인 계환자(季桓子)의 대부였으나 계환자를 유폐하고 전횡을 일삼았다. 양화는 공자(중니)에게 삶은 돼지를 보내며 만나자고 했으나 공자는 이를 거절한다. 양화는 반란을 일으켰고 공자를 초빙하여 공자를 손아귀에 장악하려 했었다.

장창은 노 평공(魯 平公)의 애첩인데, 평공이 맹자를 만나려 하자 맹자에 대한 험담으로 맹자를 만나지 못하게 했다. 이런 내용은『맹자(孟子)』 양회왕장구 하(梁惠王章句 下)에 나온다.

조조에 의해 북치기가 된 이형(禰衡)은 만조 백관이 모인 자리에서 벌거벗은 알몸을 내 보이면서 자신의 몸은 깨끗하다고 말한다. 그러면서 조조는 현인을 몰라보니 눈이 흐린 것이며(眼濁) 시서(詩書)를 읽지 않으니 입이 탁하고(口濁) 충언을 받아들이지 않으니 귀가 탁한 것이다.(耳濁) 그리고 고금의 역사

---

222) 陽(볕 양) 貨(재화 화) 輕(가벼울 경, 경시하다) 仲(버금 중. 둘째) 尼(중 니) 臧(착할 장) 倉(곳집 창) 毁(헐 훼) 孟(맏 맹)

를 모르니 신탁(身濁)이오, 다른 제후들을 포용하지 못하니 배가 탁한 것(腹濁)인데다가 항상 찬탈과 반역을 생각하니 마음까지 더러운 심탁(心濁)이라고 꾸짖는다.

그러면서 천하명사(天下名士)인 자신을 불러다가 북치기를 시켜 욕을 뵈니 "이는 마치 양화가 공자를 깔보고 장창이 맹자를 헐뜯는 것과 같다(是猶陽貨輕仲尼 臧倉毁孟子)"고 일갈한다.

조조는 유표의 손을 빌려 이형을 죽게 할 계산으로 이형을 강제로 형주 유표에게 사신으로 보낸다. 이런 뜻을 안 유표는 다시 강하(江夏)의 황조(黃祖)에게 보냈고 우둔한 황조는 이형이 자신을 무시한다고 이형을 죽였다. (腐儒舌劍 참조)

言過其實 223)

(언과기실) 말이 실제보다 지나치다.

유비가 백제성에서 임종하기 전, 공명에게 마속을 어떻게 생각하느냐고 물으며 "마속은 말이 실질보다 앞서니 크게 쓸 수 없다(言過其實 不可大用)"고 말했다. 공명은 마속에게 전략 요충지 가정의 수비를 맡겼다가 실패하고 결국 공명의 1차 북벌은 실패한다. (淚斬馬謖 참고)

---

223) 過(지날 과. 초월하다) 實(열매 실. 실질)

掩目捕雀 224)

(엄목포작) 눈 가리고 참새를 잡다. 남을 속이지 못하고 스스로 자신을 속이다. 눈 가리고 아옹하다. 이와 비슷한 뜻으로 '귀를 막고 방울을 훔친다'(엄이도령 掩耳盜鈴)는 말이 있다.

중평(中平) 6년(서기 189년) 여름 4월에 영제(靈帝)가 죽은 뒤, 대장군 하진(何進)이 원소의 군사력을 빌려 하태후(何太后; 何進 妹) 소생의 황자 변(辨; 少帝)을 황제로 내세웠다. 이때 십상시(十常侍)들의 횡포가 심했다. 하진이 외부 군사력을 수도로 불러들여 십상시를 제거하려 하자 주부(主簿) 진림(陳琳)이 반대하며 말한다.

"눈을 가리고 참새를 잡았다면 이는 스스로를 속이는 것이라는 속언도 있습니다.(俗云 掩目而捕燕雀 是自欺也) 이렇듯 미물도 속일 수 없는데 하물며 국가 대사에 거짓말을 할 수 있겠습니까?"

汝劍利 吾劍未嘗不利 225)

(여검리 오검미상불리) 너의 칼이 예리하다면 내 칼인들 예

224) 掩(가릴 엄) 捕(사로잡을 포) 雀(참새 작)
225) 汝(너 여) 利(날카로울 리) 未嘗不(미상불 ~하지 않겠는가?)

리하지 않은가? 너나 나다 다 같은 힘이 있다는 뜻.

동탁이 소제(少帝; 재위 5개월, 弘農王)를 폐위하고 영제의 둘째 아들 협(協; 헌제, 당시 9세)을 옹립하려는 뜻을 대신들에게 처음 말하자 원소(袁紹)가 반대한다. 이에 동탁이 원소를 위협한다.

"천하의 모든 힘이 내게 있거늘 내가 하는 일을 누가 감히 따르지 않겠는가?(天下事在我 我今爲之 誰敢不從) 네 눈엔 내 칼이 무디게 보이는가?(汝視我之劍不利否)"

그러자 원소도 당당히 맞선다.

"너의 칼이 날 섰다면 나의 칼은 무디겠는가?(汝劍利 吾劍未嘗不利)"

두 사람의 대결은 이유(李儒)의 중재로 끝난다. 이후 원소는 자신의 본거지로 돌아갔다가 한복을 치고 기주(冀州)를 차지한다.

與父無異 226)

(여부무이) 그 아버지와 다르지 않다.

육손은 유비의 70만 대군을 격파한다. 이에 때맞추어 위 조

226) 與(더불어 여) 異(다를 이)

비의 대군이 국경을 범한다는 보고를 받는다. 육손이 공명의 팔진도에 놀라기도 했지만 그가 군사를 돌린 것은 조비의 침입을 걱정했기 때문이었다.

육손은 "위주 조비의 간사함은 그 아비와 다르지 않다(魏主曹丕奸詐計 與父無異)"고 말했다.

如坐鍼氈 227)

(여좌침전) 바늘방석에 앉은 것 같다. 일이 탄로 나기 직전 마음이 몹시 불안한 모습.

건안 5년 초(서기 200년) 의생 길평(吉平)이 조조를 독살하려다가 발각된 뒤, 조조는 조정 중신을 모아놓고 길평을 고문한다. 이때 국구 동승(國舅 董承)과 함께 조조를 제거하기로 맹세했던 왕자복(王子服) 등 네 사람은 서로 얼굴을 엿보며 가시방석에 앉아 있는 것 같았다.(王子服等四人 面面相覷 如坐鍼氈) 고문이 아무런 소득이 없자 조조는 밀고자에게 들어 이미 주동 인물로 생각되는 왕자복(王子服) 등 네 사람을 따로 부른다. 이때 이들은 '혼이 몸에 붙어 있는 것 같지 않았다(魂不附體)'고 한다.

이후 조조가 동승을 집을 방문하여 길평의 일을 아느냐고

227) 坐(앉을 좌) 鍼(침 침) 氈(털방석 전)

물었을 때 동승은 딱 잡아떼었지만 결국 모든 것이 드러나며 죽음을 당한다. (鼠輩安敢如此 참고)

與虎添翼 228)

(여호첨익) 호랑이에게 날개를 붙여주다. 위세를 더욱 좋게 만들어 주다.(羽翼成矣)

허도에 있던 관우는 유비의 거처를 알고 두 형수를 모시고, 원소 진영을 향해 출발한다. 이에 조조의 참모 정욱(鄭昱)은 관우를 그냥 보낼 수 없다고 반대한다.

"만약 관우를 놓아주어 원소에 보낸다면 이는 호랑이에게 날개를 달아주는 것과 같으니(若縱之使歸袁紹 是與虎添翼也) 관우를 좇아 가 죽여 후환을 없애는 것만 못합니다."

그러나 조조는 "예전에 허락한 것인데 어찌 약속을 져버리겠느냐" 하며 추격하지 못하게 한다. (財賄不動心 참고)

逆順有大體 强弱有定勢 229)

(역순유대체 강약유정세) 역순(거역과 순응)에 큰 원칙이 있

---

228) 與(줄 여) 添(더할 첨) 翼(날개 익)
229) 逆(거스를 역) 順(따를 순) 强(굳셀 강) 弱(약할 약)

고 강약에 일정한 세가 있다. 세상 모든 일에 일정한 원칙이 나 틀이 있어 마음대로 할 수 없다는 뜻.

건안 13년 8월, 형주의 유표는 조조의 침공을 목전에 두고 죽는다. 유표는 장남 유기에게 자신의 지위를 물려주려 했지만 유표의 부인 채씨와 처남 채모(蔡瑁)의 뜻대로 14살 된 차남 유종(劉琮)이 형주를 차지한다.

조조의 대군이 형주를 치러 온다는 소식에 부손이라는 사람은 차라리 조조에게 투항해야 한다고 유종에게 건의한다.

"형주의 백성들을 태산처럼 편안하게 하고 주공의 지위를 보전하기 위해서는 형주 9군을 들어 조조에게 바쳐야 합니다. 그러면 조조는 틀림없이 주공을 우대할 것입니다."

이에 유종은 "그게 무슨 소리인가? 선친의 기반을 이어받아 며칠 지나지도 않았는데 어찌 이를 포기한단 말인가!" 하며 꾸짖었다. 그러자 괴월이란 사람이 나서며 말한다.

"부손의 말이 맞습니다. 대개 역순에 큰 원칙이 있고 강약에 일정한 세가 있는 것입니다.(逆順有大體 强弱有定勢) 지금 조조는 남북을 원정하면서 한 조정의 뜻이라는 명분을 내세우고 있습니다. 주공께서 조조에 맞선다면 이는 한 조정에 순응하지 않는다는 오명이 따라 붙습니다."

유종은 부친의 유업을 하루아침에 남한테 넘겨주면 천하의 웃음을 살 것이라 걱정했지만 결국 다른 막료들의 주장에 따라 형주를 들어 조조에게 투항하고 곧 조조의 하수인에게 죽음을 당한다.

燕雀不知大廈將焚 230)

(연작부지대하장분) 제비나 참새들은 둥지를 튼 큰집에 불이 날 줄을 모르다.

서기 258년, 오주 손휴(孫休)가 즉위한 뒤, 오에서는 이 사실을 촉한에 알렸고 촉의 후주 유선은 사신을 보내서 축하한다. 그러자 오에서는 답례로 다시 사신을 보낸다. 촉한에 갔던 사신이 돌아오자 손휴가 촉의 형편을 물었다. 이에 사신이 아뢰었다.

"요즈음 촉에서는 내시 황호(黃皓)가 정치를 좌지우지하고 그 사람에게 아부하는 공경대부가 많습니다. 그 조정에 바른 말을 하는 이 없고, 들에 일하는 백성들이 모두 굶주린 기색이니 소위 제비나 참새들이 둥지를 튼 큰집에 불이 날 줄을 모르는 것과 같습니다.(所謂 燕雀堂處 不知大廈將焚者也)"

이에 손휴가 탄식하며 말했다.

"만약 제갈무후(諸葛武侯; 제갈량)가 살아 있었다면 어찌 그

---

230) 燕(제비 연) 雀(참새 작) 廈(처마 하. 큰 집) 將(막 ~하려하다) 焚(불사를 분)

지경까지 갔겠는가?"

燕雀安知鴻鵠之志 231)

(연작안지홍곡지지) 제비나 참새가 기러기나 고니의 뜻을 어찌 알겠는가. 소인이 대인군자나 영웅호걸의 큰 뜻을 알 수 없다는 뜻.

이 말은 본래 사마천(司馬遷)의 『사기(史記)』 진섭세가(陳涉世家)에 나온다. 가난하고 미천한 농민 진섭이 동료 농부들에게 자신의 큰 포부를 술회하며 한 말이다.

조조는 동탁을 살해하려다가 실패하고 도주한다. 동탁은 각지에 방을 붙여 조조를 수색한다. 조조는 고향 초군(譙郡)으로 가던 중 중모현에서 사로잡히고 조조를 알아본 현령 진궁(陳宮)에 의해 감옥에 갇힌다. 밤에 현령 진궁이 조조를 불러내 사연을 묻자 조조가 대답한다.

"제비나 참새가 기러기나 고니의 뜻을 어찌 알겠는가(燕雀安知鴻鵠之志哉)! 기왕 나를 잡았으니 묶어다가 바치고 상이나 받으면 되지 무얼 그리 자꾸 묻는가?"

진궁은 조조에게 기개와 포부에 마음이 기울고, 결국 관직을 버리고 조조를 따라간다. (我負天下人 참고)

---

231) 安(어찌 안; 의문사) 鴻(큰 기러기 홍) 鵠(고니 곡)

連環計 232)

(연환계) 큰 고리로 배와 배를 연결하는 계략.

조조의 군사들은 수전(水戰)에 익숙하지도 못하고 양자강의 풍랑 때문에 고통을 받고 있었다. 이에 방통(龐統)은 조조에게 큰 못(大釘)을 만들어 배와 배를 연결한 뒤 그 위에 널 판을 깔아 인마를 통행케 하라는 연환책(連環策)을 건의한다. 이 말을 들은 조조는 방통에게 감사한다.

"선생의 훌륭한 지혜가 아니었다면 어찌 동쪽 오 나라를 격파할 수 있겠습니까?(非先生良謀 安能破東吳也)"

방통이 조조와 이별하고 돌아올 때, 서서(徐庶)는 방통의 의도를 간파했지만 조조에게 말하지는 않았고, 방통은 서서에게 몸을 빼낼 계략을 일러준다.

조조 역시 연환책이 화공에 취약하다는 사실을 알았지만 겨울이기에 동남풍은 불지 않을 것이므로 화공을 걱정할 필요가 없다고 생각했다.

---

232) 連(잇닿을 연) 環(고리 환)

寧死不辱 233)

(영사불욕) 차라리 죽을지언정 욕된 짓을 하지 않는다.

서주(徐州)가 함락된 뒤 망탕산에 숨어들었던 장비는 우연히 고성(古城)이란 곳을 지나다가 그 곳의 현관을 내쫓고 성을 차지한다. 유비를 찾아 여남으로 가던 관우는 장비의 소식을 듣고 반겨하나, 장비는 의리를 버렸다고 욕을 하며 관우를 죽이려 대든다. 유비의 두 부인이 그렇지 않다고 설명해도 성질이 급한 장비는 듣지 않는다.

"충신은 차라리 죽을지언정 굴욕스런 짓을 해서는 안되며 대장부가 어찌 두 임금을 섬겨야할 이치가 있는가?(忠臣寧死而不辱 丈夫豈有事二主之理)"

장비의 분노와 오해는 대단했다. 마침 조조의 부하 채양이 관우를 죽이겠다고 달려왔고 관우는 채양을 죽여 장비의 오해를 풀어준다.

233) 寧(차라리 영) 死(죽을 사) 辱(욕되게 할 욕)

嬰兒在股掌 234)

(영아재고장) 어미 팔에 안긴 어린 아이.

발해태수 원소(袁紹)는 식량과 물자가 풍부한 기주(冀州)를 차지하려고 북평태수(北平太守) 공손찬(公孫瓚)에게 비밀리에 부탁하여 기주를 공격하게 한다. 원소의 이런 뜻을 모르는 기주자사(冀州刺史) 한복(韓馥)은 공손찬의 공격을 두려워하여 원소를 불러 기주의 정치와 군사를 맡기려 한다 이에 한복의 장사 경무(長史 耿武)가 반대하며 한복에게 말한다.

"원소는 지금 세력이 크게 약해 우리에게 의지하기를 마치 어미 팔에 안긴 어린아이와 같아 당장 젖을 주지 않으면 금방 굶어 죽을 지경이거늘(嬰兒在股掌之上, 絶其乳哺 立可餓死) 왜 그를 불러 기주의 정사를 맡기려 하십니까? 이는 마치 호랑이를 양떼 있는 곳으로 몰아주는 것과 같습니다.(此 引虎入羊群也)"

그러나 한복은 경무의 말을 듣지 않고 원소를 불러들인다. 원소는 기주를 차지했고 한때 화북의 강자가 된다. (狼心狗行 참고)

---

234) 嬰(갓난아이 영) 股(넓적다리 고) 掌(손바닥 장)

英勇無敵 235)

(영용무적) 영특하고 용감하여 맞설 자가 없다.

서량태수 마등(西凉太守 馬騰)과 병주자사 한수(幷州刺史 韓遂)가 이각과 곽사를 격퇴하려고 10만 대군을 이끌고 장안에 진격할 때 마등의 아들 마초는 당시 17세로 영특하고 용감하여 맞설 자가 없었다.(英勇無敵)

마초와 허저의 싸움, 그리고 마초와 장비의 싸움은 아마도 대단한 구경거리였을 것이다. 마초는 제갈량의 계책에 의해 유비에게 귀순하여 오호장군(五虎將軍)의 한 사람으로 많은 공을 세운다.

迎虎於門 236)

(영호어문) 호랑이를 문에서 맞이하다. 재앙을 자초하다.

익주자사 유장(劉璋)이 장로(張魯)의 위협에 대비하여 유비를 불러 도움을 받으려는 것에 대하여 유장의 신하들의 반대는 거세었다. 이회(李恢)라는 사람은 유장 앞에 나가 머리를 땅에

---

235) 敵(원수 적; 상대방, 맞 수)
236) 迎(맞이할 영) 虎(범 호) 於(어조사 어, ~에서)

찡으면서 말했다.

"임금에게는 잘못을 충간(忠諫)하는 신하가 있어야 하고 아버지에게는 잘못을 지적해주는 아들이 있어야 합니다.(君有諍臣 父有諍子) 만약 유비가 서천(西川)에 들어오는 것을 허용하는 것은 마치 호랑이를 문에서 맞이하는 것과 같습니다.(若容劉備入川 是有迎虎於門也)"

五關斬六將 237)

(오관참육장) 다섯 관문을 지나면서 여섯 장수의 목을 베다.

관우가 하북 원소 진영에 있는 유비를 찾아 갈 때, 비록 조조의 전송을 받았지만, 통행증 같은 증명서를 받지는 않았다. 유비의 두 부인을 수레에 태우고 아무런 군사도 없이 출발한 관우는 단지 적토마와 청룡언월도 한 자루를 차고, 다섯 곳의 관문(關門)을 통과하면서 통행을 저지하려는 여섯 장수들을 죽인다.(五關斬六將)

이에 관우의 무예와 용기는 천지를 진동했고 그 누구도 감히 맞서지 못했다. 관우는 나중에 이렇게 탄식했다.

"나는 도중에 그 누구도 죽이고 싶지 않았으나 어쩔 수 없

---

237) 關(빗장 관) 斬(벨 참)

었다. 조공(曹公; 조조)이 이를 전해들으면 은의(恩義)를 저버린 사람이라 생각할 것이다."

傲上而不忍下 238)

(오상이불인하) 윗사람에게 당당하지만 아래 사람을 괴롭히지 않다.

관우는 강자에게 당당하고 아래 사람을 괴롭히지 않았으며 강자를 꺾어 누르려 했지만 아래 사람을 멸시하지 않았다.(傲上而不忍下 欺上而不凌下) (義重如山 참고)

烏有 239)

(오유) 아무 것도 없다. 모두가 무로 돌아가다.

원술이 여포의 서주를 공격할 때 여포 측의 진등(陳登)은 원술의 부장 한지(韓暹)를 만나 설득한다.

"장군은 전날 한의 신하였다가 지금은 반적 원술의 신하가

---

238) 傲(거만할 오) 忍(참을 인)
239) 烏(까마귀 오. 탄식하는 소리 오)

되었으니 지난 날 관중(關中)에서 어가를 호위했던 그 공은 모두 무로 돌아갈 것이니(化爲烏有) 이는 결코 장군이 취할 바가 아닙니다."

오유(烏有)란 한 사마상여(司馬相如)의 「자허부(子虛賦)」에 등장하는 가공의 인물인 자허선생(子虛先生)과 오유선생(烏有先生)에서 유래된 말로 하유(何有; 어디에 있는가? 아무 데도 없다)의 뜻이다.

중국인들의 이상향(理想鄕)은 무릉도원이고 그런 내용은 도연명(陶淵明)의 「도화원기(桃花園記)」로 서술되었다. 그러나 그런 이상향이 어디에 있겠는가? 이 지구상 어디에도 없다고 생각했고 그래서 영국 토머스 모어(Thomas More)의 소설 유토피아(Utopia)를「오유향(烏有鄕 또는 吾托鄕)」이라 번역했을 것이다.

玉可碎 不改其白 240)

(옥가쇄 불개기백) 옥을 부술 수는 있지만 그 흰색을 바꿀 수 없다.

절개를 꺾을 수 없음. 맥성에서 포위된 관우를 오의 제갈근(諸葛瑾)이 설득하러 찾아온다. 오는 형주를 이미 다 차지하였

240) 碎(부술 쇄) 改(고칠 개)

으며 손권은 관우와 사돈을 맺어 같이 협력하여 조조를 치고 한을 부흥하고 싶다고 설득한다. 이에 관우가 정색을 하고 말한다.

"나는 해량(解良) 출신의 한 무부(武夫)로 주군(主君)께서 수족처럼 보살펴주는 은혜를 입었거늘 어찌 의를 버리고 적국에 갈 수 있겠는가? 만약 성이 함락된다면 죽으면 그 뿐이요. 옥을 부술 수는 있지만 흰색을 바꿀 수 없고,(玉可碎 而不可改其白) 대나무를 태울 수는 있지만 그 마디를 훼손할 수 없는 것이요.(竹可焚 而不可毁其節) 비록 내 몸은 죽더라도 이름은 길이 역사에 남을 것이니(身雖殞 名可垂於竹帛也) 그대는 여러 말 하지말고 속히 성을 떠나시오.(汝勿多言 速請出城)"

제갈근은 창피만 당하고 돌아와 손권에게 말한다.

"관공은 마음이 철석같아 설득할 수 없습니다.(關公 心如鐵石 不可說也)"

玉石俱焚 241)

(옥석구분) 옥과 돌이 다 함께 불타다. 옥석을 구분 않고 함께 망하다.

제갈량의 화공으로 신야성에서 패배한 조조는 50만 대군을

241) 俱(함께 구) 焚(불 탈 분)

동원해 유비가 저항하는 번성(樊城)을 공격한다. 공격에 앞서 조조는 서서에게 말한다.

"내 처음 생각으로는 번성을 그대로 함락시키려 했으나 많은 백성들의 생명을 가엽게 여겨 공을 유비에게 보내 투항을 권유하니 만약 유비가 귀순해오면 죄를 면해주고 작위를 내리겠지만 계속 고집을 부리면 군사나 백성을 함께 죽여 옥석을 같이 태울 것이다.(若更執迷 軍民共戮 玉石俱焚) 내가 공의 충의를 잘 알기에 특별히 사자로 보내니 실수하지 않기를 바라노라."

서서는 유비를 만나 옛 회포를 풀면서 번성을 어차피 지킬 수 없으니 속히 대책을 세우라고 말한다. 유비는 백성들과 함께 번성을 버리고 강릉으로 피신한다.

溫候神射 242)

(온후신사) 온후(여포)의 신통한 활 솜씨.

원술의 부장 기령(紀靈)은 10만 대군을 거느리고 소패(小沛)의 유비를 공격한다. 여포는 기령과 유비를 화해시키려고 두 사람을 자신의 진영으로 초청한다. 여포는 150보밖에 자기의 세 갈래 창을 세워놓고 "활을 쏘아 그 가운데 가지를 명중시

242) 溫(따뜻할 온) 侯(제후 후) 射(궁술 사) 希(드물 희)

키면 싸움을 중지하라"면서 활을 쏜다.

화살은 정확하게 창의 한 가운데를 맞추었다. 이후 사람들은 '온후(여포)의 신기에 가까운 활 솜씨를 따라 갈만한 이 없다(溫候神射世間希)'고 하였다.

臥龍岡 243)

(와룡강) 형주 양양성(襄陽城) 밖 남양(南陽)의 산 이름.

제갈량은 그 산아래 거처하면서 와룡으로 자신의 호를 삼았다. 와룡강의 모습은 "산은 높지 않으나 수려하고(山不高而秀雅) 물은 깊지 않아도 맑으며(水不深而澄淸) 땅이 넓지는 않으나 평탄하고(地不廣而平坦) 숲은 광대하지는 않아도 무성하였다.(林不大而茂盛) 또 원숭이와 학이 떼지어 놀고 소나무와 대나무가 뒤섞여 푸르렀다"고 『삼국지』는 기록하고 있다.

臥龍得主不得時 244)

(와룡득주부득시) 와룡(제갈량)이 섬길 주군을 얻었으나 때를 못 만났다.

---

243) 岡(산등성이 강)
244) 臥(엎드릴 와) 龍(용 룡{용}) 得(얻을 득)

서서(徐庶)가 제갈량(諸葛亮)을 천거하고 떠난 뒤, 수경선생 사마휘가 유비를 찾아온다. 유비는 제갈량에 관해 궁금한 것을 물었고 수경선생은 제갈량의 능력을 제(齊)의 강자아(姜太公; 呂尙)와 한(漢)의 장자방(張子房; 張良)에 비유하였다. 수경선생은 유비와 헤어진 뒤, 문을 나서며 하늘을 보고 크게 웃으며 말한다.

"와룡이 비록 섬길 주군을 얻었으나 때를 만나지 못했으니 애석한 일이다.(臥龍雖得其主 不得其時 惜哉)"

王法無親

(왕법무친) 국왕이 정한 법은 냉혹하다, 국법은 엄정하다.

손권은 육손을 불러 유비의 공격을 물리칠 대임을 맡긴다. 그 때까지 좀 특이한 서생(書生) 정도로 알려진 육손이 대도독이 되어 괵정(虢亭)에 부임하자 한당, 주태 등 여러 장수들은 마지못해 축하하며 불만족스런 뜻을 내 보인다. 이에 육손이 여러 장수들에게 분명히 말한다.

"주상께서는 나에게 대군을 감독하여 촉군을 격퇴하라 명을 내리셨다. 군에도 지켜야 할 법이 있으니 공들 모두는 당연히 이를 준수하라. 어기는 자 있다면 국법은 엄정하니 후회하지 않도록 하라.(王法無親 勿致後悔)"

모든 장수들은 말이 없었다.

王霸之計 245)

(왕패지계) 왕자(王者)나 패자(霸者)가 되고자 하는 계략.

적벽 대전 이후, 손권은 합비(合淝)에 머물면서 조조의 군사와 자주 대결했지만 전승을 거두지 못한다. 이에 주유(周瑜)는 정보(程普)의 군사를 손권에게 보낸다.

전열을 정비하고 군사력을 강화한 손권은 송겸(宋謙) 태사자(太史慈)등과 함께 조조 진영의 장료(張遼) 이전, 악진 등과 직접 전투를 벌인다. 장료등은 손권을 사로잡을 계획으로 손권만을 집중 공격한다. 송겸은 생포될 위기에 처한 손권을 구원하지만 결국 자신은 탈출하지 못하고 전사한다. 패전한 손권이 송겸의 죽음을 슬퍼하자 장굉(張紘)이 손권에게 간한다.

"주공께서는 젊은 혈기만을 믿고 강적도 경시하십니다. 우리 군사들은 이를 매우 한심하게 생각하고 있습니다. 적의 장수를 죽이고 깃발을 뺏는 일은 우리 장군들의 임무이지 주공께서 하실 일이 아닙니다. 바라옵건대 불끈불끈 치솟아 오르는 용기를 억제하시고 왕자나 패자의 계략을 품으셔야 합니다.(願抑賁

245) 王(仁德으로 천하를 차지한 자) 霸(우두머리 패, 霸者; 힘으로 천하를 호령하는 자)

育之勇 懷王霸之計) 오늘 송겸의 죽음도 모두 주공께서 적을 얕보았기 때문입니다. 그러하오니 앞으로는 절대로 보중(保重)하셔야 합니다."

이에 손권은 "모두가 나의 과오이니 지금 당장 고치겠다"고 말한다.

外寬內忌 246)

(외관내기) 겉으로는 관대하지만 내심으로는 편협하다.

인자한 척하지만 마음 씀씀이가 매우 편협함. 원소의 참모 전풍(田豊)은 원소의 미움을 받아 옥에 갇히고 원소는 조조한테 대패한다. 원소는 전풍의 충고를 듣지 않아 대패한 것을 부끄럽게 생각한다. 한편 이런 사정을 잘 알고 있는 옥졸이 '원소가 패전했으니 다시 등용될 것'이라고 전풍을 위로하자, 전풍은 웃으며 말했다.

"이번에는 죽음을 면치 못할 것이다. 그분이 겉으로는 관대하지만 내심으로는 편협하며 진실하고 성실한 생각이 없는 사람이니(袁將軍 外寬而內忌 不念忠誠) 만약 승리하여 즐겁다면 나를 살려줄 수 있지만 이번에 패전하여 내심 부끄러워 할 것이니 나는 살기를 바랄 수 없다.(若勝而喜 猶能赦我 今戰敗則

---

246) 寬(너그러울 관) 忌(미워할 기)

羞 吾不望生矣)"

전풍의 예측대로, 참소하는 말을 믿은 원소는 사람을 보내 전풍에게 자결하라는 명령을 내렸다.

畏蜀如虎 247)

(외촉여호) 촉(제갈량)을 마치 호랑이처럼 두려워하다.

제갈량은 건흥 9년(서기 231년)에 다섯 번째로 기산에 출전한다. 제갈량은 노성(鹵城) 부근의 새로 익은 보리를 베어 군량을 마련하면서 사마의와 대치하고 있었고 사마의 역시 이를 알고 장기전으로 대항했다.

위장 손례(孫禮)가 옹주와 양주의 20만 대군으로 제갈량을 공격했으나 장병의 절대적 신임과 지지를 받고 있는 제갈량은 대승을 거둔다. 이 무렵 군량 조달담당인 이엄(李嚴)은 군량을 제 때에 조달하지 못하자 제갈량의 문책이 두려워 '오가 위와 동맹을 맺고 우리를 공격할 지 모른다'는 내용의 거짓 급보를 보내왔고 제갈량은 철수할 수밖에 없었다.

사마의는 그간 하도 제갈량에게 패전을 거듭했기에 제갈량이 아무 이유 없이 철군한다는 자체가 하나의 계략이라 생각하여 추격할 생각도 하지 않는다. 그러자 대장군 위평(魏平)이

247) 畏(두려워할 외) 蜀(나라 이름 촉)

사마의에게 말한다.

"촉병이 기산의 군영을 철수하니 이때 승세를 몰아 추격해야 합니다. 그런데도 병력을 출동시키지 않고 촉을 마치 호랑이처럼 두려워하니 천하의 비웃음을 어찌 하시겠습니까?(畏蜀如虎 奈天下笑何)"

그래도 사마의는 고집을 부리며 출동하지 않는다. 제갈량이 완전 철수한 뒤, 검각(劍閣)의 텅 빈 성에는 깃발만 펄럭인다. 뒤늦게 빈 성이란 사실을 알고 장합(張郃)을 시켜 제갈량을 추격케 한다. 그러나 이 또한 제갈량의 계략에 말려 백여 명의 부장 모두를 잃는다.

한편 촉에 돌아온 공명은 이엄의 보고가 허위라는 사실에 분노하고 허탈해 한다. 어리석은 후주(後主) 아래의 용렬한 신하들, 공명은 기산에 다섯 번이나 출전했지만 아무런 성과를 거두지 못하였다. 3년 뒤, 건흥 12년(서기 234년) 봄 2월, 제갈량은 여섯 번째로 기산에 출정하지만, 제갈량은 그것으로 끝이었다.

欲入而閉門 248)

(욕입이폐문) 들어가고자 하면서도 문을 닫다.

---

248) 欲(하고자 할 욕) 閉(닫을 폐)

유비가 두 번째로 제갈량을 찾아 와룡강으로 갈 때, 장비는 불만이 많았다. 사람을 시켜 불러 만나면 될 것이라면서 불만을 토로하자 유비가 꾸짖었다.

"너는 어찌하여 맹자의 '현인을 보고자 하면서 바른 도(道)로 맞이하지 않는 것은 마치 들어 오라 하면서 문을 닫아버리는 것과 같다'는 말도 들어보지 못했느냐?(汝豈不聞 孟子云 欲見賢而不以其道 猶欲其入而閉之門也) 공명은 이 시대의 위대한 현인이거늘 어찌 오라고 부를 수 있겠느냐!"

그러나 한 겨울에 이루어진 유비의 두 번째 방문은 제갈량의 우인 두 사람과 제갈량의 장인 황승언(黃承彦)을 만나는 것으로 만족해야 했다.

龍肝鳳髓 249)

(용간봉수) 용의 간과 봉황의 골수. 가장 귀한 안주.(金波玉液 참고)

用武之地

(용무지지) 군사적 요지. 군사적 이점이 많은 지역.

---

249) 肝(간 간) 髓(골수 수)

제갈량의 분석에 의하면 형주는 '남북으로 진출할 수 있고 동으로는 오(吳)와 연결할 수 있고 서쪽으로는 파촉(巴蜀)과 통하기에 군사적 요지이며 그만한 능력을 가진 사람이 아니면 지킬 수 없다(東連吳會 西通巴蜀 此 用武之地 非其主 不能守)' 고 하였다.

그리고 익주는 "험한 요새와 천리에 걸친 비옥한 평야가 있으니 하늘의 창고와 같은 땅(益州險塞 沃野千里 天府之國)"이라고 분석했다. (三分天下 참고)

勇而無謀 250)

(용이무모) 용감하지만 꾀가 없다.

여포는 용감하고 무예가 뛰어났다. 그러나 재물을 탐하고 그 때문에 의리를 져버리기는(見利忘義) 사람으로 승냥이나 이리처럼 믿을 수는 없지만 그렇다고 적극적으로 남을 속이지는 않으며 또 조조처럼 간사하지 않은 사람으로 서술되었다.

250) 勇(날쌜 용) 而(말 이을 이) 謀(꾀할 모)

勇將不怯死 251)

(용장불겁사) 용장은 죽기를 두려워하지 않는다.

번성(樊城)에서 관우에게 용감하게 저항했던 방덕(龐德)은 상급자인 우금(于禁)의 견제로 큰공을 세우지 못한다. (緊行無好步 참고)

방덕은 관우의 수공으로 진지가 물에 잠기고도 관우 군사의 공격에 용감하게 항전하며 항복을 거부한다. 이때 단병접전(短兵接戰)하며 방덕이 소리친다.

"용장은 죽음을 겁내 구차하게 피하려하지 않고 장사는 절개를 굽혀 목숨을 구하지 않는다 하였으니 오늘이 내 죽는 날이로다.(勇將不怯死而苟免 壯士不毁節而求生 今日乃我死日也)"

결국 방덕은 사로잡혀 관우 앞에 끌려 나와 죽는다.

龍在井底鰍鱔舞 252)

(용재정저추선무) 용이 우물 바닥에 웅크리고 있으니 미꾸라지가 그 앞에서 춤을 춘다. 위인이 세력을 잃으니 소인들이 멸시한다.

---

251) 怯(겁낼 겁) 苟(진실로 구, 구차하게) 免(면할 면) 毁(헐 훼)
252) 底(밑 저) 鰍(미꾸라지 추) 鱔(두렁허리 선) 舞(춤출 무)

위 사마소(司馬昭)는 감로 5년(서기 260년) 진공(晉公)에 봉해진다. 한편 위 황제 조모(曹髦)는 사마소의 위세에 눌려 하나의 허수아비에 불과했다. 이 무렵 영릉(英陵)의 우물 속에 용이 나타났는데 이는 상서로운 일이라고 축하하자 황제가 말했다.

"본래 용이란 군주를 상징하는데, 용은 승천하거나 아니면 광야에 그 모습을 나타낼 수 있지만 우물 바닥에 있다면 그것은 갇힌 모습이니 결코 상서로운 일이라 할 수 없다."

그리고는 「잠룡시(潛龍詩)」 일편을 지었는데 그 시에서 "우물 아래 웅크리고 있으니 미꾸라지들이 그 앞에서 춤을 추도다.(蟠居于井底臥 鰍鱔舞其前)"라고 자신의 신세를 읊었다.

뒷날 황제 조모는 궁내 잡인 수백 명을 데리고 사마소를 친다고 하다가 헛된 죽음을 당한다. 이에 사마소는 조조의 손자 조환(曹奐)을 옹립한다.(서기 260년)

勇則勇矣 失於計巧 253)

(용즉용의 실어계교) 용감하지만 계교가 부족하다.

장비의 용기는 그 누구도 따를 수 없지만 잔재주가 약간 부

253) 勇(날쌜 용) 則(곧 즉) 矣(말 그칠 의) 失(그릇될 실) 巧(재주 교)

족함을 이른 말. 당양현의 장판교에서 홀로 우뚝 서서, 조조와 그 부장들을 대갈일성(大喝一聲) 격퇴한 뒤, (長板橋翼德獨立 참고) 장비는 부하 20여명과 함께 장판교를 절단하고 유비에게 돌아간다. 그때 장비로부터 전황을 보고를 받은 유비가 말한다.

"내 아우는 용감하지만 계교가 부족하다.(吾弟勇則勇矣 失於計巧)"

장비가 그 이유를 묻자 유비가 다시 설명한다.

"네가 만약 교량을 절단하지 않았으면 조조는 복병이 있으리라 생각하여 추격하지 않았을 것이나, 다리를 끊었기 때문에 복병이 없으며 겁이 나서 도망간 줄 알고 (조조의 대군이) 틀림없이 추격해올 것이다."

유비의 말대로 20여 리를 도망갔던 조조는 되돌아와 장판교가 파괴된 것을 보고 다리를 3개나 가설한 뒤, 대군으로 유비를 추격했다.

龍虎會風雲 254)

(용호회풍운) 용과 호랑이가 바람과 구름을 모으다. 영웅들이 모여들어 뜻을 펼 수 있는 기회를 만들다.

---

254) 龍虎(용호; 영웅들) 會(모을 회) 風雲(풍운; 영웅이 될 수 있는 기회)

유비가 서주(徐州)를 잃었을 때가 유비에게는 가장 큰 시련이었다. 유비는 원소를 찾아가 몸을 의탁하고, 관우는 조조에게 항복할 수밖에 없었고 장비는 망탕산에 숨었다.

이제 관우는 장비와 만났고 유비는 원소의 손을 벗어났으며 조운을 새로 얻었다. 유비의 가족도 무사하고 관우는 관평을 양자로 맞이하였다. 이날 군신과 의사들이 모두 다시 모인 것이 마치 용과 호랑이가 바람과 구름을 모은 것과 같았다.(今日君臣重聚義 正如龍虎會風雲)

牛之一毛 255)

(우지일모) 소의 터럭 하나. 미미한 존재.(九牛一毛)

공명이 죽은 다음 해,(서기 235년) 촉한 위 오 삼국은 전쟁이 없었다. 사마의는 태위(太尉)가 되어 위의 군사권을 완전 장악한다. 위주 조예는 허창에 대규모 토목공사를 일으켜 조양전, 방림원 같은 크고 많은 궁궐과 정원 공사를 일으켰다.

당시 공경 대신들도 모두 동원되어 흙을 나르고 나무를 심었다. 이때 사도 동심(董尋)이 대신들을 동원하지 말라는 글을 올렸다. 동심은 "대신들이 땀을 흘리고 발에 흙을 바른다면 소인과 무엇이 다르겠습니까? 공자가 말씀하시기를 '주군은 신하

255) 牛(소 우) 毛(털 모)

를 예로 대하여야 하며 신하는 충성으로 주군을 섬겨야한다고 하였습니다.(孔子云 君使臣以禮 臣事君以忠; 이 말은 『논어』 팔일(八佾)편에 실려 있다)' 만약 충성도 예의도 없다면 어찌 나라가 존속할 수 있겠습니까?(無忠無禮 國何以立) 저는 이 글을 올리면 틀림없이 죽게 될 줄 알지만, 저 자신이 소의 터럭 하나와 같아, 살아도 무익하고 죽어도 나라에 손해가 될 것이 없다고 생각합니다.(臣知言出必死 而自比於牛之一毛 生旣無益 死亦何損)"

동심은 즉시 서인(庶人)으로 강등된다.

運籌帷幄 256)

(운주유악) 휘장 안(야전 지휘소)에서 전략을 세우다. 후방에서 전술 전략을 마련하다.

유비는 공명을 마치 스승처럼 대우하며 공명을 얻은 것을 '고기가 물을 만난 것(魚之得水)'으로 생각했다. 그러나 관우와 장비는 공명에 대한 지나친 대우라며 불평불만이 대단했다. 위장(魏將) 하후돈이 10만 대군을 이끌고 유비를 정벌할 때, 공명은 관우 장비에게 작전명령을 하달하며 군령을 어기는 자는 참하겠다고 말한다. 유비 또한 관우와 장비를 불러 놓고 경고

---

256) 運(움직일 운) 籌(셈놓을 주) 帷(휘장 유) 幄(휘장 악)

한다.

"휘장 안에서 전략을 세워 천리 밖에서 승리를 결정짓는다(運籌帷幄之中 決勝千里之外)는 말도 들어보지 못했는가? 두 아우는 절대로 군령을 위반해서는 안 된다."

그런데도 장비는 공명의 능력에 대해 냉소했고 관우는 공명의 작전계획이 성공하는지 결과를 보고 나서 따져도 늦지 않다며 공명의 전략에 대해 믿음을 갖지 않았다. 그러나 박망파(博望坡)에서 조조 군사에 대한 공명의 화공작전은 적중했고 유비와 공명은 첫 승리를 거둔다.

月明星稀 257)

(월명성희) 달이 밝으면 별이 드물다. 어진 사람이 나타나면 소인들이 숨어버린다는 비유의 뜻도 있음.

건안 13년(서기 208년) 11월 보름날 밤, 54세의 조조는 장강(長江)의 수채(水寨)에서 참모들을 거느리고 강에 제사지낸 뒤, 술에 취하고 달빛과 장강의 밤 경치에 흥이 도도하였다. 마침 새들이 울며 남으로 나는 것을 보고 뱃전에 기대서서 노래를 지어 불렀다. 그 노래의(정식 이름은 短歌行이다) 끝 부분은 다음과 같다.

257) 星(별 성) 稀(드물 희)

"달이 밝으니 별이 드물고 새들은 남으로 날아간다.(月明星稀 烏鵲南飛)

나무를 몇 번 돌아보지만 의지할 가지가 없도다.(遶樹三匝無枝可依)

산은 높은 것이 싫지 않고 강이 깊은들 어떠리(山不厭高 水不厭深)

주공(周公)이 인재를 모으니 천하 인심이 돌아 오도다.(周公吐哺 天下歸心)"

노래를 마친 조조는 크게 웃었고 모두가 흥이 나서 즐기는데 유복(劉馥)이란 사람은 "달이 밝으니 별이 드물고 새들은 남으로 날아간다. 나무를 몇 번 돌아보지만 의지할 가지가 없다"라는 구절을 '불길한 징조'라고 말한다. 흥이 깨진 조조는 유복을 처형했지만 다음 날 술이 깬 뒤 후회했다.

"달이 밝으니 별이 드물고 새들은 남으로 날아간다."는 소동파(蘇東坡)의 적벽부(赤壁賦)에도 인용이 된 구절이다.(客曰 月明星稀 烏鵲南飛 此非曹孟德之詩乎)

그리고 "나무를 몇 번 돌아보아도 의지할 곳이 없다"는 조조 자신의 노래는 마치 예언처럼 적벽대전에서 그대로 적중한다.

圍魏救韓 258)

(위위구한) 위(魏)나라를 포위하여 한(韓)나라를 구원하다.

건안 5년(서기 200년) 조조와 원소가 관도(官渡)에서 흥망을 건 일전을 벌일 때, 조조는 오소(烏巢)를 공격하여 원소의 군량을 모두 소각한다. 관도에 주둔한 원소 진영에서는 오소의 조조군을 치느냐 아니면 조조의 본진을 공격하느냐 하는 문제를 놓고 설전을 벌인다. 그때 곽도(郭圖)가 말한다.

"우리의 군량을 불태우는 공격에는 틀림없이 조조가 친히 지휘했을 것이고 조조가 출전했기에 확실하게 본 채가 비었을 것입니다. 우리가 조조의 본 채를 공격하면 조조가 이 사실을 듣고 급히 돌아올 것이니 이는 손빈(孫臏)의 위(魏)를 포위하여 한(韓)을 구원하는 계략이라 할 수 있습니다.(孫臏 圍魏救韓之計)"

원소는 조조의 본 진을 공격하지만 미리 대응한 조조군에 의해 대패한다.

---

258) 圍(둘레 위) 魏(나라 이름 위; 전국시대) 救(건질 구) 韓(나라 이름 한)

爲治有體

(위치유체) 통치에 일정한 법도나 격식이 있다.

공명이 여섯 번째로 기산에 출정하여 오장원에 진을 친 뒤, 도전에 응하지 않는 사마의에게 부인의 옷을 보내며 조롱했다. 당시 공명은 부대 내 대소사를 친히 결재하고 있었으니 54세의 노년에 식사를 제대로 못하면서 번잡한 군무를 전담하고 있었다. 이런 사실을 전해들은 사마의가 "공명이 얼마나 오래 갈 수 있겠느냐!"고 말했다.

이런 일이 있은 뒤, 주부 양옹(楊顒)은 승상께서는 일체의 장부나 문서를 볼 필요가 없다며 공명에게 말한다.

"본래 통치에 일정한 법도나 격식이 있어 상하가 서로 할 일이 따로 있는 법입니다.(夫爲治有體 上下不可相侵) 이를 집안 다스리는 일에 비유한다면 머슴에게는 농사일을 시키고 계집종에게 불을 피워 밥을 짓게 하며 각자 소임을 열심히 하게 만들어 놓고 집주인은 조용히 지켜보며 침식을 즐기는 것입니다. 주인이 친히 농사일을 한다면 심신이 피곤하여 아무 소득도 없을 것이며 농사에 대한 주인의 지식이 노비보다 어찌 더 낫다 할 수 있으며 주인의 도리를 잃지 않을 수 있겠습니까?

그래서 옛 사람이 '삼공은 앉아 도를 논하고 사대부는 일을 꾸미고 실행한다(坐而論道 謂之三公 作而行之 謂之士大夫)'고 하였습니다. 옛날 한의 병길은 소가 헐떡거리는 이유를 걱정했지만 길에서 싸우다 죽음 사람에 대해서는 묻지 않았으며(丙吉憂牛喘 而不問橫道死人) 진평은 나라 창고의 돈과 곡식의 수량에 대해서는 알지 못하면서 '그런 일의 담당자가 있다'고 하였습니다.(陳平不知錢穀之數 曰自有主者)

지금 승상께서는 친히 세세한 일까지 친히 결재하시며 종일 땀을 흘리시니 어찌 지치지 않을 수 있겠습니까 사마의의 말이 정말로 맞는 말입니다."

이에 공명은 그 자신이 이를 모르는 바 아니지만 자신은 선주(유비)가 유언으로 부탁한 말씀을 수행해야 하는데 '타인이 자신처럼 성의를 다하지 않을까 걱정이 되어(唯恐他人 不似我盡心也)' 친히 마음을 쓸 수밖에 없다며 울먹였고 이 말을 들은 사람 모두가 비통하게 생각했다. (丙吉憂牛喘 참고)

有去路而無回路 259)

(유거로이무회로) 가는 길은 있어도 돌아올 길이 없다.

익주 유장(劉璋)의 종사관 왕루(王累)는 유비를 익주로 불러들이는 것을 반대한다. 왕루는 옛날 초 나라의 충신인 굴원(屈

259) 回(돌 회, 돌아오다) 路(길 로{노})

原)의 충간을 듣지 않고 진왕(秦王)과 무관에서 회담했다가 진나라에 들어갔다가 잡혀 돌아오지도 못하고 거기서 죽은 회왕(懷王)의 예를 들어 유장에게 말한다.

"가는 길은 있어도 돌아올 길이 없을까 걱정이 됩니다.(楚王不聽屈原之言 會盟於武關 恐有去路而無回路矣)" (心腹大患, 迎虎於門 참고)

流芳百世 260)

(유방백세) 훌륭한 명성을 후대에 전하다.(流芳千古)

동탁을 제거하려는 사도 왕윤의 노력은 초선을 사이에 두고 동탁과 여포의 갈등을 극대화 시켰다. 이에 왕윤은 동탁의 금수같은 행위를 비난하고 사나이로서 사랑하는 여인을 뺏길 수야 없다며 또 여포의 정의감을 부추겨 동탁을 죽이라고 교사한다.

"만약 장군이 한 황실을 일으켜 세운다면 곧 충신이 되어 청사에 길이 이름을 남기고 훌륭한 명성이 백세에 전해질 것입니다.(靑史傳名 流芳百世) 만약 장군이 동탁을 돕는다면 곧 반신(反臣)으로 역사에 기록되어 악취를 만년 뒤에도 남을 것입니다.(載之史筆 遺臭萬年)"

---

260) 流(흐를 유) 芳(꽃다울 방, 향기로울 방)

이에 여포는 결연히 일어나 왕윤에게 절하며 말한다.

"저의 뜻이 이미 정해졌으니 사도께서는 걱정하지 마십시오." (蓋世英雄, 累卵之危 참고)

遊魚脫鈎 261)

(유어탈조) 헤엄치던 물고기가 낚시 바늘에서 벗어나다.

적벽대전이 전개되기 직전, 방통은 조조를 찾아가 연환계를 건의했다. 한편, 제갈량과 주유의 화공을 예상하고 있던 서서(徐庶)는 연환계를 건의하고 돌아가는 방통을 만난다. 서서는 방통의 의도를 간파하고 있었기에 "이곳 80만 군사들의 생명은 어찌해야 하는가"라고 묻는다. 방통은 조조의 진영에 머물러야만 하는 서서의 처지를 생각해 한가지 계략을 일러준다.

다음 날부터 조조의 군사들은 삼삼오오 머리와 귀를 맞대고 웅성거렸다.(三三五五 交頭接耳而說) 즉 서량의 마등과 한수의 군사가 조조의 남방 원정을 틈타 장안을 공격할 것이라는 소문이 돌았다.

이런 소문을 조조가 알게 되었고, 걱정이 된 조조는 참모들을 모아 마등에 대한 대책을 묻는다. 이때 서서가 나서며 자신이 마등을 막겠다고 자원한다.

---

261) 遊(놀 유) 脫(벗을 탈) 鈎(낚시 조)

조조는 "만약 서서가 출정해 준다면 아무런 걱정이 없다" 기꺼이 서서에게 3천 병력을 내준다. 이리하여 서서는 적벽대전 전에 몸을 빼낼 수 있었으니 이는 헤엄치며 놀던 물고기가 낚시 바늘을 벗어난 것과 같았다.(正似遊魚脫釣鉤)

誘敵之計 262)

(유적지계) 적군을 유인하는 계략.

건안 5년(서기 200년) 조조와 원소가 관도(官渡)에서 대결할 때, 조조의 군사는 군량이 모자란 상태였다. 조조가 허도의 순욱(荀彧)에게 빨리 군량을 조달하라는 서신을 보냈는데 이 편지가 도중에 원소 진영의 허유(許攸)의 손에 들어간다. 허유는 허도가 무방비라는 사실을 원소에게 말하면서 군사를 보내 공격하라고 건의한다. 그러나 원소는 이 건의를 묵살한다.

"조조는 본래 교활한 계략이 많은 사람이니 그 편지는 아마 상대를 유인하는 계략일 것이다.(曹操詭計極多 此書乃誘敵之計也)"

결국 허유의 건의는 끝내 받아들여지지 않았고 오히려 허유는 조조와 같은 고향 출신이라는 이유로 의심을 받고 겨우 목숨만 유지한 채 쫓겨난다. (兵不厭詐 참고)

---

262) 誘(꾈 유) 敵(원수 적, 상대할 적)

또 다른 이야기 하나 - 관우에 대한 복수를 위해 70만 대군을 동원한 유비는 정예부대를 산 속에 숨긴 채, 노약한 병졸들을 시켜 부대가 무방비 상태인 것처럼 유적지계를 편다. 그러나 육손(陸遜)은 이를 간파하고 계략에 말려들지 않는다. 결국 유비는 대패하고 백제성으로 철수한다.

柔中有剛 263)

(유중유강) 부드러우면서도 굳세다.

유비가 익주에 들어가서 유장을 만난 뒤, 유장은 유비를 불러들이는데 반대했던 사람들의 생각이 틀렸다며 흐뭇해한다. 이에 몇몇 사람이 유장에게 말한다.

"주공께서는 기뻐하지 마십시오. 유비는 부드러우면서도 강한 면이 있고 그 심중을 아직 헤아릴 수 없습니다.(主公且休歡喜 劉備柔中有剛 其心未可測)"

한편 방통(龐統)은 익주 관리들의 불만을 헤아리고 유장을 죽이고 성도(成都)로 바로 입성하면 "칼집에서 칼을 뽑지 않고 화살을 시위에 올리지 않고도 가만히 앉아 익주를 평정할 수 있다(刀不出鞘 弓不上弦 可坐而征也)"며 익주를 차지할 것을 강력히 건의한다. 그러나 유비는 방통의 의견에 끝내 동의하지

---

263) 柔(부드러울 유) 剛(굳셀 강)

않았다.

惟賢惟德 可以服人 264)

(유현유덕 가이복인) 슬기로움(賢)과 너그러움(德)만이 사람을 복종케 할 수 있다.

유비가 죽으면서 후손에게 남긴 글(遺詔)에 나오는 말. (勿以惡小而爲之 참고)

陸遜之才 不亞周郞 265)

(육손지재 불아주랑) 육손의 재능은 주유 못지 않다.

육손이 오의 대도독이 되었다는 보고를 받은 유비는 마량(馬良)에게 육손에 대하여 묻는다. 마량은 "비록 동오의 한 서생으로 나이는 젊으나 재능이 많고 뛰어난 지모와 책략을 갖고 있습니다. 먼저 형주를 빼앗긴 것도 모두 육손의 위계에 의한 것입니다"라고 말한다.

이에 유비는 대노하며 "어린 녀석의 간사한 꾀에 두 아우를

264) 惟(오직 유, 어조사 유) 服(옷 복; 다스릴 복)
265) 陸(뭍 륙) 遜(겸손할 손) 亞(버금 아, 2위) 郞(사나이 랑)

잃었다"며 즉시 공격하라 명령한다. 이에 마량이 다시 말한다.

"육손의 재능은 주유(周瑜) 못지 않으니 쉽게 상대할 수 없습니다.(陸遜之才 不亞周郞 未可輕敵)"

이에 유비는 "나도 용병(用兵)으로 늙은 사람인데 어찌 저 어린 서생만 못하겠느냐"며 자신감을 내 보인다. 결국 유비의 7백 리에 걸친 40여 진지는 육손에게 완파당한다. (兼聽則明 참고)

肉眼 266)

(육안) 보통 사람의 안목. 혜안(慧眼)의 상대적인 말. 식견이 없음.(肉眼不識泰山)

조조는 유비를 불러 술을 마시면서 용(龍)에 대한 이야기를 한다. 조조는 용은 인간의 영웅과 같다면서 당대의 영웅으로 누구를 꼽을 수 있느냐고 묻는다. 이에 유비가 대답한다. "비(備)는 육안이오니 어찌 영웅을 알 수 있겠습니까?(備肉眼 安識英雄)"

---

266) 肉(고기 육, 베어낸 고기) 眼(눈 안)

陸績懷橘 267)

(육적회귤) 육적(陸績)이 귤을 품에 넣다. 지극한 효심.

제갈량이 오(吳)에 가서 손권의 참모들과 논쟁을 벌일 때, 육적(陸績)이 "조조가 천자를 끼고 제후들을 호령하지만 한 재상을 지낸 조참(曹參)의 후예입니다. 유비는 중산정왕(中山靖王)의 후손이라 하지만 그 가계를 확실히 고증할 수 없고 또 자리를 엮고 신발을 만들어 팔던 사람이니, 그가 어떻게 조조와 맞서 대결할 수 있겠느냐"고 묻는다.

이에 제갈량이 웃으며 대답한다.

"공은 원술(袁術) 앞에서 귤을 품안에 넣은 육랑이 아니신가?(公非袁術座間 懷橘之陸郎乎) 편히 앉아 내 말을 듣기 바라오.(請安坐 聽吾一言)"

제갈량은 조목조목 조조와 유비를 비교 설명한 뒤, "육공은 소아의 견해를 갖고 있으니 고사들과 같이 이야기하기에는 부족한 사람(陸公小兒之見 不足與高士共語)"이라고 면박을 준다.

『삼국지』 오지 육적전(三國志 吳志 陸績傳)에 의하면 육적이 여섯 살 때 구강(九江)에서 원술을 만났는데, 원술이 귤을 주자 그중 3개를 품에 넣고 떠나는 인사를 하다가 귤을 떨어뜨린다. 이에 원술이 "육랑은 손님으로 어찌 귤을 품안에 넣었

---

267) 陸(뭍 육{륙}) 績(실 낳을 적) 懷(품을 회) 橘(귤나무 귤)

는가(陸郞作賓客而懷橘乎)"라고 물었다. 육적은 무릎을 꿇고 "돌아가 모친께 드리고 싶었습니다(欲歸遺母)"라고 대답했다.

六丁六甲 268)

(육정육갑) 육정옥녀(六丁玉女)와 육갑장군.(六甲將軍)

제갈량은 천문지리에 밝았고 각종 비법에도 능통했다. 건흥 9년, 기산에 5차 출정 때에는 축지법(縮地法)으로 사마의를 골탕먹였다. 이를 『삼국지』에는 '육갑천서내 축지지법(六甲天書內 縮地之法)'이라 했다.

사마의는 사람인지 귀신인지 알지 못했고(司馬懿不知 是人是鬼) 놀라서 삼일 동안 성문 밖을 나오지 못했다. 그때 공명은 노성에서 햇보리 타작을 하여 군량을 마련할 수 있었다.

서기 234년 6차 출정 때에는 초저녁 밝은 달이 이경쯤에는 검은 구름에 뒤덮여 야습을 기도하던 사마의와 그 부장 진랑(秦郞)은 야간 기습 작전이 성공하는 줄 기뻐했지만, 칠흑 같은 어둠 속에서 미리 기다리고 있던 촉군에게 대패하고 진랑은 전사한다. 전투가 촉군의 완벽한 승리로 끝날 무렵, 구름이 완전히 걷힌다. 이는 제갈량이 육정육갑(六丁六甲)을 움직여 천지 풍운을 마음대로 했다고 말할 수 있다.

---

268) 丁(네째 천간 정, 고무래) 甲(첫째 천간 갑, 거북 등 갑)

본래 육정육갑의 명칭은 간지(干支)에서 따온 것으로 육정(丁丑 丁卯 丁巳 丁未, 丁酉, 丁亥)과 육갑(甲子, 甲寅 甲辰 甲午, 甲申, 甲戌)등 12신의 합칭이다. 육정은 육정옥녀(六丁玉女)로 음신(陰神)이고 육갑은 육갑장군(六甲將軍)으로 양신(陽神)인데 육정육갑은 바람과 구름, 천둥을 부리고 일반 잡귀들을 제압한다고 믿었다.

중국의 도사(道士)들이 제사를 올리거나 도술을 행할 때면 언제든지 육정육갑, 이십팔수(二十八宿) 삼십육천장, 칠십이지살 등 신장(神將) 무리들을 불러내 잡귀를 물리쳐 달라고 기원한다.(졸저 『중국인의 토속신과 그 신화』의 六丁六甲 참고)

飮宴之處 不可談國政 269)

(음연지처 불가담국정) 술 마시고 즐기는 자리에서는 국가정사를 이야기하면 안 된다.

동탁(董卓)이 진류왕 협(陳留王 協)을 새 황제로 옹립하려 할 때, 형주자사 정원(荊州刺使 丁原)이 정면으로 반박한다. 동탁이 칼을 뽑아 들며 "나를 따르는 자는 살고 나와 맞서는 자는 죽는다"며 정원을 죽이려 하지만 정원의 뒤에 여포(呂布; 정원의 양아들)가 버티고 있어 손을 쓰지 못한다.

---

269) 飮(마실 음) 宴(잔치 연)

이때 동탁의 참모 이유(李儒)가 "술 마시고 즐기는 자리에서는 국가 정사를 이야기하면 안 되니(飮宴之處 不可談國政) 내일 도당에서 공식으로 논의해야 합니다" 라고 말하며 자리를 수습한다.

서기 189년, 동탁은 소제(少帝; 재위 5개월, 弘農王)를 폐위하고 영제의 둘째 아들 진류왕 협(陳留王 協; 당시 9세)을 옹립한다. 이가 한의 마지막 황제 헌제(獻帝)이다.

衣架飯囊 酒桶肉袋 270)

(의가반낭 주통육대) 옷걸이와 밥 주머니, 술통과 고기를 담은 자루. 그저 사람의 허울을 쓰고 있는, 마치 옷을 걸어두는 옷걸이와 같고 밥이나 먹는 밥통 같으며, 또 술과 고기를 먹으니 술통과 고기자루 같은 사람이란 뜻.

공융(孔融)의 천거로 황제를 배알하고 조조를 만난 이형(禰衡)은 조조의 문신과 무사들의 능력을 혹평한다.

즉 조조 제일의 문사이며 참모인 순욱(荀彧)은 상가에 조문사절 또는 문병이나 보낼 만하고,(可使弔喪問病) 순유(荀攸)는 묘지기,(看墳守墓) 정욱(程昱)은 문지기(開門閉戶)이며, 조조 제

---

270) 架(시렁 가; 衣架 옷걸이) 飯(밥 반) 囊(주머니 낭) 酒(술 주) 桶(나무통 통) 袋(자루 대)

일의 무사며 충성을 다하는 허저(許褚)는 소나 말을 키우는 일을 시킬 수 있고,(牧牛放馬) 서황(徐晃)은 돼지나 개를 잡는 일(屠猪殺狗)을 시키면 적당하다는 등등 혹평하면서 그 외는 모두 "옷걸이이며 밥 주머니이고 술통과 고기 자루(衣架飯囊 酒桶肉袋)"라고 무시했다.

그러면서 이형 자신은 천문지리에 능통하며 온갖 학문과 사상 즉 삼교구류(三教九流)에 모르는 것이 없어 위로 군주를 섬기면 그를 요순(堯舜)으로 만들 수 있으며 아래로는 공자나 안자(顔子)와 같은 덕을 가졌다고 말했다.

조조는 이형을 북을 쳐 시간이나 알리는 북 치기에 임명하여 모욕을 주려 한다. (陽貨輕仲尼 참조)

義重如山 271)

(의중여산) 의리를 산처럼 중히 여기다.

적벽대전에서 완패한 조조는 패잔병 3백 여명을 데리고 화용도(華容道)를 통과하다가 제갈량의 명령을 받고 기다리던 관우와 만난다. 도저히 싸울 상황이 아니기에 정욱(程昱)이 조조에게 말한다.

"저는 운장이 윗사람에게 당당하지만 아래 사람을 괴롭히지

---

271) 重(무거울 중, 중히 여기다)

않고 강자를 멸시하지만 약자를 능멸하지 않으며(某素知雲長傲上而不忍下 欺强而不凌弱) 은혜와 미움을 분명히 하고 신의를 확실히 지키는 사람이라고 알고 있습니다.(恩怨分明 信義素著)"

그러면서 정욱은 "승상께서 옛날에 은혜를 베풀었으니 직접 만나 사정하시라"고 건의한다. 조조는 관우에게 옛 정을 생각해달라며 『춘추』의 한 구절을 인용한다.

관우는 의를 산처럼 중히 여기는 사람이었고(義重如山之人) 조조와의 옛 정을 생각하고, 또 오관참육장(五關斬六將)의 옛 일을 말하니 마음이 움직이지 않을 수 없었다. 관우는 결국 조조를 살려 보낸다. 관우는 돌아와 공명에게 죄를 청하나 유비의 간청으로 벌은 면한다.

倚天青虹 272)

(의천청홍) 의천검과 청홍검.

조조의 명검 두 자루의 이름. 조조의 50만 대군이 유비를 정벌할 때, 백성들과 함께 강릉으로 피난하는 유비 일행을 조조군이 당양현(當陽縣)에서 공격한다. 유비와 장수들 백성들이 완전히 지리멸렬한 상태에서 조자룡은 유비의 두부인과 아들

---

272) 倚(의지할 의) 虹(무지개 홍)

(阿斗; 유선劉禪)을 찾아 헤맨다.

이 때 조자룡은 조조의 수행부장으로 조조의 칼을 메고 다니는 하후은(夏侯恩)을 죽이고 청홍검을 차지한다.

조조에게는 명검 두 자루가 있었는데 의천검은 조조 자신이 직접 사용했다. 그리고 청홍검은 하후은이 관리했었는데 하후은이 유비의 패군과 백성들을 노략질하러 나왔다가 조자룡한테 죽음을 당한 것이다.

疑則多敗 273)

(의즉다패) 의심하면 패배할 경우가 많다. 확실한 신념의 결여로 인한 패배가 많다는 뜻.

조조와 유비가 한중(漢中)을 놓고 다툴 때, 유비는 공명의 계략과 조운, 황충 등의 힘으로 정군산, 미창산 등에서 조조의 군량을 불태우며 조조의 대군에게 여러 타격을 가한다.

마침내 공명은 한수(漢水)를 건너와 배수진을 치고 조조군을 공격하다가 일부러 패한 듯, 수많은 무기와 군마를 버리고 도망간다. 조조군이 공격하며 다투어 물건을 챙기자 조조는 추격을 급히 중지시키고 무기와 마필을 단 하나라도 줍지 말라고 엄한 군령을 내린다. 조조는 이것이 필시 공명의 계략이라 생

273) 疑(의심할 의. 이상하게 생각하다)

각한 것이다.

조조가 퇴군 명령을 내리고 퇴각을 시작하자 유비의 군사가 사방에서 사납게 반격한다. 조조의 20만 대군은 대패한 채 양평관(陽平關)으로 도주하고 유비는 남정(南鄭)에 입성하여 한중을 차지한다. 이에 현덕이 공명에게 "조조가 왜 이리 쉽게 패하고 도주했느냐"고 묻자 공명이 대답한다.

"조조는 사람 됨됨이 평소에도 의심이 많습니다.(操平生爲人多疑) 그가 비록 용병에 능하다 하지만 의심하면 실패가 많은 법입니다. 저는 적의 눈을 속이는 병법으로 조조를 이겼습니다.(雖能用兵 疑則多敗 吾疑兵勝之)"

疑則生亂 274)

(의즉생란) 의심하면 혼란이 일어난다.

조조는 서량태수 한수(韓遂) 및 마초의 공격에 시달리면서 장기전으로 끌고 간다. 조조는 가후(賈詡)의 진언에 따라 거짓 휴전을 허용한다. (兵不厭詐 참고)

가후는 조조에게 한수와 마초 두 사람을 서로 이간시키는 계략을 진언한다. 어느 날 조조와 한수는 각각 자기 진영을 순시하다가 우연히 마주보고 비무장인 채로 별로 긴요하지도 않

274) 疑(의심할 의) 亂(어지러울 난)

은 대화를 나누고 헤어진다.

그날 늦게, 조조는 꼭 요긴한 내용을 일부러 지운, 마치 초고(草稿) 같은 서신을 한수에게 보낸다. 이 사실을 안 마초가 한수에게 편지를 보자고 한다. 한수는 조조로부터 받은 편지를 보여준다. 그러나 마초는 요긴한 부분을 한수가 일부러 지웠다고 의심한다. 결국 한수와 마초는 서로 싸우게 되고 조조군에게 완패한다. (疾雷不及掩耳 참고)

以卵擊石 275)

(이란격석) 알을 가지고 돌을 치다. 계란으로 바위 치기. 전혀 가능성이 없는 일.

적벽대전이 일어나기 전, 시상(柴桑)으로 손권을 만나러 간 제갈량은 오(吳)의 모사들과 논쟁을 벌인다. 오의 설종(薛綜)은 조조가 중국의 삼분의 이를 차지하고 있는데 "유비는 아무 기반도 없이 천시도 모르고 억지로 싸우려 하는 것이(劉豫州不知天時 强欲與爭) 마치 알을 가지고 돌을 치는 것과 같으니 어찌 패하지 않겠느냐(正如以卵擊石 安得不敗乎)"고 묻는다.

이에 공명은 설종이 "어찌 이렇듯 부모도 임금도 없는 사람 같은 말을 할 수 있는가?(安得出此無父無君之言乎) 사람이

275) 卵(알 난{란}) 擊(부딪칠 격)

천지간에 태어나면 충효로써 세상을 사는 근본으로 삼아야 한다(夫人生天地間 以忠孝爲立身之本)"고 크게 질책했다. (鵬飛萬里 참고)

離狼窩逢虎口 276)

(이랑와봉호구) 이리 굴을 빠져 나와 호랑이를 만나다. 더 큰 역경이 닥침.

동탁의 잔당 이각과 곽사가 서로 반목하여 싸울 때, 헌제(獻帝)는 두 세력 사이에 끼어 이리저리 쫓기고 있었다. 헌제가 곽사의 진영을 빠져 나왔을 때, 이각의 한 무리가 헌제를 가로 막는다. 이때 헌제가 탄식한다.

"이리 굴을 겨우 빠져 나와, 다시 호랑이를 만났으니 어찌 하겠는가?(方離狼窩 又逢虎口 如之奈何)"

헌제는 양봉과 동승의 도움으로 겨우 위기를 모면한다. 헌제는 낙양의 폐허에 돌아왔다가(서기 196년) 다시 조조에 의해 허창(許昌; 許都)으로 옮겨간다.

276) 離(떠날 리) 狼(이리 랑) 窩(움집 와) 逢(만날 봉)

利刀破竹 277)

(이도파죽) 예리한 칼로 대나무를 쪼개다. 아주 쉬운 일.

공명이 남만왕 맹획을 정벌할 때, 여섯 번 잡았다가 여섯 번을 풀어준다. 맹획의 부하 한 사람이 오과국왕(烏戈國王) 올돌골(兀突骨)의 도움을 받는다면 공명을 생포하는 것이 마치 "예리한 칼로 대나무를 쪼개는 것(利刀破竹)"처럼 쉬운 일이라고 말한다.

이 오과국 사람들은 모두 토굴 속에서 오곡을 먹지 않고 뱀을 잡아먹고 사는 종족으로 몸에 비늘이 있는데다가 등나무로 만든 갑옷인 등갑(藤甲)을 입고 있는데 이 등갑은 칼이나 화살이 뚫을 수 없고 물이 스며들지 않는 방수제품이었다. 맹획은 오과국왕 올돌골의 지원을 받아 공명과 싸운다.

공명은 이들이 "물에서 이롭다면 틀림없이 불에는 불리할 것이다(利於水者 必不利於火)" 하며 지뢰(地雷)를 만들어 화공으로 물리친다. 공명은 승리한 뒤, 이들이 죽은 처참한 모습을 보고 탄식한다.

"내가 비록 나라에는 공을 세웠지만 틀림없이 수명이 깎였을 것이다.(吾雖有功於社稷 必損壽矣)" (七擒七縱 참고)

---

277) 利(날카로울 이{리}) 刀(칼 도) 破(깨뜨릴 파) 竹(대 죽)

以信爲本

(이신위본) 신의를 근본으로 삼다.

건흥 9년(서기 231년) 제갈량은 다섯 번째로 기산에 출정한다. 출정에 앞서 제갈량은 8개월을 기한으로 병력을 교체하겠다고 발표했었다. 제갈량은 노성(鹵城) 부근의 새로 익은 보리를 베어 군량을 마련하면서 사마의와 대치하고 있었고 사마의 역시 이를 알고 장기전으로 대항했다.

이때 촉에서 보낸 교대할 군사가 출발했다는 공문이 도착하자 제갈량은 돌아가야 할 부대에 귀환 준비와 출발을 명령한다. 그러나 마침 위장 손례(孫禮)가 옹주와 양주의 20만 대군으로 공격해 온다는 보고가 들어온다. 모든 병사들이 걱정을 하고 일부 장수들이 교체할 군사를 출발시켜서는 안 된다고 주장한다. 그런데도 제갈량은 본래 계획대로 시행하라고 분부한다.

"나는 장병들을 거느리면서 신의를 근본으로 했었다.(吾用兵命將 以信爲本) 이미 시달된 명령이거늘 신의를 잃어서야 어찌 되겠는가?(旣有令在先 豈可失信) 부모처자가 사립문에 기대서서 돌아오기를 기다리고 있을 것이니(父母妻子 倚扉而望) 설령 나한테 아무리 큰 어려움이 있더라도 장병들을 여기에 남겨 두지는 않겠다."

이러한 승상의 신념과 신의에 병사들은 모두 감격하고 손례를 격파한 다음 돌아가겠다고 자원해 남는다. 제갈량은 손례의 군사가 도착하자마자 공격을 개시했고 촉의 군사들은 모두 용감히 싸워 엄청난 대승을 거둔다.

以弱勝强

(이약승강) 약세로 강자를 이기다.

촉한 경요 원년(景耀 서기 258년) 위의 실력자 사마소(司馬昭)가 대군을 동원하여 제갈탄(諸葛誕)과 오의 연합 세력을 수춘(壽春)에서 격파하는 동안, 강유는 후주에게 군사를 일으켜 위를 치겠다고 상주한다. 후주는 이를 승낙한다.

이 무렵, 후주 유선은 내시 황호(黃皓)를 신임하여 국사를 돌보지 않고 주색에 빠져 환락만을 추구하고 대장군 강유는 여러 차례 북벌을 도모하며 출전하지만 군사들을 돌보지 않는다. 이에 나라가 위기에 처했다고 생각한 중산대부 초주(譙周)는 『수국론(讐國論)』이라는 글을 지어 강유에게 보낸다.

이 글에서 초주는 “큰 나라에 걱정거리가 없으면 언제나 오만해지고 작은 나라에 우환이 있다면 항상 선정을 생각한다. 오만이 쌓이면 혼란이 생기고 선정을 생각하면 나라가 태평하다(多慢則生亂 思善則生治)”며 “약세로 강자를 이긴(以弱勝

強)" 사례를 역사에서 찾아 열거한다.

즉 주(周) 문왕은 양민(養民)에 힘썼고 월왕 구천(勾踐)은 백성들을 긍휼히 여겼기에 작은 나라였지만 큰 세력을 꺾을 수 있었으며 홍문(鴻門)의 잔치 이후 열세의 한 고조가 항우를 이길 수 있었던 것은 민의를 따랐기 때문이라고 말했다.

초주의 글을 읽은 강유는 대노하며 "부유지론(腐儒之論)" 이라 배척했다. (畵餠 참고)

易如反掌 278)

(이여반장) 손바닥을 뒤집듯 쉬운 일.

제갈량이 노숙을 따라 처음 오(吳)에 가서 손권의 참모들과 논쟁을 벌인다. 그때 오의 제일 모사(謀士)라 할 수 있는 장소(張昭)가 유비가 형주를 지키지 못한 것은 유비의 무능이 아니냐고 묻는다. 이에 제갈량이 대답한다.

"내가 볼 때 유예주(劉備)께서 한중을 차지하는 일은 손바닥을 뒤집듯 쉬운 일이지만(易如反掌) 유예주께서는 몸소 인의를 실천하시어 차마 같은 종친의 기업(基業)을 뺏을 수 없다하여 극력 사양했었습니다. 그러나 그 서자 유종(劉琮)이 아부하는 말을 따라 조조에게 투항하였기에 조조가 이렇듯 창궐하게 된

---

278) 易(쉬울 이{바꿀 역}) 反(되돌릴 반) 掌(손바닥 장)

것입니다."

伊尹之志 279)

(이윤지지) 이윤(伊尹)의 지조.

동탁(董卓)이 진류왕 협(陳留王 協)을 새 황제로 옹립하려 할 때, 노식(盧植)은 역사적 사례를 들어 신하가 황제를 폐위시키거나 신 황제의 옹립할 수 없음을 동탁에게 설명했다.

"옛날 태갑(太甲)이 우매했기에 이윤은 태갑을 동궁(桐宮)으로 방출하였습니다. 창읍왕(昌邑王)은 등극하여 27일간에 2000가지 악행을 저질렀습니다. 그래서 곽광(霍光)이 태묘에 고하고 그를 폐위시켰습니다.… '성인께서는 이윤과 같은 지조가 있다면 가하거니와 이윤의 지조가 아니라면 바로 찬탈행위이다(聖人云 有伊尹之志則可 無伊尹之志則 簒也)'라고 말씀하셨습니다."

이 말을 들은 동탁은 크게 화를 내면서 칼을 뽑아들고 노식을 죽이려 했으나 좌우에서 만류하여 사태는 일단 수습된다.

이윤은 상(商; 殷)의 건국자인 탕(湯)임금을 도운 명재상이었다. 탕왕의 손자 태갑(太甲)이 무도한 짓을 일삼자 이윤은 태

---

279) 伊尹(이윤) 주 무왕을 도와 주를 건국했다. 姜太公 太公望이라고도 한다.

갑을 동궁에 유폐한다. 삼년 뒤, 태갑이 잘못을 후회하자 다시 왕으로 모셔 충성을 다했다고 한다. 즉 이윤은 자신의 이익을 위해 왕을 유폐한 것도 섬긴 것도 아니었다.

以逸待勞 280)

(이일대로) 편안히 앉아 상대가 지치기를 기다리다.(勝負在將 참고)

餌敵之計 281)

(이적지계) 미끼로 적을 유인하는 계략.

조조가 원소 진영의 하북 명장 문추(文醜)와 황하 남쪽의 연진(延津)에서 싸울 때, 조조는 군량과 말먹이, 각종 병기 등을 운반하는 후군(後軍)을 전면에 배치하고 행군했다. 문추의 7만 대군이 공격해 오자, 조조 진영에서는 군량과 마필을 모두 버리고 도주한다.

문추의 대군이 식량과 병기와 말을 서로 차지하려고 대오가 흩어졌을 때, 조조는 공격 명령을 내린다. 문추의 대군은 완전

280) 逸(편안할 일) 待(기다릴 대) 勞(고단할 로, 수고로울 로)
281) 餌(먹이 이) 敵(원수 적)

히 무너졌고 문추는 홀로 도주하다가 관우에게 죽음을 당한다. 이 전투에서 조조군은 대승을 거둔다.

한편, 이 무렵에 원소 진영에 머물고 있던 유비는 관우가 조조 진영에 머물고 있다는 사실을 확인한다.

以主制客 282)

(이주제객) 주인의 입장에서 손님을 제압하다.(勝負在將 참고)

二虎競食 283)

(이호경식) 두 마리 호랑이가 먹이를 놓고 다투다.

헌제(獻帝)를 옹위하고 허도(許都)로 천도한 조조는 서주에 있는 유비와 여포가 동심협력 한다면 자신에게 큰 심복지환(心腹之患)이 될 것이라 생각한다. 이에 조조는 군사를 일으켜 서주를 정벌할 계획을 세운다.

이때 시중상서령 순욱(荀彧)은 이호경식지계(二虎競食之計)

---

282) 主(주인 주) 制(마를 제, 제압하다)
283) 競(겨룰 경, 서로 다투다)

를 조조에게 건의한다. 즉 유비를 서주자사로 정식으로 임명하면서 여포를 살해하라고 교사한다. 유비가 여포를 죽이면 맹장을 죽여 자기 세력을 약화시킨 결과가 되어 뒷날 조조가 정벌할 수 있다. 만약 실패한다면 틀림없이 여포가 유비를 죽일 것이니 이야말로 두 호랑이가 서로 싸우면 반드시 한 마리가 다칠 것이고(二虎相爭 必有一傷) 조조는 힘 안들이고 상대를 약화시킬 수 있다는 계략이다.

순욱의 건의에 따라 조조는 유비를 헌제에게 추천한다. 유비는 정동장군의성정후(征東將軍宜城亭侯)가 되어 서주(徐州)에 부임한다. 그러나 조조의 이 계략은 유비가 그 뜻을 간파했기에 성공하지 못한다.

移禍之計 284)

(이화지계) 허물을 다른 사람에게 떠넘기는 계략.

오의 장소(張昭)는 손권에게 관우의 죽음이 어떤 결과를 초래하는가에 대해 말해준다. 이에 손권은 자신의 실수를 만회하기 위한 방책을 모색한다. 장소의 건의대로 손권은 관우의 머리를 나무 상자에 담아 조조에게 보낸다. 이에 조조는 "운장이 죽었으니 밤에 편히 누워 잘 수 있다.(雲長已死 吾夜眠 貼席

284) 移(옮길 이) 禍(재앙 화)

矣)"고 기뻐한다.

이때 사마의(司馬懿)가 조조에게 말한다.

"이는 동오에서 화를 우리에게 떠넘기는 계략입니다.(此乃東吳移禍之計也)"

조조가 그 이유를 묻자 사마의는 도원결의에서 세 사람이 같은 날 죽자고 맹세하였으니 손권은 유비의 복수를 두려워하여 관우의 목을 보내 유비의 분노를 떠넘기려는 술책이라고 설명한다. 그러면서 사마의는 향나무로 관우의 시신을 깎아 머리와 함께 대신(大臣)의 예로 장사를 지내 주라고 건의한다.

조조는 관우의 얼굴을 확인하려고 나무 상자를 열어본다. 조조는 관우의 얼굴이 평상시 모습 그대로인 것을 보고 웃으며 말한다.

"운장공은 그 동안 별고 없으신가?(雲長公 別來無恙)"

조조가 미처 말을 마치기도 전에 관우의 입이 열리고 눈동자가 움직였다. 이에 조조는 놀라 기절했다가 한참만에 깨어나 말한다.

"관장군은 틀림없는 천신이시다.(關將軍 眞天神也)"

人無遠慮 必有近憂 285)

(인무원려 필유근우) 사람이 멀리 생각하지 않으면 틀림없이

---

285) 遠(멀 원) 慮(생각할 려{여}) 憂(근심할 우)

가까운 데서 걱정거리가 생긴다.(『논어』 위령공편의 말)

손권은 장굉(張紘)의 "말릉(秣陵)에 제왕의 기운이 있으니 그 곳으로 천도하라"는 건의를 받아들인다. 그리고 여몽을 시켜 말릉에 서둘러 성벽을 축조케 한다. 이에 많은 관리들이 육지에 올라 적을 치고 배에 올라 후퇴하면 그 뿐인데 왜 성을 축조하느냐고 묻는다.

이에 여몽은 "칼에도 날카로운 칼과 무딘 칼이 있는 것처럼 전투란 언제나 승리하는 것은 아니며 또 기병과 보병이 뒤섞여 싸우게 되면 언제 배에 올라 탈 수 있겠느냐? 때문에 성벽을 축조해야 한다"고 설득한다.

손권도 여몽의 의견에 동의하며 말한다.

"사람이 멀리 생각하지 않으면 틀림없이 가까운 걱정거리가 있는 것이니 여몽의 의견은 매우 멀리 내다 본 것이다.(人無遠慮 必有近憂 呂蒙之見 甚遠)"

人遇知己而死 286)

(인우지기이사) 사람은 자신을 인정해주는 사람을 위하여 죽는다.

---

286) 遇(만날 우) 逢(만날 봉) 嘶(울 시)

'말은 백락(伯樂)을 만나 울고 사람은 지기를 위하여 죽는다(馬逢伯樂而嘶 人遇知己而死)'는 말이 있다. 백락은 천리마를 잘 감정할 줄 알았던 춘추시대 진(秦)나라 사람이다.

"열 필의 좋은 말을 얻는 것은 백락 한 사람을 얻는 것만 못하다(得十良馬不如得一伯樂)"라는 말도 있다.

人有旦夕禍福 天有不測風雲 287)

(인유단석화복 천유불측풍운) 인간의 화복은 조석으로 바뀌고 하늘의 풍운은 예측할 수 없다.

조조와 대치중인 주유는 조조 진영을 살펴보다가 갑자기 쓰러진다. 이 소식을 듣고 제갈량은 주유를 찾아가 위문하며 말한다.

"몇 일간 도독을 뵙지 못했지만 이렇게 병이 나실 줄 몰랐습니다."

이에 주유가 병상에 누운 채 대답한다.

"인간에게는 아침저녁으로 재앙이나 복이 있다니 어찌 내 뜻대로 지킬 수 있겠습니까?(人有旦夕禍福 豈能自保)"

이에 공명이 웃으며 말한다.

"하늘에는 예측할 수 없는 풍운이 있거늘 인간들이 어찌 생

---

287) 旦(아침 단) 禍(재화 화) 福(복 복) 測(헤아릴 측)

각할 수 있겠습니까?(天有不測風雲 人又豈能料乎)"

제갈량의 이 말에 주유는 얼굴 색이 바뀌면서 고의로 신음했다. 주유는 조조 진영에 대한 화공을 생각했지만 겨울철에 동남풍을 기대할 수 없기에 고민했던 것이고 이를 헤아린 제갈량은 "예측할 수 없는 풍운이 있다"고 말한 것이다.

주유는 자신의 뜻이 완전히 간파되었음을 알고 진짜 병이 난 것처럼 신음소리를 낸 것이다. (萬事具備 참고)

人中呂布 馬中赤兎 288)

(인중여포 마중적토) 장수 중엔 여포, 말 중에는 적토마. 여포의 풍채와 기상 그리고 여포가 탄 적토마의 늠름함을 지칭하였음.

동탁과 제후 세력이 대결할 때, 동탁의 부하 여포는 '적수가 없는 영웅(呂布英雄 無人可敵)'이었고 은빛 갑옷에 활을 메고 손에 화극(창)을 들고 적토마를 탄 모습은 가히 모든 장수들을 압도할 정도였다.(果然是 人中呂布 馬中赤兎) 이러한 여포와 유비 관우 장비의 한판 승부는 가히 명 승부였었다.

---

288) 赤(붉을 적) 兎(토끼 토)

引虎入羊群 289)

(인호입양군) 호랑이를 데리고 양의 무리 속에 들어가다.(嬰兒在股掌 참고)

一杯之水 不求車火 290)

(일배지수 불구거화) 한 잔의 물로는 큰불을 끌 수 없다.

위(魏)의 조인과 오(吳) 여몽의 협공을 받은 관우는 여러 싸움에서 밀려 최후로 맥성(麥城)에 완전히 포위된다. 부상당한 군사 5, 6백 명에 군량마저 떨어진 관우는 요화라는 부장을 탈출시켜 상용성(上庸城)의 맹달과 유비의 양자 유봉에게 구원을 요청한다. 그러나 맹달은 구원을 거부하며 말한다.

"우리가 지금 구원하러 간다하여도 한 잔의 물이 어떻게 한 수레 장작불을 끌 수 있겠는가?(我今則往 一杯之水 安能求一車薪之火) 장군은 속히 돌아가 촉의 군사를 기다리는 것이 좋을 것 같습니다."

결국 관우는 고립무원의 상태에서 아무런 대책도 마련할 수 없었고 맥성을 탈출하다가 잡혀 죽을 수밖에 없었다. (螟蛉,

289) 引(끌 인) 虎(범 호) 群(무리 군)
290) 杯(잔 배) 薪(섶나무 신)

玉可碎不改其白 참고)

一將守關 291)

(일장수관) 한 장수가 지키는 관문을 일만 병력이 깨뜨리지 못한다.(一將守關 萬夫莫開)

유비가 백제성에서 죽었다는 소식을 들은 위 조비는 사마의의 건의에 따라 다섯 방면에서 촉을 공격한다. 위장 조진(曹眞)이 거느린 10만 대군은 양평관을 공격했으나 "한 장수가 지키는 관문을 일만 병력이 깨뜨리지 못한다.(一將守關 萬夫莫開)"는 문자 그대로 요지 곳곳을 수비하는 조자룡에게 막혀 아무 실효도 거두지 못한 채 물러나야만 했다.

日中則昃 月滿則虧 292)

(일중즉측 월만즉휴) 해도 한낮이 지나면 저물고, 달도 차면 이지러진다. 세력이 극에 달하면 쇠퇴한다.

마등의 아들 마초는 조조를 치려다 실패하고 황건 잔당 장

291) 關(빗장 관) 莫(없을 막, 못하다)
292) 昃(기울 측) 滿(가득 찰 만) 虧(이지러질 휴)

로(張魯)에게 의탁한 뒤, 장로의 군사를 이끌고 유비 장비와 싸운다. 이에 공명은 계략을 써서 마초와 장로를 이간시키고 마초를 진퇴양난의 처지에 빠뜨린다. 그리고 이회를 세객(說客)으로 보내 마초를 설득케 한다.

마초는 이회를 맞이하면서 "쓸데없는 말을 하면 새로 간 칼로 죽여버리겠다"고 위협한다. 이회도 이에 지지 않고 "당신에게 곧 재앙이 닥칠 것"이라면서 마초를 설득한다.

"내가 알기로는 월(越)의 서시(西施)를 아무리 헐뜯어도 그녀의 아름다움을 감출 수 없고(吾聞越之西子 善毁者 不能閉其美) 제(齊)의 무염(無鹽)은 아무리 칭찬을 해도 그 추한 모습을 감출 수 없다고 합니다(齊之無鹽 善譽者 不能掩其醜) 해도 한낮이 지나면 기울고 달도 차면 기우나니 이는 천하의 변할 수 없는 이치입니다.(日中則昃 月滿則虧 此天下之常理也)"

그리고 지금 상황에서는 마초가 조조, 장로, 유장, 유비의 어느 누구에게도 받아들여질 수 없는 처지임을 상기시킨다. 마초가 이에 동의하자 이회는 마초의 부친 마등이 유비와 함께 조조를 제거하기로 맹세한 관계이며 마초를 포용할 수 있는 유일한 사람이라며 "왜 어리석은 사람을 버리고 명철한 주군에 의지하여 위로는 부친의 원수를 갚고 아래로는 공명을 세우려 하지 않느냐(何不背暗投明 以圖上報父讐 下立功名乎)"고 설득한다.

이에 마초는 즉시 유비에게 투항한다. 유비가 친히 마초를 맞이하며 환대하자, 마초가 고개를 숙이며 말한다.

“이제 명철하신 주군을 뵈오니 마치 구름과 안개를 걷어내고 푸른 하늘을 보는 것과 같습니다.(今遇明主如撥雲霧而見靑天)”

一餐之德 293)

(일찬지덕) 한끼 밥을 먹여준 은덕. 사소한 은혜.

형주의 유비에게 촉(익주)을 차지해야한다며 유비에게 협력했던 유장(劉璋)의 참모인 법정(法正)은 유비에 의해 촉군 태수에 임명된다. 법정은 평소에 자기에게 한끼 밥을 먹여준 은덕이나 눈을 한번 흘겼던 원한(一餐之德 睚眦之怨)을 모두 다 갚으려 했다. 이에 어떤 이가 공명에게 “법정이 너무 설치니 좀 억제해야 한다”고 말했다.

이에 공명은 “현덕이 어려웠던 시절에 법정의 도움이 있어 오늘의 이 자리를 얻은 것이거늘 어찌 그 사람을 억제할 수 있겠느냐”며 모든 일을 불문에 부쳤다.

나중에 이를 알게 된 법정은 자신의 행동을 근신했다.

293) 餐(먹을 찬) 睚(눈초리 애) 眦(눈 부릅뜰 비) 怨(원망할 원)

臨難不顧 294)

(임난불고) 난관에 처했을 때 자신을 돌보지 않다.(臨危授命)

조조의 차남 창(彰)은 어려서부터 활을 잘 쏘고 힘이 장사였으며 장수의 자질이 있었다. 조조가 장수가 되면 어찌 하겠느냐고 물었을 때 조창이 대답했다.

"갑옷을 입고 무기를 잡았으면 난관에 처해 내 몸을 돌보지 않아야 하고(披堅執銳 臨難不顧) 나 자신이 병졸에 앞장서며 상을 받을 사람에게 틀림없이 상을 주고 벌을 주더라도 꼭 신뢰를 얻어야 합니다.(身先士卒 賞必行罰必信)"

조조는 조창을 황수아(黃鬚兒; 누런 수염의 아들)라며 장하게 여겼다.

子龍一身 都是膽也 295)

(자룡일신 도시담야) 자룡의 한 몸 전부가 쓸개이다. 담력, 용기가 많다.

---

294) 臨(임할 림) 難(어려울 난) 顧(돌아볼 고)

295) 都(도읍 도. 모두 도) 是(옳을 시. ~이다) 膽(쓸개 담. 담력)

정군산(定軍山)을 차지한 유비와 공명은 미창산(米倉山)에 축적한 조조의 군량을 소각하기 위해 황충을 내보낸다. 황충이 장합과 서황의 군사에 포위되어 곤경에 처했을 때 조자룡이 구원에 나선다. 조자룡은 동충서돌(東衝西突)하며 무인지경을 달리듯 조조군을 유린한다. 산 위에서 이를 보고 있던 조조가 감탄한다.

"옛날 당양현 장판교의 영웅이 아직도 건재하구나!(昔日當陽長板英雄尙在)"

보다 못해 조조가 직접 대군을 지휘해 밀려오자 자룡과 황충의 군사는 요새 안으로 철수한다. 그러나 자룡은 궁수들을 매복시키고 요새의 문을 활짝 열어 놓은 채 필마(匹馬)로 창을 들고 버티고 서 있었다.

장합과 서황은 조운을 공격하지 못하고 겁에 질려 서 있는 동안 조조가 다가온다. 조조의 군사가 함성과 함께 공격하며 다가가나 자룡은 꿈적도 하지 않는다.

그러다가 조운이 창을 한번 휘두르며 나아가자 조조군은 싸워 볼 생각도 못하고 퇴각한다. 자룡의 추격으로 조조군은 대패하고 미창산은 불탄다. 자룡의 이러한 활약을 전해들은 유비는 기뻐하며 공명에게 말한다.

"자룡의 한 몸 전부가 쓸개이다.(子龍一身 都是膽也)"

子龍之德 296)

(자룡지덕) 자룡의 훌륭한 덕행.

일만 명의 군사가 당해낼 수 없는 용기(萬夫不當之勇)를 가진 조운(趙雲; 子龍)은 인격적으로도 훌륭한 장수이었다. 다음 이야기는 조자룡의 훌륭한 인격을 증명하는 여러 일화 중 한 가지이다.

적벽대전 뒤, 유비는 형주를 근거로 삼아 그 주변으로 세력을 확장한다. 조운은 단 3천의 병력으로 계양군(桂陽郡)을 정벌한다. 그때 계양태수 조범(趙範)은 조운과 성씨와 고향이 같다하여 의형제를 맺는다.

이어 조범은 홀로된 자기 형수 번씨(樊氏)를 조운에게 개가시키려 한다. 용모가 뛰어난 번씨는 개가할 수 있는 상대로 '문무에 다 뛰어나고 천하에 명성이 있어야 하고(文武兼全 名聞天下)' '당당한 모습에 위엄이 출중해야 하며(相模堂堂 威儀出衆)' '죽은 남편과 같은 조씨(趙氏)이어야 한다'는 세 가지를 충족시키는 인물이어야 한다는 조건을 내세웠다고 한다.

조범은 "이에 합당한 사람은 조운 뿐"이라며 번씨와 결혼을 권한다. 이에 조운은 대노하며 "형제의를 맺은 당신의 형수는 곧 나의 형수"라며 딱 잘라 거절한다.

---

296) 龍(용 룡) 德(덕 덕)

며칠 후 계양에 입성한 유비와 제갈량도 이런 사연을 알고 조운에게 결혼을 적극 권하자 조운은 "조범과 형제의를 맺었고, 번씨는 수절(守節)해야 하며 또 조범의 진심을 확신할 수 없다"는 3가지 이유로 거절했다며 "한 여자 때문에 국가의 큰 일을 행여 그르칠 수 없다"고 말한다.

그래도 유비가 결혼을 권하자 조운이 대답했다.

"이 세상에 여자는 많습니다. 오직 명예를 세우지 못할까 걱정할 뿐, 어찌 처자가 없는 것을 근심하겠습니까?(天下女子不少 但恐名譽不立 何患無妻子乎)"

이에 유비도 "자룡은 진짜 대장부로다(子龍 眞丈夫也)"라고 감탄했다.

子莫如父 297)

(자막여부) 아들이 아버지만 못하다.

유비를 찾아 여남(汝南)으로 가던 관우는 도중에 한 장원에 들려 하룻밤을 유숙한다. 곽상이라는 노인은 관우를 환대했는데 그 아들이 적토마를 훔치려다 발각된다. 노부부가 나와 사죄하기에 관우는 아들의 죄를 용서한 뒤 꾸짖는다.

"어린 녀석이 정말 못났군!(此子果然不肖) 노인장 말대로 아

297) 莫(없을 막{저물 모, 고요할 맥})

들이 아버지만 못하다는 것을 알겠노라(老翁所言 眞知子莫如父) 내가 노인의 얼굴을 보아 너를 용서해 주겠다."

이 아들은 그날 밤 집을 나가 황건적 잔당과 더불어 관우를 공격하다가 한 번 더 혼이 난다.

將計就計 298)

(장계취계) 상대방의 계략에 맞추어 계략을 펴다. 적의 계략을 역이용하여 상대를 공략하다.

조조는 주유가 거느린 오(吳) 수군의 동태 파악을 위해 형주의 장수였다가 투항한 채중과 채화를 거짓으로 투항케 하는 사항지계(詐降之計)를 쓴다.

주유 또한 이들의 불순한 의도를 간파하고 이들을 역이용하는 계략(將計就計)을 편다. 뒷날 황개(黃蓋)를 처벌하는 고육지계(苦肉之計)는 이들 두 사람이 있었기에 가능했다.

張飛橫死 299)

(장비횡사) 장비가 비명에 죽다. 광포(狂暴)가 자초한 화.

298) 將(~을 가지고, ~으로써) 就(이룰 취)
299) 橫(가로 횡) 死(죽을 사)

관우가 죽은 뒤, 유비와 장비는 관우의 원수를 갚아야 한다며 원정을 서두른다. 제갈량은 유비에게 한의 대통을 이어 즉위한 지 얼마 되지도 않아 대규모 원정을 할 수 없다고 여러 번 건의한다. 그러나 결국 장무 원년 7월에 75만 대군을 동원한 원정이 결정된다.

관우가 죽은 뒤, 거의 광적일 만큼 복수심에 불타던 장비는 원정군이 출발한다는 소식을 듣자 낭중(閬中)에서 관우의 죽음에 대한 애도의 표시로 "3일 내에 흰색 깃발과 흰 갑옷을 모두 준비하라"고 명령한다. 이에 하급 장수 범장과 장달 두 사람이 장비에게 3일은 기일이 너무 촉박하니 좀 늦추어 달라고 말한다.

그러자 장비는 대노하며 두 장수를 나무에 묶어 놓고 50 대씩 채찍으로 때린다. 그리고 당장 내일까지 모든 것을 다 준비하라고 재촉한다.

이날 밤, 범장과 장달은 술에 취해 '자면서도 눈을 뜨고(睡不合眼) 천둥소리 같이 코를 골며(鼻息如雷)' 잠을 자는 장비의 목을 잘라 가지고 오나라로 도망간다.

조급한 성질과 술 그리고 부하에 대한 매질이 결국 55세의 장비를 죽음으로 몰고 갔고 장비의 죽음은 유비에게 더 큰 실망으로 작용한다.

掌中一火字 300)

(장중일화자) 손바닥에 쓴 불 화(火) 자.

제갈량이 조조로부터 화살 10만 개를 얻은 뒤, 주유와 제갈량은 함께 만나 조조의 수채(水寨)를 격파할 방법을 모색한다. 두 사람은 각각 손바닥에 글자를 써서 보여준다. 두 사람의 손바닥에는 똑 같이 불 화(火) 한 자가 쓰여 있었다.(原來周瑜掌中字 乃一火字. 孔明掌中 亦一火字) 이에 두 사람은 서로 얼굴을 마주보며 파안대소(破顔大笑)한다. 그리고 주유가 공명에게 말한다.

"이미 우리 두 사람의 의견이 일치하였으니, 더 이상 의문은 없소. 절대로 누설하지 마시오.(旣我兩人 所見相同 更無疑矣 幸勿漏泄)"

長板橋翼德獨立 301)

(장판교익덕독립) 장판교에 우뚝 선 장비.(익덕)

300) 掌(손바닥 장)

301) 板(널빤지 판) 橋(다리 교) 翼(날개 익) 德(덕 덕) 獨(홀로 독)

조자룡이 당양에서 조조의 50만 대군 사이를 무인지경으로 내달으며 유비의 아들 아두를 구출하여 장판교까지 갔을 때, 장판교에는 말을 탄 장비가 홀로 서 있었다. 조자룡은 "익덕은 나를 구원하라" 외치면서 앞으로 내달렸다.

이에 장비는 자룡을 추격해온 적장 문빙(文聘)을 가로막아 장판교의 한 가운데에 딱 막아섰다. 장팔사모 창을 비껴 잡고 호랑이 수염을 곤두세우고 부리부리한 둥근 눈을 크게 뜬 장비, 그리고 뒤쪽 숲 속에서는 먼지가 피어오르고 있었다.

문빙이 멈춰선 사이에 조인, 이전, 하후돈, 하후연, 악진, 장료, 장합, 허저 등 위의 장수들이 모두 모여들었으나 어느 누구 하나 장비를 공격하지 못했다. 필시 제갈량의 계략이 있는 것 같고 장비의 위세에 눌려 모두가 멍하니 바라만 보고 있었다. 이때 장비가 소리 쳤다.

"나는 연인 장익덕이다. 누가 감히 나와 죽도록 싸울 자 없는가?(我乃燕人 張翼德也 誰敢與我決一死戰)"

그 소리가 마치 천둥소리 같아 조조 군사들의 다리가 흔들렸다. 그때 황금 일산에 각종 깃발을 휘날리며 조조가 다가 왔다. 조조는 장비를 보며 좌우에게 말했다.

"전날 운장이 동생 익덕은 백만 대군 중 상장의 머리를 취하길 마치 주머니를 뒤져 물건을 꺼내오듯 한다고 말했다.(翼德於百萬軍中 取上將之首 如探囊取物) 이제 만나보니 쉽게 상대할 수 없구나.(今日相逢 不可輕敵)"

이때 장비가 큰 눈을 부라리며 다시 소리질렀다.

“연인 장익덕이 여기 있으니 나와 죽을 때까지 싸울 자 누구인가!(燕人張翼德在此 誰敢來決死戰)”

장비의 위세에 눌린 조조는 마음속으로 물러서고 싶은 생각뿐이었다. 장비는 조조의 군사 뒤쪽에서부터 웅성대는 것을 보고 창을 휘두르며 소리쳤다.

“싸우자해도 덤비지 않고, 물러 설 것인가 아니 물러설 것인가? 도대체 이게 무슨 짓인가!”

장비의 고함이 끝나기도 전에 조조 옆에 있던 하후걸(夏侯傑)은 놀라 간담이 찢어졌는지 말에서 떨어지며 그 자리에서 죽고 말았다.

그러자 조조가 말머리를 돌려 갑자기 달아나기 시작했다. 이어 조조의 모든 장수들이 서쪽을 향해 조조의 뒤를 따랐다. 마치 젖 비린내나는 어린아이가 뇌성벽력에 놀라듯이, 병든 나무꾼이 호랑이 포효에 떠는 것과도 같았다.(正是 黃口孺子 怎聞霹靂之聲 病體樵夫 難聽虎豹之吼)

모두 한꺼번에 창과 투구를 버리고 도망하는 자 이루 다 셀 수가 없었고 모든 군사들이 파도에 쓸려가듯, 모든 말들은 산이 무너지듯 도주하였다. (勇則勇矣 失於計巧 참고)

財賄不動心 302)

(재회부동심) 재물에 마음이 흔들리지 않다.

유비를 찾아 떠나는 관우는 그간 조조로부터 받은 금은보화를 봉해 놓고, 한 수정후(漢 壽亭侯)의 인수(印綬)를 그대로 걸어두고 떠나갔다. 소식을 들은 조조는 장료(張遼)에게 말한다.

"운장이 봉금괘인(封金掛印)하고 떠났으니 재물로 그의 마음을 흔들 수 없고 관록으로도 그의 뜻을 바꿀 수 없으니(財賄不以動其心 官祿不以移其志) 나는 이 같은 사람을 마음 깊이 공경하노라.(此等人 吾深敬之)"

그리고 조조는 관우를 급히 따라가 이별의 정표로 전포(戰袍)를 선물한다.

的盧飛越檀溪 303)

(적로비월단계) 적로마(현덕의 말 이름)가 단계를 뛰어 넘다.

적로마는 말의 눈 아래(淚漕)가 움푹 들어갔고 이마에 흰털

---

302) 財(재물 재) 賄(뇌물 회;선물 회) 祿(녹봉 록) 移(옮길 이)
303) 的(과녁 적) 盧(밥그릇 로) 越(넘을 월) 檀(박달나무 단) 溪(시내 계)

이 박혀 있었다. 여러 사람들은 이 말이 "주인을 해칠 수 있는 말"이라며 타지 말라고 했지만 현덕은 "사람의 생사는 제 명에 달린 것이거늘 어찌 말의 탓이겠느냐"라며 적로마를 타고 다녔다.

형주 유표의 처남 채모(蔡瑁)가 유비를 죽이려 할 때, 유비는 단신으로 양양성(襄陽城) 서문 밖으로 탈출하여 절벽 사이를 흐르는 단계를 뛰어 유비를 위기에서 구해 내었다. (世之梟雄 참고)

箭在弦上 304)

(전재현상) 활시위에 얹힌 화살. 일의 형세가 그만 둘 수 없는 상황에 처하다.

조조가 기주 성을 함락시킬 때, 원소(袁紹)의 문사(文士) 진림(陳琳)이 잡혀온다. 진림은 그 전날 원소의 명령으로 조조를 토벌하자는 격문을 지었었다. 그 격문을 읽고 분노에 떨었던 조조가 진림에게 묻는다.

"너는 그 전날 원소를 위해 격문을 지을 때, 나를 욕했으면 되었지 어찌하여 내 조부까지 욕을 했는가?"

그러자 진림이 말한다.

---

304) 箭(화살 전) 弦(활시위 현) 發(쏠 발)

"활시위에 얹힌 화살은 날아가지 않을 수 없습니다.(箭在弦上 不得不發耳)"

좌우 측근들이 모두 죽여야 한다고 말했으나 조조는 그의 글재주를 아껴 살려주었다.

絶人之祀 305)

(절인지사) 사람의 제사를 끊어지게 하다. 후손을 남겨두지 않다.

한 지방관이었던 진궁(陳宮)은 조조가 동탁을 죽이려다 실패한 뒤 도망 다니는 조조를 사로잡았다가 조조에 끌려 관직을 버리고 조조를 따라나섰던 사람이다. (我負天下人 참고) 뒷날 조조와 헤어져 여포의 참모가 된 진궁은 조조에 대항하여 여포에게 여러 방책을 건의했으나 받아들여지지 않았다.

결국 서주의 함락과 함께 진궁은 사로 잡혀 백문루(白門樓)에서 조조 앞에 끌려나갔다. 조조가 나무라듯 진궁에게 물었다.

"자네는 왜 여포를 섬겼는가?"

"여포가 비록 꾀는 없다지만 당신처럼 거짓이 많거나 간악하지는 않았소."

---

305) 絶(끊을 절) 祀(제사 사)

"자네는 평소 지모가 많다 했는데 오늘은 왜 이리 되었나?"

그러자 진궁은 여포를 돌아보며 말했다.

"이 사람이 내 말을 듣지 않은 것이 한스러울 뿐이오. 만약 내 계책에 따랐다면 이렇듯 사로잡히지는 않았을 것이오."

조조는 고개를 끄덕이며 다시 물었다.

"오늘 일을 어찌해야 하겠는가?"

이에 진궁은 더 큰 소리로 대답했다.

"오늘 죽으면 그뿐이오."

"그대가 죽는다면 노모와 처자는 어떻게 되겠는가?"

"효로써 천하를 다스리는 자는 남의 부모를 해치지 아니하고(吾聞以孝治天下者 不害人之親) 천하에 어진 정치를 펴는 자는 다른 사람의 제사를 끊어지게 하지 않는다고 나는 알고 있소이다.(施仁政天下者 不絶人之祀) 노모와 처자가 죽느냐 사느냐는 당신에 달렸을 뿐, 사로잡힌 나는 어서 죽기를 바랄 뿐이지 다른 생각은 하나도 없소이다."

조조가 잠시 망설이자 진궁은 일어나 성큼성큼 백문루 아래로 걸어 내려갔다. 그러자 조조도 일어나 눈물을 흘리며 진궁을 바라보았다. 진궁은 한번도 뒤를 돌아보지 않았다. 조조는 관리를 불러 분부했다.

"진궁의 노모와 처자를 허도로 데려다가 봉양하라. 봉양을 잘못하는 자 있다면 참하겠노라."

이 말을 전해 듣고도 진궁은 입을 열어 고맙다는 말도 하지 않았고 목을 늘려 처형을 받았다.

折箭爲誓 306)

(절전위서) 화살을 꺾어 맹세하다.

동탁을 제거하려는 사도 왕윤은 여포를 포섭한 뒤, 동탁을 불러내 죽이기 위하여 도위 이숙(都尉 李肅)을 이용한다. 이숙은 여포와 동향 사람으로 전날 여포를 설득하여 동탁을 섬기게 했던 사람이다. 이숙은 동탁을 죽이는데 협조하겠다며 화살을 꺾어 맹세한다.

또 제갈량이 죽은 뒤, 손권은 촉의 사자 종예(宗預)에게 "촉과의 동맹을 결코 져버리지 않을 것이며 짐이 만약 전에 맺은 동맹을 배반하면 자손이 절멸하리라(朕若負前盟 子孫絶滅)" 하면서 금 화살을 꺾어 맹세한다.

井底之蛙 307)

(정저지와) 우물 안 개구리.

강유가 위장 사마망(司馬望)에게 "너는 우물 안 개구리로 (내 진법의) 깊고도 오묘함을 어찌 알겠느냐!(汝乃井底之蛙 安

306) 折(꺾을 절) 箭(화살 전) 誓(맹세할 서)
307) 底(밑 저) 蛙(개구리 와)

知玄奧乎)" 말했다. 강유는 등애와 사마망의 군사를 대파하며 전과를 올린다. 궁지에 몰린 등애는 환관 황호에게 뇌물을 보내며 반간계(反間計)를 써서 강유를 소환하게 한다.

諸葛之能不可量 308)

(제갈지능 불가량) 제갈량의 능력은 헤아릴 수 없다.

서서(徐庶)가 제갈량을 처음으로 유비에게 천거하였는데 그 내용은 다음과 같다.

(능력 비교) 서서는 둔한 말 제갈공명은 기린. 서서는 갈가마귀, 공명은 봉황과 같음.

(역사 인물과의 비교) 공명은 자신을 관중(管仲; 제나라 환공을 도와 패업을 이룩한 재상)과 악의(樂毅; 연의 장군으로 제나라의 70여 성을 빼앗음)에 비교했지만 서서의 생각으로는 관중과 악의가 공명에 못 미침.

(공명의 선조) 한 사예교위 제갈풍(諸葛豊)의 후손. 태산군승을 지내다가 일찍 죽은 제갈규(諸葛珪)의 아들. 숙부 제갈현(諸葛玄)을 따라 양양(襄陽)에 이주하였음.

(공명의 생활) 숙부가 죽자 동생 제갈균(諸葛均)과 남양(南陽)의 와룡강(臥龍岡)이란 조그만 산 아래에서 농사지으며 전

308) 諸(모든 제) 葛(칡 갈) 亮(밝을 량)

원생활 즐김. 형 제갈근(諸葛瑾)은 오(吳)에서 벼슬하고 있었음.

수경선생 사마휘(司馬徽)가 소개한 제갈량은 다음과 같다.

(교우관계) 최주평(崔州平) 석광원(石廣元) 맹공위(孟公威) 서원직(徐元直; 서서)과 친함.

(재능) 공명은 자신의 친우들이 만약 벼슬을 한다면 자사나 군수 정도를 감당할만한 능력이 있다고 평함. 그리고 자신의 능력에 대해서는 '웃으면서 대답하지 않았음.(笑而不答)' 공명의 능력은 헤아릴 수 없음.(不可量) 수경선생은 공명의 능력을 한 고조(高祖)를 도운 장량(張良; 子房)에 비교했음. (伏龍鳳雛 참고)

또 제갈량의 동생 제갈균(諸葛均)이 말한 제갈량의 외출 모습은 다음과 같다.

작은 배를 저어 강이나 호수에서 놀고(駕小舟游於江湖之中) 산으로 승려나 도사를 방문하거나(訪僧道於山嶺之上) 마을로 친한 벗을 찾아가며(尋朋友於村落之間) 때로는 마을 외딴 곳에서 거문고를 뜯거나 바둑을 두러 다니기에(彈琴碁於洞府之內) 그가 오가는 곳을 알 수 없다.

유비가 세 번 째 방문(三顧草廬) 끝에 처음 본 공명의 모습은 다음과 같다.

팔척 신장(身長八尺)에 얼굴은 관옥 같고(面如冠玉) 머리에는 윤건을 쓰고(頭戴綸巾) 학창의를 입은(身被鶴氅) 표표한 신선

의 모습이었다.(飄飄然 神仙之槩)

諸葛瞻以死報國 309)

(제갈첨이사보국) 제갈첨이 전사하여 보국하다.

제갈첨은 무후 제갈량의 장자였다. 제갈량의 부인 황씨(黃承彦의 딸)는 대단한 추녀였으나 천문과 지리에 밝았으며 도략(韜略)과 둔갑(遁甲)에 관한 모든 책을 섭렵한 기재(奇才)였다.

제갈량이 남양에 살면서 현명한 황씨에게 구혼하였다. 제갈량의 모든 학문이 황씨의 도움으로 대성할 수 있었다고 한다. 제갈량이 죽자 황씨도 따라 죽었는데 황씨는 운명하면서 아들 제갈첨에게 "충효에 힘쓰라"고 유언하였다.

제갈첨 또한 지혜롭고 총명하였으며 후주의 딸을 아내로 맞이하여 아들 제갈상(諸葛尙)을 두었다. 위 장군 등애가 마천령을 넘어 강유(江油)를 차지하고 성도에서 160리 떨어진 부성(涪城)에 주둔했다는 보고를 받은 후주는 그때서야 제갈첨을 불러 성도 병력 7만을 지휘케 하였다.

제갈첨과 그 아들 제갈상 모두 면죽(綿竹)에서 용감히 싸우다가 전사하니 제갈량 이후 3대가 촉한을 위해 진충보국하였

---

309) 瞻(볼 첨) 報(갚을 보)

다. (孔明更生何懼哉 참고)

諸葛村夫 安敢如此 310)

(제갈촌부 안감여차) 촌놈 제갈량이 어찌 이럴 수 있나!

조조 50만 대군의 선봉부대는 신야성에서 제갈공명의 화공으로 무너진다. 부대를 지휘했던 조인(曹仁)의 패전 보고를 받은 조조는 "촌놈 제갈량이 어찌 이럴 수 있나(諸葛村夫 安敢如此)" 하며 대노한다. 조조는 신야성 주변을 점거하고 대군을 몰아 유비가 있는 번성을 공격한다. (玉石俱焚 참고)

除狼而得虎 311)

(제랑이득호) 이리를 몰아내고 호랑이를 맞이한다.

상황이나 처지가 더욱 나빠짐.(離狼窩逢虎口) 동탁을 토벌하던 손견(孫堅)은 남양태수 원술(袁術)에게 군량 지원을 요청한다. 원술의 참모 한 사람이 군량 지원을 반대하며 말한다.

"손견은 강동의 맹호입니다. 만약 손견이 낙양(洛陽)을 격파

310) 安(어찌 안) 敢(감히 감) 如(같을 여) 此(이 차)
311) 狼(이리 랑)

하고 동탁을 죽인다면, 이는 마치 이리를 몰아내고 호랑이를 맞이하는 것과 같습니다.(除狼而得虎) 지금 우리가 군량을 보내주지 않는다면 손견의 군사는 틀림없이 무너질 것입니다."

이 말을 들은 원술은 마초(馬草)만 보내고 군량을 보내지 않았고 손견의 군사는 군량이 모자라 혼란에 빠졌다.

濟貧救苦 312)

(제빈구고) 사람들의 가난을 덜어주고 고통에서 구해내다.

동해구현(東海朐縣) 사람인 미축(糜竺)은 가내 자산을 풀어 사람들의 가난을 덜어주고 고통에서 구해주는(濟貧救苦) 선행을 베풀었다. 당양현에서 부상당한 뒤, 조운에게 아두를 맡기고 우물에 빠져 자결한 미부인의 형제이니 유비의 처남이다.

祭享犧牲 313)

(제향희생) 제사에 제물로 바치는 가축이나 고기.

---

312) 濟(구제할 제) 貧(가난할 빈) 救(건질 구) 苦(힘들 고)
313) 祭(제사 제) 享(제사지낼 향) 犧(희생 희) 牲(희생 생, 통채로 제물로 바쳐진 소)

신야(新野)에서 유비에게 제갈량을 천거하고 이별한 서서(徐庶)는 혹시 제갈량이 출사하지 않을까 염려되어 남양 와룡강으로 제갈량을 찾아가 만났다. 제갈량이 찾아온 뜻을 묻자 서서가 대답한다.

"나는 본디 유예주(劉豫州; 현덕)를 스스로 찾아가 섬기었는데, 어찌 된 일인지 어머님이 조조에게 구금되었다며 편지를 보내 나를 부르셨습니다. 나는 현덕공과 이별하면서 그대를 천거하였습니다. 현덕공께서 가까운 시일에 공을 만나려 올 것이오니, 바라옵건대 거절하지 마시고 평생에 품은 큰 뜻을 실현하기 위해서라도 현덕공을 보필해 주시면 다행이라 생각합니다."

서서의 말을 들은 제갈량은 얼굴에 노기를 띠며 말했다.

"그대는 나를 제사에 쓰는 희생물로 생각하셨소?(孔明聞言作色曰 君以我爲祭享之犧牲乎)"

제갈량은 말을 마치자 소매를 뿌리치고 안으로 들어갔다. 서서는 몹시 부끄러워하며 허도로 모친을 뵈러 떠났다.

曹丕恭謹 314)

(조비공근) 공손하고 근신하는 조비.(조조의 장남)

---

314) 曹(성 조) 丕(클 비; 大也) 恭(공손할 공) 謹(삼갈 근)

위 문제(文帝; 재위 221 - 226) 조비가 출생할 때, 보라색 구름이 둥근 우산처럼 집을 덮고 있었으니 사람들은 이를 "천자가 될 기운"이라고 말했다.

그는 여덟 살에 문장을 지었고 재주가 뛰어났으며 옛 일에도 밝았고 시무에 능통하였으며 말을 달리며 활을 잘 쏘았고 검술을 좋아했다.(丕八歲能屬文 有逸才 博古通今 善騎射 好擊劍)

조조가 기주성을 함락시킬 때. 조조를 따라 군중에 있던 조비는 원소의 둘째 며느리인 견씨(甄氏)를 데려다 아내로 삼는다. (傾國之色 참고)

조조의 아들 4형제 중 장남 조비는 독실하고 인자하며 공손근신한 사람이었으나,(篤厚恭謹) 조조의 차남 조창은 용감하지만 지모가 없고,(勇而無謀) 삼남 조식은 겉만 화려하고 성실하지 못하며,(虛華少誠實) 사남 조웅은 병이 많아 언제 죽을 지 모르는 사람(多病難保)이었다.

趙雲懷中小龍眠 315)

(조운회중소룡면) 조운의 품안에서 작은 용이 잠을 자다.

백성들과 함께 강릉으로 피난하는 유비를 조조의 대군이 공

315) 懷(품을 회, 품 안) 眠(잠잘 면)

격한다. 모든 장수와 가족들이 지리멸렬한 가운데, 조자룡은 피난민 사이로 유비의 가족을 찾아 헤맨다.

조운은 유비의 감부인을 구출하고 다시 말머리를 돌려 미부인을 찾았다. 그러나 큰 상처를 입은 미부인은 아두를 자룡에게 부탁하고 마른 우물에 몸을 던져 자진한다. 이에 조자룡은 어린 아두를 갑옷 안에 품은 채, 조조 대군 가운데를 돌진하며 유명장수 50여명을 죽이고 유비를 찾아 돌아온다.

온 갑옷에 핏물이 흥건한데, 조금 전까지 품안에서 울고 있던 아두는 아무 기척이 없었다. 그 사이 조자룡의 품에서 아두는 잠이 들었다. 조운은 기뻐하며 유비에게 말한다.

"다행히 공자(公子)께선 무사하십니다."

그러나 유비는 아이를 받아 땅에 내 던지며 말한다.

"이런 어린 녀석 때문에 하마터면 대장군 한 사람을 잃을 뻔했다!(爲汝這孺子 幾損一員大將)"

조운은 급히 어린 아두를 끌어안으며 감격해 울며 말한다.

"비록 간과 뇌수를 땅에 바르더라도 다 보답할 수 없을 것입니다.(雖肝腦塗地 不能報也)"

操贈赤兎 關羽再拜 316)

(조증적토 관우재배) 조조가 적토마(赤兎馬)를 선물하자 관

316) 操(잡을 조) 贈(보낼 증) 兎(토끼 토) 再(두 재) 拜(절 배)

우가 두 번이나 절을 하다.

관우에게 소연 삼일(小宴三日) 대연 오일(大宴五日)을 베풀며 환대를 한 조조는 관우가 타고 다니는 말이 수척한 것을 보고 그 연유를 묻는다. 관우는 자신의 체중이 무거워 말이 견디지 못하는 것 같다고 대답한다. 조조는 측근을 시켜 말 한 필을 가져오게 했다.

그 말은 온몸이 불타는 듯 붉고, 잡 털이 하나도 없는, 위풍도 당당한, 그 유명한 적토마였다. 이 적토마는 본래 동탁이 타던 말이었는데, 동탁이 여포(呂布)를 자기편으로 끌어들이기 위해 여포에게 준다. 뒷날, 한 때 서주(徐州)를 차지했던 여포는 조조와 유비에 밀려 하비(下邳)에서 포위된다. 하비성이 함락되기 전 여포한테 매질을 당한 부하가 여포의 적토마를 훔쳐 조조에게 바쳤었다.

"공은 이 말을 아시오?"

"바로 여포가 타던 적토마가 아닙니까?"

조조가 말에 안장을 얹어 고삐를 관우에게 넘겨주었다. 이에 관우는 두 번이나 절을 하며 사례하였다.(關公再拜稱謝) 그러자 조조가 이상하게 생각하며 물었다.

"내가 미녀나 금은 비단을 보낼 때 한 번도 사례하지 않더니, 지금 이 말 한 마리를 받고 좋아 두 번씩이나 절을 하는 것은 사람보다 말을 더 귀하게 여기는 뜻입니까?"

"나는 이 말이 하루에 천리를 달릴 수 있다고 들었습니다. 다행스럽게도 지금 이 말을 얻었으니 혹시 형님이 어디에 계시다는 소식을 들으면 하루만에 달려가 뵐 수 있을 것입니다."

조조는 놀라면서 후회했고 관우는 인사하고 돌아갔다. 뒷날 관우가 죽은 뒤, 적토마는 먹이를 먹지 않다가 곧 죽었다.

鳥之將死其鳴也哀 317)

(조지장사기명야애) 새가 죽을 때 그 울음이 애달프다.

유비는 서기 221년 한(蜀漢) 황제로 즉위한 뒤, 장무 2년(서기 222년) 6월에 70만 대군을 육손(陸遜)에게 잃고 백제성(白帝城)에 머문다. 관우와 장비 두 아우의 복수도 못하고 원정을 만류했던 제갈량 등 여러 신하를 볼 면목도 없어 근심 걱정이 그대로 병이 되어 일어나지 못한다. 장무 3년(223년) 4월에 죽기 전, 유비는 공명을 불러 후사를 부탁한다.

유비는 "새가 죽을 때 그 울음 애달프고, 사람이 죽을 때 하는 말이 선하다"는 성인의 말을 인용하며 자신의 성심임을 강조하고 후사를 부탁한다. 유비는 장무 3년(서기 223년) 4월 24일에 63세로 백제성에서 죽는다. (勿以惡小而爲之 참고)

---

317) 將(~하려 하다) 死(죽을 사) 鳴(울 명) 哀(슬플 애)

縱虎入室 318)

(종호입실) 호랑이를 풀어 방에 들여보내다.

유비는 유장을 도와 하맹관에서 장로와 대치하게 된다. 한편 조조의 형주 공격에 대비하여 유비는 유장에게 병력과 군량 지원을 요구한다.

이에 유장의 막료들은 유비를 촉에 오래 머물게 하는 것은 바로 "호랑이를 풀어 방에 들여보내는 것(縱虎入室)"이며 병력과 군량을 보태 주는 것은 바로 "호랑이에게 날개를 달아주는 것(與虎添翼)"과 같다고 말했다. 결국 유장은 유비에게 노병 4천과 군량 약간을 보내준다.

坐觀成敗 319)

(좌관성패) 앉아서 상대의 성패를 관망하다.

상대편의 승패에 따라 행동하려 하다. 공명은 북벌에 나서 세 번째로 기산(祁山)에 진출한다. 이때 오와 촉은 동맹우호의 관계에서 위를 압박하는 형세였다. 위의 대도독 사마의는 "비

318) 縱(풀어줄 종) 室(집 실. 방) 添(더할 첨) 翼(날개 익)
319) 坐(앉을 좌) 觀(볼 관)

록 촉과 오 나라가 우호관계지만 오의 육손은 공명의 출병 요청에 응하는 척, 군사를 일으키지 않고 앉아서 상대의 성패를 관망(坐觀成敗)할 것"이라며 오의 침공을 걱정하지 않았다.

坐談之客 320)

(좌담지객) 마주 앉아 이야기나 나눌 수 있는 사람. 걱정하지 않아도 될 평범한 사람.

조조는 원소의 아들 원희(袁熙)와 원상(袁尙)이 내몽고 쪽의 오환(烏桓)이라는 부족에게로 달아나자 그 원정 여부를 의논한다. 그때 조홍(曹洪)은 형주의 유표(劉表)가 유비와 함께 수도를 공격할 우려가 있다면서 군사를 되돌릴 것을 주장한다.

그러나 곽가(郭嘉)는 옛날 원소와 오환과의 관계가 밀접했다는 점을 들어 원정을 주장하면서 형주의 유표에 대해 걱정을 안해도 된다고 주장한다.

"유표는 마주 앉아 이야기나 나눌 수 있는 사람입니다.(劉表坐談之客耳) 유표 자신의 재능으로는 유비를 제어할 수 없다는 점을 잘 알고 있으니, 중용한다면 유비를 제압할 수 없고 낮은 관직을 주면 유비가 따르지 않을 것입니다. 그러니 수도를 비워두고 원정해도 유표는 아무 걱정이 없을 것입니다"

---

320) 坐(앉을 좌) 談(말씀 담) 客(손님 객)

座上客常滿 樽中酒不空 321)

(좌상객상만 준중주불공) 집에는 언제나 손님들이 가득하고 술통에는 술이 비지 않는다. 가산을 기우려 성심으로 손님을 청하고 널리 사귐.

북해태수 공융(孔融)은 빈객을 환대하여 "손님의 자리에 언제나 빈객이 가득하고 술통에는 술이 비지 않는 것이 나의 바람(座上客常滿 樽中酒不空 吾之願也)"이라고 말했다.

左傳癖 322)

(좌전벽) 『춘추좌전(春秋左傳)』에 빠진 사람.

위 도독 양호(羊祜)는 양양을 지키며 오의 장군 육항(陸抗)과 의리를 존중하는 교제를 하였고(적장과의 우호적인 교제를 의미하는 羊陸之交라는 말이 있음) 오주 손호(孫皓)의 횡포에 대해서도 잘 알고 있었다.

손호는 손권의 장자 손화의 아들로 서기 264년에 즉위한 이

---

321) 座(자리 좌) 滿(가득찰 만) 樽(술통 준)
322) 左(왼 좌) 傳(전할 전) 癖(버릇 벽)

래, 충신들을 마구 죽이는 등 폭정을 일삼았다. 함녕(咸寧) 4년(서기 278년) 양호는 진 무제 사마염에게 오나라 정벌을 건의했으나 다른 신하들의 반대로 실행하지 못하자 양호는 병을 핑계로 사임한다. 양호가 위독하다는 소식을 들은 무제가 양호를 찾아 문병하자 양호는 두예(杜預)를 천거한 뒤 죽는다.

이에 두예가 진남대장군이 되어 형주에 주둔한다. 두예는 평소 학문을 좋아해 책을 손에서 놓지 않았는데 특히 좌구명(左丘明)의 『춘추좌전(春秋左傳)』을 가장 즐겨 읽었다. 두예는 누우나 앉으나 틈만 나면 좌전을 읽었고 행군 중에도 사람을 시켜 말 앞에서 『좌전』을 읽게 하였다.

이에 사람들은 두예를 '좌전에 푹 빠졌다'는 뜻으로 "좌전벽(左傳癖)"이라고 불렀다. 오나라는 두예의 공격을 받아 멸망한다.(서기 280년)

主貴臣榮 323)

(주귀신영) 주군이 귀히 되면 신하도 영광이다.

조조는 기주를 함락시킨 뒤 투항을 거부하는 원소의 장남 원담(袁譚)을 끝까지 추격한다. 남피(南皮)란 곳에서 궁지에 몰린 원담은 신평(辛評)을 조조에게 보내어 항복하겠다는 뜻을

323) 榮(꽃 영, 영화 영) 憂(근심할 우) 辱(욕되게 할 욕, 수치)

전하게 한다. 그러나 조조는 원담의 말을 믿을 수 없다며 오히려 신평을 자기 진영에 머물라고 권유한다. 이에 신평이 조조에게 대답한다.

"승상의 말씀은 잘못입니다. 저는 주군이 귀한 자리에 오르면 신하에게도 영광이지만 주군이 곤경에 처하면 신하의 잘못이라는 말을 들었습니다.((丞相差矣 某聞主貴臣榮 主憂臣辱) 제가 오랫동안 원씨를 섬겨왔는데 어찌 배반할 수 있겠습니까? (某 久事袁氏 豈可背之)"

여기서 조조는 일단 신평을 돌려보낸다. 신평의 보고를 받은 원담은 오히려 신평을 의심한다. 신평은 하도 억울해 그 자리에서 기절해 죽는다.

中年喪妻大不幸 324)

(중년상처대불행) 중년에 아내를 잃는 것은 큰 불행이다. 유비와 손권의 누이와의 혼사 중매를 할 때 유비가 한 말.

"중년에 아내를 잃는 것은 큰 불행입니다.(中年喪妻 大不幸也) 하지만 죽은 지 얼마 되지도 않았는데 어찌 새 혼사를 의논할 수 있겠소?(骨肉未寒 安忍便議親)" (秦晋之好 참고)

---

324) 喪(죽을 상) 妻(아내 처)

枳棘叢中 非棲鸞鳳之所 325)

(지극총중 비서난봉지소) 가시덤불은 봉황새가 살만한 곳이 아니다. 부패관리가 설치는 관직에 군자가 머물 수 없다는 뜻.

유비는 황건적을 토벌한 공로로 정주 중산부 안위현의 현위(縣尉; 현의 군사 담당관)라는 말단 직책에 임명된다. 선정을 베풀었지만 독우(督郵)가 내려와 탐관오리를 색출하겠다며 재물을 요구한다. 화가 난 장비는 독우를 버드나무에 묶어 놓고 매질한다. 이를 안 유비가 달려나와 장비의 매질을 말린다. 이에 관우가 말한다.

"형님은 허다한 공을 세우고도 겨우 현위 자리 하나 얻었는데, 지금 독우한테 이처럼 모욕을 당했습니다. 본래 가시덤불은 봉황새가 살 만한 곳이 아니라 하니(枳棘叢中 非棲鸞鳳之所) 제 생각으로는 아예 독우를 죽인 뒤 관직을 버리고 고향에 돌아가 원대한 다른 계획을 도모하는 것이 좋을 것 같습니다.(不如殺督郵 棄官歸鄉 別圖遠大之計…)"

현덕 일행은 인수를 독우의 목에 걸어놓고 독우를 꾸짖은 뒤, 대주(代州)로 유회(劉恢)를 찾아간다.

---

325) 枳(탱자나무 지) 棘(멧대추나무 극) 叢 (모일 총) 棲(살 서) 鸞(난새 난; 봉황의 한 종류) 鳳(봉황새 봉)

知其一 未知二

(지기일 미지이) 하나만 알고 둘은 모른다. 보이지 않는 뜻을 모른다. 식견이 좁다.

유비가 익주를 차지한 것은 정말 대단한 성공이라 평가할 수 있다. 유비는 공명에게 명하여 국법을 엄히 집행케 하였다. 이에 법정(法正)이 공명에게 말했다.

"옛날 한 고조의 약법삼장(約法三章)에 백성들은 매우 감격하였습니다. 너그러운 형벌과 간략한 법(寬刑省法)으로 백성들의 기대에 부응하기 바랍니다."

그러자 공명이 대답한다.

"그것은 하나만 알고 둘은 모르는(知其一 未知二) 경우입니다. 옛날 고조는 진나라가 너무나 잔혹한 법을 엄격하게 시행했기에 약법이 환영받았지만 지금까지 익주에서는 덕정(德政)도 실현되지 않았고 형벌도 위엄이 없었기에 군신지도(君臣之道)가 무너졌습니다. 앞으로는 인정과 형벌을 절도 있게 병행할 것입니다."

智囊 326)

(지낭) 지혜 주머니. 지모가 뛰어난 사람의 별칭.

위 명제 조예(曹叡)가 경초 3년(서기 239년)에 죽고 조방(曹芳)이 8세로 즉위하고 정시(正始)로 연호를 바꾼다. 조진의 아들 조상(曹爽)은 사마의와 함께 어린 조방을 보필한다. 조상 문하의 식객과 참모 중 하안(何晏)은 청담(淸談)으로 유명했으며 또 대사농 환범(大司農 桓範)은 자못 지략이 있어 다른 사람들에 의해 '지혜 주머니(智囊)'라고 불리었다.

환범은 조상에게 권유하여 사마의가 장악한 군권을 조상과 그 일족이 장악하도록 권유한다. 이들은 사치와 방탕으로 몰락한다. (老生常談 참고)

地道之計

(지도지계) 땅 속 굴을 이용한 작전.

조조가 기주를 공격할 때, 기주 원상(袁尙)의 참모 심배(審配)는 조조군의 공격을 선방했다. 그러나 심배의 질책을 받은 풍례란 하급 장수는 조조에게 투항한다. 풍례는 조조에게 굴을

---

326) 智(슬기 지) 囊(주머니 낭)

파고 들어가면(地道之計) 성을 함락시킬 수 있다고 건의한다.

조조는 풍례에게 삼 백 명의 군사를 내준다. 풍례는 굴을 파고들어 갔으나 이를 간파한 심배에 의해 몰살당한다.

池中物 327)

(지중물) 연못 속의 교룡. 보통 사람 평범한 인물.

유비와 손권 누이의 결혼이 성립되자 손권은 이를 주유에게 알린다. (秦晋之好, 弄假成眞 참고)

주유는 유비가 영웅의 자질을 갖춘 인물이므로, 이곳 호화생활 속에 오래 머물면서 관우, 장비, 제갈량과의 정을 멀리하도록 만든 뒤에야 형주를 칠 수 있으며 지금 유비를 돌려보내서는 안 된다는 서신을 보낸다.

“지금 그를 돌아가게 한다면 교룡이 구름과 비를 얻으면 끝내 연못 속의 교룡(보통 인물)이 아닐 것이니 바라옵건대 공께서는 깊이 생각하십시오.(今若縱之 恐蛟龍得雲雨 終非池中物 願明公 熟思之)”

그 뒤 유비가 오나라에서의 안락한 생활에 탐닉할 때, 조자룡은 공명의 계책에 의거 유비를 데리고 형주로 돌아온다.

---

327) 池(못 지) 物(만물 물. 무리)

知彼知己 328)

(지피지기) 상대를 알고 자신도 안다. 상대와 자신을 비교하여 장단을 알다.

번성(樊城)에 주둔하고 있던 조조의 부장 조인(曹仁)과 이전(李典)은 신야(新野)의 유비를 공격하여 공을 세우려 한다. 유비는 군사(軍師) 서서(徐庶)의 도움을 받아 이들을 격퇴한다. 이전은 조급해하는 조인에게 모든 사실을 승상에게 보고하고 도움을 청해야 한다고 말한다. 그러나 조인은 "탄환 만한 신야성 하나 때문에 승상의 군사까지 동원할 필요가 있느냐"며 반대한다. 이에 이전이 말한다.

"유비는 인걸(人傑)이니 가벼이 볼 수 없습니다.(劉備人傑也不可輕視)"

그러자 조인은 "공은 어찌 그리 겁이 많습니까" 하고 물었다. 이에 이전이 대답한다.

"병법에 상대를 알고 나를 안다면 백 번 싸워 백 번 승리할 수 있다고 하였습니다.(兵法云 知彼知己 百戰百勝) 제가 전투를 겁내는 것이 아니라 다만 필승을 할 수 없다는 것이 걱정입니다.(某非怯戰 旦恐不能必勝耳)"

조인은 화가 나서 이전에게 두 마음을 품었다느니, 같이 출

328) 彼(저 피; 저쪽) 己(자기 기)

전하지 않으면 배신할 뜻이 있는 증거라느니 하면서 이전을 마구 몰아세운다. 결국 조인은 패전했고 또 번성도 빼앗겼다.

또 다른 이야기 하나 - 제갈량이 출사표를 올리고 기산(祁山)에 출정했을 때, 제갈량은 강유(姜維)를 얻고 조진(曹眞)의 대군을 격파했다. 이에 태부 종요(太傅 鍾繇)가 명제 조예(明帝 曹叡)에게 말한다.

"대개 장수가 된 자는 아는 바가 남보다 뛰어나야 다른 사람을 지휘할 수 있습니다. 손자(孫子)가 말한 바와 같이 상대를 알고 나를 안다면 백 번 싸워 백 번 승리할 수 있다 하였으니(孫子云 知彼知己 百戰百勝) 신의 생각으로는 조진이 비록 오랫동안 군사를 지휘했다지만 제갈량의 적수가 되지는 못합니다.(臣量曹眞雖久用兵 非諸葛亮對手)"

그러면서 종요는 사마의(司馬懿)를 강력히 추천한다. 결국 제갈량의 원대한 꿈은 사마의에 의해 꺾인다.

織蓆小兒 329)

(직석소아) 자리를 짜는 어린 녀석. 유비에 대한 욕설.

---

329) 織(짤 직) 蓆(자리 석) 兒(아이 아)

유비(촉한 소열제 蜀漢 昭烈帝)는 8척 신장에 귀는 어깨에 닿고, 팔은 무릎 아래까지 내려 왔으며 눈으로는 자신의 귀를 볼 수 있었다. 그리고 옥 같은 얼굴에 입술은 연지를 바른 듯 붉었다.

유비는 어려서 가난하였기에 자리를 짜고 신발을 만들어 팔아 생활을 유지했다. 때문에 『삼국지』에는 유비에 대하여 이 직업과 관련한 욕설이 많다.

건안 24년(서기 219년) 유비가 한중왕(漢中王)으로 자립하여 즉위했다는 소식을 들은 조조는 펄펄 뛰며 욕을 한다.

"자리를 짜던 어린 녀석이 어찌 이럴 수가 있는가! 내 기어이 그 녀석을 없애버리겠다!(織蓆小兒 安敢如此. 吾誓滅之)"

또 현덕의 귀가 어깨에 닿았기에 대이적(大耳敵) 또는 대이아(大耳兒)라는 별명으로 조롱당하기도 했다.

유비는 당대의 유명한 학자 정현(鄭玄)한테 배웠고 노식(盧植) 공손찬(公孫贊) 등과 교우관계를 갖고 있었다. 본디 근거지가 없어 각지를 유랑하며 시련을 겪어야 했기에 제갈량 외에는 별다른 인재를 모을 수도 없었다. 형주를 차지했다가 빼앗겼으며 익주자사 유장(劉章)이 죽은 뒤, 익주(西川; 촉) 41주를 점유하고 촉한(蜀漢)을 세운다.

『삼국지』에는 유비가 인의를 중시하고 덕치를 베풀고 선정을 폈다지만 툭하면 눈물을 흘리며 통곡하는 나약한 군주였다. 또 유비가 한의 정통을 계승한 것으로 서술되고 있으나 3

세기 전반 중국 역사 전체를 볼 때, 정치, 군사, 경제, 문화적으로 영향력을 행사하지 못했다.

進身之計 330)

(진신지계) 출세하기 위한 계략. 경쟁자를 찾아가 출세하려고 제공하는 비밀 정보나 물건 또는 그와 상응하는 계략.

손견은 낙양에 입성하여 황제의 옥새를 손에 넣었다. 손견은 이를 비밀에 부치고 자신의 몸을 빼내 고향 강동으로 돌아가려고 한다. 그러나 손견의 고향 사람 하나가 탈영하여 원소에게 이 사실을 밀고한다. 그 비밀 정보를 제공하는 것이 바로 그의 '진신지계(進身之計)'라 할 수 있다.

秦晉之好 331)

(진진지호) 양국의 혼인 관계.

춘추시대에 진(秦)나라와 진(晉)나라는 대대로 혼인 관계를

---

330) 進(나아갈 진)
331) 秦(나라 이름 진) 晉(나라 이름 진)

맺고 있었다. 이에 두 나라 왕실간의 혼인을 진진지호라 했다.

노숙은 유비에게 형주의 반환을 요구하러 갔다가 오히려 제갈량에게 설득 당한다. 이때 제갈량은 유비가 서천(西川) 즉 촉(蜀)을 차지해 근거를 마련하면 형주를 돌려주겠다는 문서를 만들어 준다. 그러나 이런 문서는 아무 실효가 없다고 생각한 주유는 다른 계획을 세운다.

이 무렵 유비의 감부인(甘夫人)이 죽는다. 이에 주유는 손권의 누이를 유비와 결혼시킨다는 구실로 유비를 불러 죽일 계획을 세운다. 그리고 손권의 승낙을 얻어 여범(呂範)을 중매인의 자격으로 유비에게 보낸다. 여범이 유비에게 재혼할 뜻이 있는지 의사를 묻자 유비가 말한다.

"중년에 아내를 잃는 것은 큰 불행입니다. 하지만 죽은 지 얼마 되지도 않았는데 어찌 새 혼사를 의논할 수 있겠소?(中年喪妻 大不幸也 骨肉未寒 安忍便義親)"

이에 여범이 말한다.

"사람에게 아내가 없다면 가옥에 대들보가 없는 것과 같습니다.(人若無處 如屋無梁)"

그러면서 여범은 손권의 누이가 아름답고 현숙하다며

"만약 두 집안이 혼인을 하면 조조가 어찌 감히 우리 쪽을 바로 볼 수 있겠습니까.(若兩家 共結秦晋之好 則曹賊 不敢正視東南也)"라고 말한다.

이런 혼담에 대해 유비는 "나는 나이가 벌써 반백(半百)이 넘었고 머리도 흰머리가 많습니다.(吾年已半白 鬢髮斑白) 그러나 오후(吳侯)의 누이는 바로 묘령의 아가씨일텐데 짝이 될 수 있겠습니까?(吳侯之妹 正當妙齡 恐非配偶)" 하고 걱정한다.

이에 대하여 여범은 유비에게 확신을 준다. 즉 손권의 누이는 천하영웅이 아니면 섬기지 않는다 하였으며 황숙의 명성과 소문은 이미 온 천하에 알려졌다. 그러니 "이른바 숙녀는 군자의 짝이라 하니 어찌 연령의 상하 차이를 따질 수 있겠습니까(正所謂淑女配君子 豈以年齒上下 相嫌也)"라고 말한다.

이 정략결혼은 공명이 적극 추진하여 성사되지만 두 사람이 행복했다는 이야기는 『삼국지』 어디에도 없다.(錦囊三計 참고)

眞天人也

(진천인야) "정말 하늘에서 내려온 분이로다!" 관우에 대한 찬사임.

허도를 떠난 관우는 유비를 찾아가는 도중 형양(滎陽)의 객사에 머문다. 형양현령 왕식은 한 밤중에 객사에 방화하여 관우와 유비의 두 부인을 몰살시킬 계획을 꾸민다. 그 일을 맡은 호반이란 관리가 관우의 동태를 살핀다.

관우는 객사의 방에서 촛불을 밝히고 탁자에 비스듬히 기대어 왼손으로 수염을 쓰다듬으며 책을 읽고 있었다. 그 모습을 본 호반은 자신도 모르게 감탄한다.

"정말 하늘에서 내려온 분이로다.(眞天人也)"

인기척을 들은 관우가 누구냐고 묻자 호반은 자신의 성명을 말한다. 관우는 전에 낙양 근처에서 호반의 부친에게서 받은 편지를 전해준다. 호반은 형양현령의 음모를 관우에게 알려주고 관우는 위기를 벗어난다. (五關斬六將 참고)

眞虎將也

(진호장야) 정말 호랑이 같은 장수로다!

당양현의 전장을 단기필마로 좌충우돌하는 조자룡의 모습은 정말 대단했다. 조자룡을 처음 본 조조가 "누구냐"고 물으니 조홍(曹洪)이 말을 달려 와 소리쳤다.

"적장은 이름을 말하기 바란다."

"나는 상산 사람 조자룡이다.(吾乃常山趙子龍也)"

조홍의 보고를 받은 조조가 감탄하며 말했다.

"정말 호랑이 같은 장수로다. 꼭 살려 생포하겠다.(眞虎將也 吾當生致之)"

조조는 조자룡이 가는 곳에서는 저격용 화살을 쏘지 말라고 급히 군령을 내렸다. 결국 이 때문에 조자룡은 아두를 품에 안고 유비를 찾아 갈 수 있었다. (趙雲懷中小龍眠 참고)

疾雷不及掩耳 332)

(질뢰불급엄이) 빠른 천둥소리에 귀 막을 겨를이 없다. 일이 하도 빨리 진행되어 전혀 대비하지 못하다.

서량태수 한수(韓遂)와 마초의 장안 점령과 공격에 대하여 조조는 그의 특유한 지모 예를 들면 거짓 화해와 반간계(反間計) 등을 써서 내부 분열을 일으키도록 유도한 뒤 격파했다. (疑則生亂 참고)

모든 작전이 종결된 뒤 회군에 앞서 조조의 부장들이 조조에게 이번 전투의 여러 가지에 대하여 물었다. 이에 조조는 그간의 과정을 부하들에게 설명했다.

즉 적의 허점을 보면서도 공격을 하지 않았고, 토성을 쌓아 우리가 약한 모습을 보여 적의 자만심을 키워 주었다. 그리고 반간계를 이용하여 그들이 미처 대비하지 못할 때 신속하게 공격하여 격파하였다.

이 모든 것은 마치 일이 번개처럼 빨리 일어나 대비를 못하는 것(疾雷不及掩耳)과 같으며, 병법의 변화는 결코 하나가 아니다. 그리고 적병이 대대적으로 모여든 것이 오히려 일망타진할 수 있었고 결과적으로 시간과 노력을 덜어 주었다는 것도

---

332) 疾(병 질, 빠르다) 雷(우뢰 뢰{뇌}) 及(미칠 급) 掩(가릴 엄)

말했다.

이에 조조의 부장들은 모두 "승상의 귀신같은 계책은 아무도 따를 수 없습니다(丞相神謀 衆不及也)"라고 감탄했다.

此樂不思蜀 333)

(차락불사촉) 이 즐거움에 고국 촉에 대한 그리움은 없다.

이 말은 후주 유선(劉禪)이 용재(庸才)임을 가장 극렬하게 말해주는 이야기로, 두고두고 후세 사람들에게 많은 생각을 하게 한 말이다.

등애에게 항복하고 나라를 잃은 후주 유선은 몇몇 신하와 자식들과 함께 낙양으로 호송된다.(서기 263년) 이때 위나라의 모든 실권을 장악한 사마소가 유선을 보고 크게 꾸짖는다.

"공은 황음무도하여 어진 신하를 내쫓고 정사를 돌보지 않았으니 죽여야 마땅하다.(公荒淫無道 廢賢失政 理宜誅戮)"

사색이 된 후주는 아무 말도 못하고 있는데, 다른 신하들이 용서해 줄 것을 건의한다. 이에 사마소는 후주 유선을 안락공(安樂公)에 봉하고 집과 하인, 비단 등을 내려주고, 나라를 파멸로 끌고 간 내시 황호를 처형한다.

어느 날, 사마소는 유선을 불러 잔치를 베풀면서 악공들에게

333) 此(이 차, 이곳) 樂(즐길 락) 蜀(나라 이름 촉)

촉의 의상을 입혀 촉의 음악을 연주하게 하였다. 이에 촉의 신하들이 모두 감상에 젖어 눈물을 흘리는데 유선만은 혼자 마냥 웃으며 즐거워하였다.

술이 어지간히 돌자 사마소는 신하를 둘러보며 말했다.

"사람이 무정하다더니 저 사람 같을 수 있는가? 비록 제갈공명이 살아 보필했어도 오래 가지 못했을 터인데 더구나 강유 따위가 어쩔 수 있었겠는가?(雖使諸葛孔明在 亦不能輔之久全 何況姜維乎)"

그리고는 후주에게 물었다.

"고국 촉의 생각이 나지 않는가?"

이에 후주는 "이곳이 즐거우니 촉에 대한 그리움은 없습니다(此間樂 不思蜀也)"라고 대답했다.

잠시 뒤, 후주가 변소에 가는 틈을 타서 옛 신하 극정(郤正)이 따라와 말했다.

"폐하께서는 왜 촉이 그립다고 대답하지 않으셨습니까? 만약 다시 묻는다면, 울면서 '조상의 묘가 머나먼 촉 땅에 다 있으니 마음으로 서쪽만 바라보아도 슬픔뿐이고 그립지 않은 날이 없습니다'라고 말해야 진공(晉公; 사마소)이 돌려보내 줄 것입니다."

자리에 돌아와 술이 조금 더 취했을 때, 사마소가 후주에게 "고향이 그립지 않으냐"고 다시 물었다. 이에 후주는 울음 섞인 목소리로 극정이 일러준 대로 말은 했으나 눈물이 나오지 않아 눈을 감고 앉아만 있었다. 사마소가 그 모습을 보고 "극정이 내게 한 말과 어찌 그리 꼭 같으냐"고 다시 물었다. 깜짝 놀란 후주는 눈을 동그랗게 뜨며 "말씀하신 그대로입니다"라고 대답했다.

사마소와 측근 신하들이 모두 후주를 보고 웃었다. 이후 사마소는 후주 유선에 대해서는 아무런 걱정도 하지 않았다. 유선은 천수를 누리고 죽었다.(서기 286년)

借汝一物 334)

(차여일물) 너의 하나있는 것(목숨)을 빌리겠다. 너의 목숨을 뺏겠다.

조조는 강남의 손책, 서주의 여포, 그리고 유비 등의 세력을 규합해 원술을 공격한다. 이에 대해 원술은 보리가 익을 때까지 수춘성(壽春城)에서 지구전으로 버틴다.

조조 진영도 군량이 모자라 조조는 군량 담당 창고지기에게 군량을 줄여 방출하라고 지시한다. 그 후 식량이 부족하다며 군사들이 동요하자 조조는 이를 보고하러 들어온 창고지기에게 말한다.

"네 물건을 하나를 빌려 군사들의 마음을 안정시켜야겠는데 너무 아까워하지 말라!(吾欲問汝借一物 以壓衆心 汝必勿吝)"

---

334) 借(빌릴 차) 汝(너 여)

"승상께서는 무엇이 필요하십니까?"
"바로 네 머리를 빌려다가 군사들에게 보이려 한다."
"저는 아무 죄도 없습니다."
"네가 무죄란 것을 나도 잘 안다. 다만 너를 죽이지 않으면 군심이 크게 흔들리느니라. 네가 죽은 뒤 네 처자를 내가 잘 보살펴 줄 것이니 아무 걱정하지 마라."

조조는 창고지기가 군량을 착복하였기에 처단했다며 창고지기 목을 베어 매달아서 군심을 안정시켰다.

斬蛇起義 335)

(참사기의) 백사(白蛇)를 베고 의거를 일으키다. 한 고조(漢高祖) 유방(劉邦)이 처음으로 진(秦)에 항거하는 의병을 일으킨 사실.

한 고조는 진시황 때 사상(泗上)의 정장(亭長; 마을 치안 담당 군인)으로 있다가 삼척검 하나를 차고서(提三尺劍) 뱀으로 변신하여 내려온 백제(白帝; 天帝)의 아들을 죽였다.(斬蛇) 그리고 강제 노역에 동원되는 농민을 풀어주고 진의 폭정에 항거하는 의병을 일으켰다.(起義) 이후 종횡무진 천하를 돌며 싸워 삼 년만에 진을 멸망시키고,(三載亡秦) 항우(項羽)와 5년간

---

335) 斬(벨 참) 蛇(뱀 사) 起(일어날 기) 義(옳을 의)

의 전쟁 끝에 초를 멸망시키고(五年滅楚) 천하를 차지하였다.

斬草除根 336)

(참초제근) 잡초를 베고 뿌리를 뽑다.

후한 말기인, 중평 6년(서기 189년) 4월, 위독한 영제(靈帝)는 태자 협(協)을 다음의 황제로 계위시키려 했다. 이때 중상시 건석(蹇碩)은 하태후의 형제인 대장군 하진(何進)을 죽여 후환을 없애라고 건의했지만 실패한다.

하진은 사예교위 원소(司隷校尉 袁昭)의 군사력을 빌려 하태후(何太后) 소생의 황자 변(皇子 辨)을 황제로 내세웠다. 하진은 내시인 건석을 죽였고 다른 내시들은 하태후에게 보호를 애걸한다.

하태후는 하진을 불러 십상시(十常侍)들을 살려 두라 부탁하고 하진은 이에 따른다. 그러나 원소는 모든 환관들을 제거해야 한다며 하진에게 말한다.

"만약 풀만 베고 뿌리를 뽑지 않으면 반드시 몸을 망치는 근본이 됩니다.(若斬草不除根 必爲喪身之本)"

---

336) 斬(벨 참) 除(버릴 제)

天道一變 337)

(천도일변) 천도가 한번 바뀜.

손권이 축한 연희 15년(서기 252년)에 죽고, 어린 손량(孫亮)이 즉위하자 위의 실권자 사마사(司馬師)는 대군으로 오를 정벌한다. 출발하기 전, 현 영토를 지키는 것이 상책이라며 원정을 반대하는 사람들에게 사마사가 말한다.

"천도는 삼 십년에 한번 변하는데 어찌 황제 셋이 대립하여 싸우기만 할 것인가?(天道三十年一變 豈皇帝爲鼎峙乎)"

그리고 사마사는 오의 동흥(東興)을 공격하나 패퇴한다.

千里駒 338)

(천리구) 하루에 천리를 갈 수 있는 말. 재능이 영특한 사람. 천리마(千里馬), 천리족(千里足)과 같음.

건안 15년 조조가 동작대란 큰 누각을 짓고 낙성 기념으로 궁사대회를 연다. 이때 맨 먼저 출전하여 과녁을 명중시킨 소

---

337) 變(변할 변)
338) 駒(망아지 구)

년 장군은 조휴(曹休)였다. 이를 본 조조는 흐뭇한 표정을 지으며 말한다.

"이 아이는 우리 가문의 천리마이다.(此吾家千里駒也)"

이날의 활쏘기 시합은 조조를 한없이 기쁘게 했다. (飽學之士 참고)

靑山不老 綠水長存 339)

(청산불로 녹수장존) 청산은 늙지 않고 녹수는 계속 흐른다.

유구한 세월을 의미함. 익주 유장(劉璋)의 사신으로 조조를 만난 장송(張松)은 구변과 학식이 대단했지만 조조의 멸시만 받고 쫓겨난다.

그러자 장송은 형주로 유비를 찾아간다. 장송은 유비에게 익주를 차지하라며 자신을 비롯한 몇몇 사람이 내응하겠다고 말한다. 그러나 유비는 그런 뜻을 내비치지 않고 고맙다고 사례하며 말한다.

"청산은 늙지 않고 녹수는 언제나 흐르나니 뒷날 성사되면 틀림없이 후히 보답하겠습니다.(靑山不老 綠水長存 他日事成 必當厚報)"

---

339) 綠(초록빛 녹) 長(오랠 장) 存(있을 존)

初生之犢不懼虎 340)

(초생지독불구호) 어린 송아지가 호랑이 무서운 줄을 모른다. 하루 강아지 범 무서운 줄 모른다.

건안 24년(서기 219년) 조조는 우금(于禁)과 방덕(龐德)을 보내 관우가 수비하고 있는 형주의 번성(樊城)을 공격하게 한다. 방덕은 자기가 죽으면 들어갈 목관을 가지고 출전한 뒤, 관우와 맞서며 불손한 말을 해댄다.

관우는 분노로 수염을 떨며 직접 방덕을 죽이겠다고 나선다. 이에 관우의 아들 관평이 말한다.

"태산같이 무거우신 아버님께서 돌멩이와 높고 낮음을 비교할 수는 없습니다.(父親不可以泰山之重 與頑石爭高下) 제가 나가 방덕을 상대하겠습니다."

그러나 관평은 방덕과 승부를 가르지 못한다. 이에 관우가 나가 방덕과 다시 백 여 합을 더 싸웠으나 역시 승부를 가르지 못한다. 관우는 "방덕의 검술이 제법"이라고 칭찬을 한다. 그러자 관평이 말한다.

"어린 송아지가 호랑이 무서운 줄을 모른다.(初生之犢 不懼虎)는 말도 있습니다만, 아버님께서 방덕을 죽인다하여도 강족

---

340) 犢(송아지 독) 懼(두려워할 구)

(羌族)의 졸개하나 죽이는 것이니 혹 잘못되면 백부(유비)의 뜻에 어긋날까 걱정이옵니다."

다음 날 싸움에 관우는 방덕이 쏜 화살에 맞아 부상한다. 뒷날 방덕은 주창에게 사로잡혀 관우 앞에 끌려와 참수된다. (勇將不怯死 참고)

塚中枯骨 341)

(총중고골) 무덤 속의 바삭 마른 뼈. 공융이 원소를 평가한 말.

서주자사 도겸(陶謙)은 공융과 유비의 도움으로 조조의 공격을 물리친다. 도겸은 자신이 늙고 병들었다며 유비에게 서주(徐州)를 맡긴다. 유비는 사양하면서 오랜 명문가인 원소를 추천한다. 이에 공융이 말한다.

"원공로(袁公路; 袁紹)는 무덤 속의 마른 뼈다귀 같으니 어찌 입에 올리겠소(袁公路塚中枯骨 何足挂齒) 오늘의 이 일은 하늘이 주는 것을 받지 않는 것과 같으니 후회가 클 것이오."

유비는 끝까지 사양했고 결국 서주의 조그만 성 소패(小沛)에 머물면서 도겸을 돕기로 한다.

---

341) 塚(무덤 총) 枯(마를 고)

秋波送情 342)

(추파송정) 추파를 던지며 애정을 보내다.

초선(貂禪)은 사도 왕윤(司徒 王允)이 친딸처럼 생각하며 키운 가기(歌妓)였다. 당시 16세의 초선은 미색이 뛰어났었다. 왕윤은 동탁을 제거하기 위해 초선을 이용했다.

사도 왕윤이 동탁을 제거하기 위해 여포와 초선을 만나게 한다. 여포는 너무 좋아 자주 초선을 바라보았고 그때마다 초선 또한 추파를 던지며 애정을 보내니(布欣喜無限 頻以目視貂蟬 貂蟬亦以秋波送情) 왕윤의 계략은 일단 성공한다. (蓋世英雄, 累卵之危 참고)

縮地法 343)

(축지법) 먼 거리를 가깝게 하는 술법.

건흥 9년(서기 231년) 2월 제갈공명이 기산에 출정하여 사마의와 싸울 때, 공명은 신병(神兵)처럼 꾸민 군사의 호위를 받으며 사륜거를 타고 사마의의 진영을 공격한다.

---

342) 波(물결 파) 送(보낼 송)
343) 縮(줄일 축, 다스릴 축)

사마의는 공명이 귀신처럼 분장한 것이라며 2천 병사들에게 빨리 나가 제갈량을 잡아오라고 분부한다. 위군이 공격하는 것을 보고 제갈공명은 수레를 돌려 달아난다.

사마의의 2천 기마병은 삼십여 리를 추격했으나 제갈공명을 따라 잡을 수 없었다. 이들은 잠시 쉬었다가 다시 이십여 리를 추격했으나 제갈공명의 수레는 여전히 앞서 갈 뿐 따라 잡을 수가 없어, 영문을 모른 채 멍청히 바라만 보고 있었다. 뒤따라 온 사마의는 이런 상황을 보고 받고 부하들에게 말했다.

"공명이 팔문 둔갑법을 잘 터득하여 육정 육갑의 신병을 부릴 줄 안다.(孔明善會八門遁甲 能驅六丁六甲之神) 이는 육갑천서 속에 있는 축지법을 쓴 것이니 우리가 추격할 수 없다.(此乃六甲天書內 縮地法也 衆軍不可追之)"

그리고 사마의의 군대가 회군하자 여러 곳에서 공명이 출몰하며, 사마의 군사를 공격하니 사마의 자신도 "사람인지 귀신인지 알지 못하고(不知是人是鬼)" 허둥대며 상방성으로 돌아와 폐문 불출한다. 이후 제갈공명은 3만 군사를 동원해서 노성(鹵城) 주변의 보리를 수확한다.

본래 축지법이란 신선술(神仙術)의 일종으로 먼 곳에 있는 것을 가까운 곳으로 옮겨오는 것을 의미하였다. 전설로는 비장방(費長房)이란 사람이 이 축지법에 능했다고 한다.

逐兎先得 344)

(축토선득) 토끼를 쫓을 땐 먼저 차지하는 자가 임자.

익주(益州)의 유장(劉璋)은 황건 잔당 장로(張魯)의 침략 위협에 맞서 형주 유비의 도움을 청하기로 결정하고 법정(法正)을 사신으로 파견한다.

법정은 유비를 만나고 돌아온 장송(張松)과 이미 뜻을 같이 하고 있었다. 유비가 법정을 환대하자 법정이 말한다.

"말은 백락을 만나 울고 사람은 지기를 위하여 죽는다(馬逢伯樂而嘶 人遇知己而死)는 말을 들었습니다만 장송이 전날 한 말에 대한 장군의 뜻은 어떠하십니까?"

법정 자신은 유비를 도와 죽을 수 도 있으니 익주를 차지할 뜻을 굳히었느냐는 의미였다. 그러나 유비는 자신이 평생 일정한 근거가 없었다면서 "뱁새도 나무 가지 하나를 차지하고 날쌘 토끼도 세 개의 굴을 파고 산다(鷦鷯尙存一枝 狡兎猶藏三窟)는데 하물며 나 자신이 근거를 마련하고 싶은 생각이 왜 없겠는가? 다만 유장이 같은 종씨이기에 차마 차지할 수가 없습니다"고 말한다.

그러자 법정은 유장이 무능하기에 언젠가는 익주가 남의 손에 넘어 갈 수 있다면서 유비의 결심을 촉구한다.

---

344) 逐(쫓을 축) 兎(토끼 토) 得(얻을 득)

"토끼를 쫓을 때는 먼저 잡는 자가 임자라는 말도 못 들었습니까?(豈不聞 逐兎先得之說乎) 장군께서 익주를 차지할 뜻이 있다면 제 목숨이라도 바치겠습니다."

현덕은 법정을 객사로 보낸 뒤, 깊이 생각에 잠긴다. 이때 방통(龐通)이 들어와 건의한다.

"마땅히 결단을 내려야 할 때 결심하지 못한다면 어리석은 사람이라 하였습니다. 주공의 고명한 식견으로 어찌 그리 걱정이 많으십니까?(事當決而不決者 愚人也 主公高明 何多疑耶)"

그러면서 방통은 익주(蜀)의 풍부한 물산과 천혜의 요새라는 점 등등 몇 가지 이점을 말한다. 그러나 유비는 자신이 조조와 반대되는 생각과 행동 때문에 존재할 수 있었다며 "작은 이익 때문에 천하 사람들의 신의를 버리는 일은 차마 못하겠다(若以小利而失信於天下 吾不忍也)"라고 단호하게 말한다.

그 뒤, 유비는 5만 군을 거느리고 익주에 들어가 유장의 환영을 받고 곧바로 장로와 싸우러 출전한다.

出大言 有勇略 345)

(출대언 유용략) 장담한 대로 용기와 책략이 있다.

손견(孫堅)이 동탁을 칠 때, 동탁의 부장 화웅(華雄)은 손견

345) 勇(날쌜 용) 略(다스릴 략{약})

의 군사를 격파하며 여러 장수들을 죽였다. 당시 공손찬(公孫瓚)을 따라 제후 진영에 와 있던, 직함은 그저 마궁수(馬弓手)인 관우는 화웅의 목을 당장 잘라 오겠다며 출전을 자원한다. 그러자 원술(袁術)이 "어찌 일개 궁수가 제후들의 대장을 깔보고 큰 소리 치느냐!"면서 크게 화를 내자 조조가 나서면서 말한다.

"저 사람이 큰소리 치는 걸 보면 반드시 그만한 용기와 책략이 있을 것입니다.(旣出大言 必有勇略) 한번 출전시켰다가 이기지 못하면 그때 책망해도 괜찮을 것입니다."

이에 관우가 말한다.

"만약 이기지 못하면 내 목을 베시오."

조조가 관공을 불러 뜨뜻한 술을 한잔 따라 주자 관우는 말을 타고 달려나가면서 말한다.

"술은 잠깐 놔두시오. 금방 돌아오겠습니다." 관우가 화웅의 목을 잘라 왔을 때, 술은 아직도 따뜻했다.(酒尙溫時斬華雄)

出師表 346)

(출사표) 촉한 후주(後主) 건흥 5년(서기 227년) 제갈량이 북으로 위를 정벌하고 한실(漢室)을 부흥하고자 대군을 동원 출사하겠다고 올린 글.

---

346) 師(스승 사. 군사 사) 表(겉 표, 글 표)

건흥 6년에 올린 출사표가 있어 전·후 출사표라 구분한다. 출사표라면 보통 전 출사표를 의미하는데, 이 출사표에서 제갈량은 촉한의 창업은 모두 선주(先主) 유비의 공덕으로 가능했으며 지금 신하들은 모두 선주의 은택을 입어 폐하에게 충성한다는 것, 그리고 폐하는 이들이 능력을 다 바칠 수 있도록 폐하 자신도 노력하라는 등으로 후주를 깨우치려는 내용을 담고 있다.

아울러 공명 자신이 선주를 만난 지 21년째이며 북벌에 성공하여 한 왕실을 부흥하는 것이 선제의 은택에 보답하는 길이기에 남방을 원정했으며 지금이 북벌의 시기라고 강조하고 있다.

제갈량의 우국충정이 잘 나타난 명문장으로 『고문진보(古文珍寶)』를 통해 우리나라에도 널리 알려졌다. 표(表)는 아래 사람이 위 사람에게 올리는 글(下言於上曰表)이다. 또 표는 '명백하게 밝힌다'는 뜻에서 신하가 주상을 깨우치려는 의도가 있고 그러하기에 아뢰는 사람의 충성과 진심이 들어 있다.

忠言逆耳 347)

(충언역이) 바른 말은 귀에 거슬린다.

---

347) 逆(거스를 역) 豎(더벅머리 수) 與(더불어 여) 謀(꾀할 모)

원소(袁紹)에게 조조의 본거지 허도를 공격하라고 건의했다가 오히려 원소로부터 쫓겨난 허유는 하늘을 보며 탄식한다.

"바른 말이 귀에 거슬린다지만 어리석은 사람은 함께 일을 꾸밀 수 없는 법(忠言逆耳 豎者 不足與謀) 내 자식과 조카가 이미 해를 당했거늘 내가 무슨 낯으로 고향 기주 사람들을 볼 수 있겠는가?"

그리고선 칼을 뽑아 자결하려고 했다. 주위 사람들이 급히 말렸고 허유는 조조를 찾아간다. (兵不厭詐 참고)

取鏡自照 348)

(취경자조) 거울에 비친 자신을 보다.

조조와 유비에 의해 하비(下邳)에 포위된 여포(呂布)는 아무 구원도 바랄 수 없는 절망 속에서, 믿는 것은 자신과 적토마뿐이었고, 아내 엄씨와 첩 초선과 함께 술로 우울한 심사를 달랜다. 그러던 어느 날 여포는 거울에 비친 자신을 보고 크게 놀란다.

"내가 주색에 많이 상했구나! 오늘부터 당장 술을 끊어야겠다.(吾被酒色傷矣, 自今日始當戒之)"

---

348) 取(취할 취) 鏡(거울 경) 照(비출 조)

그리고는 즉시 전 부하장졸에게 금주령을 내린다. 그런데 바로 이 금주령이 여포가 망하는 사단이 되었다. (死則死 何懼之有 참고)

治亂無常 349)

(치란무상) 치세(治世; 안정기)와 난세(亂世; 혼란기)는 무상하다.(언제나 바뀔 수 있다)

유비는 제갈량을 만나러 가다가 산간 소로에서 공명의 친우인 최주평(崔州平)을 만난다. 인사를 나눈 뒤, 현덕은 제갈량을 찾아가는 목적을 밝힌다. 이에 최주평이 웃으며 말한다.

"공께서는 혼란을 안정시킬 사람은 인심(仁心)을 가진 자 이어야 한다고 생각하지만, 예로부터 치세와 난세란 무상한 것입니다.(自古以來 治亂無常)

고조(高祖; 漢)가 백사(白蛇)를 베고 거의(擧義)한 이후, 무도한 진(秦)을 멸망시키니 이는 혼란에서 치세로 들어간 것입니다.(由亂而入治) 2백년 태평세월을 보낸 뒤 왕망(王莽)이 한을 찬탈 반역하니(서기 8년) 이는 치세에서 난세로 들어간 것입니다.(由治而入亂) (後漢의) 광무제(光武帝)가 중흥하여 제업(帝

349) 治(다스릴 치) 亂(어지러울 란{난}) 常(항상 상)

業)을 거듭 정돈하니 이는 다시 난세에서 치세로 들어간 것입니다.(서기 25년) 그 뒤 지금까지 2백년 동안 백성들은 오랫동안 안정을 누렸습니다. 이제 다시 사방에서 싸움이 벌어지니 지금이 바로 치세에서 난세로 들어가는 시기이며, 쉽게 안정되지는 않을 것입니다.

그런데도 장군께서 공명으로 하여금 온 세상의 일을 맡고 하늘과 땅의 갈라짐을 꿰매듯 큰 일을 시키려 하시는데 아마 쉽지는 않을 것이며, 공연히 마음과 몸만 고생할 것 같습니다. 공께서도 '하늘 뜻에 따르면 편안하고 하늘 뜻을 거역하면 고생한다는 말을 들으셨을 것입니다.(豈不聞順天者逸 逆天者勞)

정해진 천하 운수(運數)는 이치를 따져 뺏을 수 있는 것이 아니며, 정해진 천명(天命)은 사람이 억지로 바꿀 수 있는 것이 아닙니다."

七竅流血 350)

(칠규유혈) 일곱 구멍에서 피를 흘리다. 처참하게 죽다. 칠규(七竅)는 눈 귀, 코, 입의 7개 구멍(七孔)을 말한다.

형주를 차지하고 관우를 사로잡아 처형한 일등 공로는 당연히 여몽의 몫이었다. 손권은 큰 잔치를 열어 여몽을 상좌에 앉

350) 竅(구멍 규) 流 (흐를 류)

히고 "여몽의 지모가 주유(周瑜)나 노숙(魯肅) 못지 않다"고 칭찬한다. 그때 술잔을 받아 들던 여몽은 갑자기 술잔을 던지고 험악한 얼굴로 손권을 잡아 흔들고 욕을 퍼부으며 소리 지른다.

"나는 황건적을 격파한 뒤, 삼십년간 천하를 종횡으로 누비었는데 이번에 너희들이 간계를 써서 나를 죽게 하였다. 내가 살아 너의 살점을 씹지는 못하지만 죽어서 여가 놈의 혼령을 좇아 버릴 것이다. 나는 한 수정후 관운장이다."

이에 손권 이하 모든 사람들이 기겁을 하며 엎드려 여몽에게 절을 올렸다. 그러자 여몽은 일곱 구멍으로 피를 흘리며 죽었다.(七竅流血而死)

七擒七縱 351)

(칠금칠종) 일곱 번 잡았다가 일곱 번 풀어주다.

제갈량이 남만을 원정한 것은 위(魏)와 본격적인 전쟁을 하기 전에 배후를 절대적으로 안정시킬 필요가 있었기 때문이었다. 그리고 그 안정은 남만인을 심복(心服) 시켜야만 했다. (攻心爲上 참고)

때문에 공명은 남만왕 맹획(孟獲)을 그가 진정으로 굴복할

351) 擒(사로잡을 금) 縱(놓을 종)

때까지 생포했다가 풀어주곤 했다. 맹획이 일곱 번 사로잡혔을 때 공명은 사람을 보내 포박을 풀어주고 술과 음식을 대접케 한다. 동생과 함께 술과 음식을 먹고 있는 맹획에게 한 사람이 들어가 공명의 말을 전한다.

"공의 체면을 보아 승상께서는 만나지 않겠다고 하시며 속히 돌아가 다시 군사를 모아 승부를 겨루자고 하십니다."

그러자 맹획이 눈물을 흘리면서 말한다.

"예로부터 일곱 번 잡았다가 일곱 번 풀어주는 일은 없습니다.(七擒七縱 自古未嘗有也) 내가 비록 야만의 땅에 살지만 그렇다고 예의나 수치도 모르겠습니까?"

맹획은 형제 처자와 무리들을 이끌고 공명 앞에 나아가 울면서 말한다.

"제 자자손손이 모두 다시 태어난 은혜를 입었거늘 어찌 복종치 않겠습니까?(某子子孫孫 皆感覆 再生成之恩 安得不服)"
(盜跖 柳下惠之事 참고)

七步成章 352)

(칠보성장) 칠보를 걸으며 시를 짓다. 시재(詩才)가 뛰어남. 칠보지재.(七步之才)

---

352) 步(걸음 보) 章(글 장)

조조의 삼남 조식(曹植)은 시문에 뛰어나 '입만 열면 문장이 된다(出口成章)'는 명성이 있었다. 조식이 임치후(臨淄侯)로 임치에 머물면서 조조가 죽었는데도 분상(奔喪)하지 않자, 조비는 허저를 보내서 아우를 잡아온다.

조비는 조식을 차마 죽일 수 없어 만약 일곱 발짝을 걸으면서 시를 짓는다면 살려 주겠다고 말한다. 이에 조식은 7보를 걸으면서 두 마리의 소가 싸우는 모습으로 형제간의 다툼을 서술한 오언시(五言詩)를 읊어 사람들을 놀라게 한다.

그러나 조비는 "일곱 걸음에 시를 지은 것을 그래도 늦다고 생각하니, 말이 떨어지자 말자 시를 지을 수가 있는가?(七步成章 吾猶以爲遲 汝能應聲而作詩一首否)"라고 묻는다. 조식이 시제를 말해 달라고 하자 조비는 "너와 내가 형제이니 형제를 주제로 하되 형제라는 글자를 쓰지 않고 시를 지어라"고 말한다. 이에 조식의 그 유명한 '콩 삶는 콩깍지' 시가 즉석에서 나온다.

콩깍지를 때어 콩을 삶으니(煮豆燃豆萁)
콩은 솥 안에서 운다.(豆在釜中泣)
본래 같은 뿌리에서 났거늘(本是同根生)
어이 이리 심히 볶는가?(相煎何太急)

이 시를 들은 조비는 말없이 눈물을 흘렸다.

七十二疑塚 353)

(칠십이의총) 72개의 가짜 무덤.

조조는 건안 25년 봄 정월에 죽으면서 창덕부 강무성 밖에 자신의 진짜 무덤을 포함을 "72개의 의총(疑塚)을 만들어 후세 사람이 자신이 묻힌 곳을 알지 못하게 하라"고 유언하였다.(遺命設立疑塚七十二 勿令後人之吾葬處) 이는 후인의 발굴을 두려워했기 때문이다.

沈魚落雁 354)

(침어낙안) (미인 앞에서는 부끄러워) 물고기도 가라앉고 기러기도 땅에 떨어진다.

또 달도 모습을 감추고 꽃도 부끄러워한다는 뜻의 폐월수화(閉月羞花)란 말이 뒤따른다. 미인의 모습을 말할 때 관용적으로 쓰는 표현이다. 제갈량은 오(吳)의 군사력을 빌리기 위해 주유(周瑜)를 격분시킨다. 조조의 평생 소원은 천하를 평정하고 침어낙안의 얼굴(沈魚落雁之容)과 폐월수화의 몸매(閉月羞

353) 疑(의심할 의, 그럴듯할 의) 塚(무덤 총)
354) 沈(가라앉을 침) 落(떨어질 낙) 雁(기러기 안)

花之貌)를 가진 강동 교공의 두 딸(江東二喬)과 만년을 보내는 일이라 말해 주유를 격분시킨다. (江東二喬 참고)

探囊取物 355)

(탐낭취물) 주머니를 뒤져 물건을 꺼내기. 아주 쉬운 일.

원소와 조조의 싸움에서 관우는 필마단기로 원소 진영을 유린하고 안량의 목을 베어 온다. 조조는 "장군은 참으로 신인입니다(將軍眞神人也)"라고 감탄 칭찬하자 관공이 말한다.

"나를 칭찬할게 뭐 있습니까? 내 아우 장익덕은 백만 대군의 상장(上將) 머리를 잘라오기를 마치 주머니를 뒤져 물건을 꺼내듯 합니다.(吾弟張翼德百萬軍中 取上將之頭如探囊取物耳)"

이 말을 들은 조조는 크게 놀라 좌우를 둘러보며 말했다. "오늘 이후 만약 장익덕을 만나더라도 쉽게 맞서지 말라.(今後如遇張益德 不可輕敵)" (土鷄瓦犬 참고)

貪生怕死 356)

(탐생파사) 살기를 탐하고 죽음을 두려워하다.

---

355) 探(찾을 탐) 囊(주머니 낭) 取(취할 취) 物(만물 물)
356) 貪(탐할 탐) 怕(두려워할 파) 死(죽을 사) 徒(무리 도)

조조는 국정을 마음대로 주무르면서 헌제를 허수아비로 만든다. 헌제는 조조를 제거하려고 손가락을 깨물어 피로 쓴 비밀조서를 국구(國舅)인 거기장군 동승(車騎將軍 董承)에게 내린다. 이에 동승은 10명의 동지를 규합한다.

이때 서량태수 마등(馬騰)이 동승을 찾아와 조조의 횡포와 농간에 대해 비분강개(悲憤慷慨)하며 울분을 토로한다.

"공은 황실의 인척으로 주색만을 탐하고 나라의 도적을 토벌할 생각도 하지 않으니 어디에서 황실을 도와 국난을 타개할 인재를 구할 수 있겠소?"

그래도 동승이 내색하지 않자 마등은 일어서며 탄식한다.

"살기를 탐하고 죽음을 두려워하는 무리들과는 큰일을 의논할 수 없다.(貪生怕死之徒 不足以論大事)"

이에 동승은 마등의 충의를 알고 같이 일을 꾸며 '죽더라도 약속을 저버리지 말자고 맹세(誓死不負所約)'하나, 결국에는 탄로나고 동승은 죽음을 당한다.

泰山之安

(태산지안) 태산처럼 편안함.

익주(益州)의 유장은 황건적 잔당 장로(張魯)와 조조의 침략에 대비하여 유비를 불러들일 뜻을 갖고 있었다. 그러나 유장의 참모 황권(黃權)은 "유비는 영웅이며 원근에 두루두루 민심을 얻고 있으며 제갈량 관우 장비 등 문무를 겸비한 인재를 거느리고 있어 결코 불러들여서는 안 된다"고 반대하였다.

황권은 자신의 의견에 따르면 촉은 "태산처럼 안전(泰山之安)"하거나 그렇지 않으면 "쌓아놓은 계란처럼 위태롭다(累卵之危)"고 말한다. (心腹之患 참고)

泰山治鬼 357)

(태산치귀) 태산에서 귀신을 다스리다.

평원(平原) 사람 관로(管輅)는 주역(周易)에 박통하여 인간의 운명을 정확하게 예언하는 신통력을 갖고 있었다. 관로는 조조가 아플 때 불러와 점을 친다. 조조는 관로에게 벼슬을 관직을 줄 터이니 근무할 수 있느냐고 묻는다.

이에 관로는 자신의 태생이 "태산에서 귀신을 다스릴 수 있지만 사람의 일을 주관할 수 없다(只可泰山治鬼 不能治主人也)"며 사양한다. 중국 사람들은 모든 귀신들의 총 본부가 태산(泰山)에 있다고 생각했다.

---

357) 泰(클 태) 鬼(귀신 귀)

土鷄瓦犬 358)

(토계와견) 흙으로 만든 닭, 진흙으로 구운 개. 형상은 비슷하나 형편없음.

건안 6년(서기 201년) 원소의 10만 정병과 조조의 15만 대군이 여양(黎陽) 부근에서 싸울 때, 조조의 요청으로 출전한 관우는 산 위에서 원소의 진영을 살폈다.

"하북의 인마가 저처럼 웅장하구나!"

진영을 살핀 조조가 감탄하자 관우가 말했다.

"내가 보기엔 마치 흙으로 만든 닭, 진흙으로 구운 개와 같습니다.(以吾觀之 如土鷄瓦犬)"

이어 전투가 벌어지고 관우는 원소 진영의 대장 안량(顔良)의 머리를 베어 바친다. 조조는 관우의 무공을 높이 평가하고 황제에게 주청하여 수정후(壽亭侯)에 봉한다. 관우는 이때까지도 유비가 원소에 의탁하고 있다는 사실을 모른다. 그리고 이로 인해 유비는 한때 곤경에 처한다.

---

358) 鷄(닭 계) 瓦(기와 와,질그릇 와) 犬(개 견)

兎死狐悲 359)

(토사호비) 토끼의 죽음을 여우가 슬퍼하다. 서로의 처지를 보고 자신을 헤아려 동류(同流)의 슬픔을 같이하다.

남만 원정에 나선 제갈량은 맹획의 친형 맹절의 도움으로 각종 악천(惡泉)의 위기를 벗어난다.

이때 남만의 한 동주(洞主)인 양봉(楊鋒)이 그 아들과 무리 3만을 거느리고 맹획을 돕겠다고 찾아온다. 맹획이 그들을 위해 잔치를 베풀 때, 양봉은 오히려 그 때를 이용하여 맹획 맹우 형제를 사로잡는다. 이에 맹획이 양봉을 비난한다.

“토끼의 죽음을 여우가 슬퍼한다는 말처럼 모두가 동료를 다치게 하지 않는데(兎死狐悲 勿傷其流) 우리는 다 같은 동주로 지난 날 아무런 원한도 없었는데 왜 나를 해치는가?”

“우리들은 이미 제갈 승상으로부터 목숨을 다시 얻는 것과 같은 은혜를 입었으나 보답한 것이 없었다”

양봉은 이렇게 대답하며 맹획을 잡아 제갈량에게 바친다. 그러나 이번에도 제갈량은 맹획 형제를 모두 풀어준다.

359) 兎(토끼 토) 狐(여우 호)

投鼠忌器 360)

(투서기기) 쥐를 잡고 싶어도 그릇을 깰까 걱정하다. 간악한 사람을 벌하고 싶어도 혹 선한 사람에게 다른 손해가 있을까 두려워하여 망설인다는 뜻.

조조와 유비는 여포를 죽이고 허도로 개선한다. 유비는 헌제를 배알하고 좌장군의성정후(左將軍宜城亭侯)에 봉해진다. 그러면서 유비가 헌제의 숙부 항렬이라 하여 이때부터 유황숙(劉皇叔)이라 불린다.

조조는 헌제에게 권유해 허전(許田)에서 사냥을 한다. 조조가 황제의 화살로 사슴을 쏘아 잡자 군신들이 황제가 쏜 줄 알고 환호한다. 조조는 황제를 가로막고 앞에 나서서 환호에 답한다. 이를 본 관우는 크게 분노하면서 조조를 죽이려 한다. 그 순간 유비는 눈짓으로 관우를 제지한다.

사냥에서 돌아온 뒤, 관우가 유비에게 왜 제지했느냐고 묻자 유비가 말한다.

"쥐를 잡고 싶어도 그릇 깰까 걱정한다(投鼠忌器)는 말처럼, 황제와 조조가 겨우 말머리 하나 만큼 떨어졌고 조조의 심복들이 둘러싸고 있는데 만약 아우가 한 때 의분을 새기지 못하고 가벼이 손을 썼다가, 혹 일이 잘 안되어 천자라도 다치게

---

360) 投(던질 투, 잡다) 鼠(쥐 서) 忌(꺼릴 기) 器(그릇 기)

된다면 그 허물을 모두 우리가 덮어 쓸 것이 아니겠는가!"

破巢之下 安有完卵 361)

(파소지하 안유완란) 부서지는 둥지에 알인들 온전하겠는가! 근본이 무너지는데 다른 무엇이 안전하겠는가!

조조의 50만 대군을 동원한 강남 원정을 반대했던 공융(孔融)은 조조의 명을 받은 정위(廷尉)에게 끌려가 죽음을 당한다. (無義之師 참고)

나이가 어린 공융의 두 아들은 바둑을 두다가 참변 소식을 듣는다. 빨리 피신하라는 주위 사람들의 말에 두 형제는 전혀 놀라지 않고 말한다.

"부서지는 둥지에 알인들 온전하겠는가!(破巢之下 安有完卵)"

공융 일가는 모두 죽음을 당했다.

八陣圖 362)

(팔진도) 제갈공명이 구성했다는 여덟 종류의 부대 배치형태.

---

361) 破(깨뜨릴 파) 巢(둥지 소) 安(무엇 안; 의문사) 卵(알 란{난})
362) 陣(줄 진. 진영) 圖(그림 도)

공명은 촉에 들어가면서 뒷날에 있을 오(吳)의 침입에 대비하여 어복포(魚腹浦)란 곳에 돌을 쌓아 팔진도를 설치했고 이는 10만 정병을 매복시킨 효과가 있다고 말했다.

유비의 70만 대군이 육손(陸遜)에게 완파되고 유비는 겨우 조운의 구원을 받아 백제성에 피신한다. 이때가 장무 2년(서기 222년) 6월이었다. 한편 육손은 전선을 시찰하던 중 살기가 충천하는 곳을 보고 필시 복병이 있을 것이라며 척후병을 내 보낸다. 그러나 아무런 인마도 없다는 보고를 받고 육손 자신이 그 곳을 찾아 들어간다.

육손은 갑자기 일어나는 폭풍 속에 길을 잃고 헤맨다. 결국 한 노인의 도움을 받아 그 돌무더기 사이를 벗어난다. 그 노인은 바로 제갈공명의 장인 황승언(黃承彦)이었다.

육손은 황승언으로부터 제갈공명이 이곳에 팔진도를 포진하고 서천(촉)에 들어가면서 "뒷 날 오의 장수가 이곳에서 헤매다가 죽을 것이니 구원하지 말라"는 부탁을 받았지만 자신이 선행 베풀기를 좋아하기에 구원해 주었다는 말을 듣는다.

그리고 자신이 사문(死門)으로 들어갔기에 죽을 수밖에 없었다는 사실도 알게 된다. 자기 진영으로 들어온 육손은 "공명은 정말로 와룡(孔明眞臥龍也)"이라며 감탄한다. 육손은 촉에 대한 공격을 중단하고 조비의 내침에 대비한다.

敗將不言勇 363)

(패장불언용) 패전한 장수는 용감했다고 말할 수 없다.

위 경원(景元) 4년(서기 263년) 7월 실권자 사마소는 종회(鍾會)에게 10만 군을 주어 촉한을 정벌케 한다. 이에 대해 소제(邵悌)란 사람이 "촉을 멸망시킨 뒤, 종회의 뜻이 변할 지 모른다"며 걱정을 하자 사마소가 웃으며 말한다.

"종회 혼자만이 촉을 멸망시킬 수 있다고 말한 것은 그가 촉을 두려워하지 않는 증거이니 종회는 틀림없이 촉을 멸망시킬 것이다. 촉이 멸망한다면 그들 촉인들은 완전 낙망할 것이다. 본래 패전한 장수는 용감했다고 말할 수 없고(敗軍之將 不可以言勇) 망국의 대부들은 살기를 꾀할 수 없는 것이다.(亡國大夫 不可以圖存) 만약 종회에게 딴 뜻이 있다한들 촉 사람들 누가 종회를 도울 것이며 우리 군사들이 승리하면 귀향하고 싶은 병사들이 종회를 따라 배반하지는 않을 것이다."

扁鵲倉公 364)

(편작창공) 편작과 창공. 중국 의원(醫員)의 시조라 할 수

363) 敗(패할 패) 勇(날쌜 용)
364) 扁(넓적할 편) 鵲(까치 작) 倉(곳집 창)

있음. 편작은 고대 황제(黃帝) 때의 양의(良醫)였고 창공은 한 대의 명의(名醫)인 순우의(淳于意)를 말한다.

『삼국지』의 기록으로 보면 화타(華陀)는 당시에 내과와 외과를 구분했고, 마취약인 마폐탕(痲肺湯)을 조제하여 수술 전에 이용했으며, 기생충에 의한 질병과 그 감염 원인을 알고 있었다. 그리고 약(藥)과 침(鍼) 뜸(灸)을 이용한 치료로 화타의 '손만 닿으면 병이 치유되는(隨手而愈)' 유능한 의사였다.

화타는 독화살을 맞은 관우의 오른 팔 수술을 이미 성공적으로 마친 뒤였다. 조조가 두통으로 시달리자 화흠이 "진정 편작과 창공 같은 사람(眞扁鵲倉公之流)"이라며 화타를 조조에게 추천한다.

화타는 조조의 두통의 원인이 뇌대(腦袋)에 있다며 수술을 권유했으나 조조는 자기를 죽이려 한다고 화타를 의심하고 하옥했다가 처형한다.

옥중의 화타는 자신의 의학 지식과 치료기술을 기록한 청낭서(靑囊書)를 오(吳)씨 성을 가진 옥졸에게 넘겨주었다. 그러나 옥졸의 무식한 아내가 이를 불태웠기에 화타의 청낭서가 세상에 알려지지 않았다고 한다. (聖手能醫 참고)

飽學之士 365)

(포학지사) 박학다식(博學多識)한 문사.(文士)

건안 15년, 동작대 낙성식에서 무사들은 활쏘기 시합을 벌여 조조를 기쁘게 했다.

이날 조조가 문신들의 헌수를 받으면서 말했다.

"공들은 모두 학식이 가득 찬 문사들이거니 이 동작대에 올라 아름다운 시문을 지어 올려 오늘의 좋은 일을 기념하지 않겠는가?(公等皆飽學之士 登此高臺 可不進佳章 以紀一時之勝事乎)"

이날 문사들이 지은 글에는 조조의 공덕이 위대하니 천명을 받음이 마땅하다는 내용이 많았다. 그러나 조조는 자신은 죽어 묘에 '한고정서장군조후지묘(漢故征西將軍曹侯之墓)'라 쓸 수 있으면 족할 뿐 다른 뜻이 전혀 없음을 강변했다.

이를 두고 『삼국지』에서는 "누가 그 일생의 진위를 알겠는가?(一生眞僞有誰知)"라고 말했다.

---

365) 飽(물릴 포. 배부르다.)

河北義士 袁氏不用 366)

(하북의사 원씨불용) 하북 지방의 의사(義士)들을 원씨가 등용치 아니하다.

조조는 원소의 장남인 원담을 남피(南皮)란 곳에서 죽인다. 그리고 원담의 목을 공개하며 그 앞에서 곡(哭)을 하는 자는 모두 참수한다는 영을 내린다. 그때 청주(靑州)의 왕수(王修)는 원담의 죽음을 애도하다가 조조 앞에 끌려온다.

조조가 "너는 죽음이 두렵지 않느냐"고 묻자 왕수가 대답한다.

"그가 살았을 때 그의 녹을 먹었는데, 지금 그가 죽었다고 곡을 하지 않는다면 의(義)가 아닙니다. 만약 원담의 시신을 거두어 장례를 치를 수 있다면 죽어도 한이 없겠습니다."

이에 조조가 탄식한다.

"하북에 의사들이 어찌 이리도 많은가? 원씨가 이들을 등용치 않은 것이 참으로 애석하다.(河北義士 何其如此多也 可惜袁氏不用) 만약 이들을 등용했더라면 내가 어찌 이 땅을 차지하려고 엿볼 수 있었겠는가?(若能用 則吾安敢正眼覷此地哉)"

조조는 왕수에게 원담의 장례를 허용하고 벼슬을 내렸다.

---

366) 河(물 하; 황하 지칭 고유명사) 袁(옷이 긴 모양 원)

何惜一馬 367)

(하석일마) 어찌 말 한 마리를 아까워하랴.

동탁이 낙양에 입성한 뒤, 여포를 휘하에 넣으려 할 때 동탁의 부장 이숙(李肅)은 하루에 천리를 달린다는 동탁의 적토마와 금은 보화로 여포를 회유하겠다고 건의하면서 이숙이 동탁에게 말했다.

"만약 주공께서 천하를 얻고자 한다면 어찌 말 한 마리를 아까워하겠습니까?(主公欲取天下 何惜一馬)"

漢得張良 368)

(한득장량) 한(漢)나라가 장량(張良)을 얻다. 아주 훌륭한 인재를 얻다.

신야(新野)에서 서서(徐庶)와 눈물로 이별한 유비는 서서가 되돌아오는 것을 보고 반긴다. 돌아 온 서서는 양양성(襄陽城)

---

367) 何(어찌 하) 惜(아낄 석)

368) 漢(나라 이름 한) 得(얻을 득) 良(좋을 량) 관중(管仲; 제 환공을 도와 패업을 이룩한 사람. 관중과 포숙아 우정管鮑之交의 주인공) 악의(樂毅춘추시대 제의 장군)

밖 이십리쯤에 사는 제갈량(諸葛亮)을 유비에게 추천한다.

“이 사람을 억지로 오게 할 수 없으니 사군(使君; 유비)께서 몸소 찾아가시어 초빙하십시오.(此人不可屈至 使君可親往求之) 만약 이 사람을 얻을 수만 있다면 주(周)나라가 여망(呂望; 姜太公)을 얻고 한(漢)이 장량(張良)을 얻은 것과 다르지 않습니다.(若得此人 無異周得呂望 漢得張良矣)”

이에 유비가 묻는다.

“이 사람의 재주와 덕행이 선생에 비해 어떻습니까?”

“저를 이 사람에게 비교하는 것은 마치 노둔한 말이 기린과 나란히 가고 까마귀가 난새나 봉황과 짝을 하는 것과 같을 것입니다.(以某比之 譬如駑馬幷麒麟 寒鴉配鸞鳳)

그리고 이 사람이 늘 자신을 관중(管仲)이나 악의(樂毅)에 비교하지만 제가 볼 때는 관중과 악의도 절대로 이 사람을 따라오지 못할 것입니다. 이 사람은 경천위지의 재능을 지녔으니 아마도 천하에 제일 가는 사람일 것입니다.(此人有經天緯地之才 蓋天下一人也)”

韓信歸漢 369)

(한신귀한) 한신(韓信)이 한 고조(高祖 劉邦)에게 귀순하다.

---

369) 韓(나라 이름 한) 歸(돌아갈 귀)

한신은 본래 항우(項羽) 밑에서 군량을 담당하던 부장이었으나 항우가 중용하지 않자 유방의 군영을 찾아온다. 나중에 소하(蕭荷)의 추천으로 대장군이 되어 한의 군사를 지휘하여 항우를 격파한다. 이처럼 항우가 인재를 적재적소에 등용하지 못해 한의 편으로 돌아선 인물(한신, 진평 등)이 많았다.

조조와 원소가 마지막 대전을 벌일 때, 조조의 공격으로 원소는 군량을 다 잃었다. 원소의 부장 장합(張郃)과 고람(高覽)은 참언을 믿는 원소에게 배척 당할 것이 확실해지자 그냥 앉아서 죽음을 기다릴 수(坐而待死) 없다며 조조에 투항한다.

조조의 참모 하후돈은 그들의 투항을 의심하지만 조조는 확신을 갖고 받아들인다. 조조는 그들 두 사람에게 말했다.

"만약 원소가 두 장군의 말을 들었더라면 그렇게 패하지는 않았을 것이요. 오늘 두 장군이 같이 투항한 것은 은(殷)의 현인 미자(微子)가 은나라를 떠나고, 한신이 한(漢)에 귀의한 것과 같소이다.(今二將軍 肯來相投 如微子去殷 韓信歸漢也)"

조조는 장합과 고람을 바로 편장군(偏將軍)에 임명하며 작위를 주었고. 이들은 원소 격파에 큰공을 세운다.

寒鴉配鸞鳳 370)

(한아배난봉) 갈가마귀와 난새와 봉황. 절대로 같이 비교할

370) 寒(찰 한) 鴉(갈가마귀 아) 配(짝 배) 鸞(난새 난{란}) 鳳(봉새 봉)

수 없는 상대.(漢得張良 참고)

割鷄焉用牛刀 371)

(할계언용우도) 닭을 잡는데 어찌 소 잡는 큰칼을 쓰겠는가. 작은 일에 큰 인물을 쓸 필요가 없다.

동탁을 토벌하려는 의병부대는 원소(袁紹)를 맹주로 내세운다. 토벌군의 선봉인 장사태수 손견(長沙太守 孫堅)이 사수관(汜水關)을 공격하자, 낙양 승상부의 동탁은 여포를 내보낸다. 여포는 출전하면서 동탁에게 말한다.

"저는 관외 제후들을 마치 초개(草芥)와 같다고 생각합니다. 호랑이처럼 용맹한 군사들을 데리고 나가 그들 목을 모두 베어다 바치겠습니다."

그러자 여포 뒤에서 화웅(華雄)이 튀어나오면서 소리지른다.

"닭을 잡는데 어찌 소 잡는 큰칼을 쓰겠습니까.(割鷄焉用牛刀) 온후(溫侯; 呂布)께서 힘들여 친히 출정할 필요가 없습니다. 저들 목을 베는 것은 마치 주머니를 뒤져 물건을 꺼내는 것처럼 쉬운 일입니다.(探囊取物)"

화웅은 손견의 군사를 격파하며 기세를 올렸다. 이 화웅은

---

371) 割(벨 할) 鷄(닭 계) 焉(어찌 언)

뒷날 관우의 손에 죽는다.

割席分坐 372)

(할석분좌) 자리를 갈라 따로 앉다. 절교하다.

화흠(華歆)과 관녕(管寧)은 젊어 같이 수학했었다. 두 사람이 밭일을 하다가 금 덩어리를 일구었는데 관녕은 즉시 흙으로 덮고 보지 않았으나 화흠은 호미로 캐내 만져본 뒤 땅에 묻었다고 한다.

두 사람이 독서할 때, 밖에서 고관의 행차소리가 들려 왔다. 관녕은 자세를 바꾸지 않고 독서를 계속했지만 화흠은 책을 덮고 나가 행차를 구경했다.(管寧端坐不動 歆棄書往觀)

이에 관녕은 화흠의 사람됨을 낮게 평가하고 자리를 갈라 따로 앉아 다시는 화흠을 벗으로 생각하지 않았다.(寧自此鄙歆之爲人 遂割席分坐 不復與之爲友)

관녕은 뒷날 요동으로 피신한 뒤, 늘 하얀 관을 쓰고 누각에서 내려오지 않으며(위(魏) 땅을 밟지 않겠다는 뜻) 위 나라 섬기기를 끝까지 거부했다. 반면 화흠은 손권을 섬기다가 다시 조조의 신하가 되어 헌제(獻帝)의 복황후(伏皇后)를 잡아죽이

---

372) 割(나눌 할) 席(자리 석) 坐(앉을 좌)

는 일을 담당하여 악명을 남겼다.

緘口無言 373)

(함구무언) 입을 실로 봉한 듯 말이 없음.

형주의 유기(劉琦)가 죽자, 손권은 노숙을 보내어 형주를 넘겨달라고 요구한다. 이에 대하여 제갈량은 "유비는 황숙이기에 형주를 계승할 수 있으나 손권은 조정에 아무런 공적도 없이 6군(郡) 81주(州)를 소유하고서도 욕심이 모자라 형주를 요구하느냐"고 반박한다.

그리고 아무리 주유가 조조를 격파하는데 지모를 다하고 군사력을 동원했다지만 자신의 힘으로 동남풍이 불게 하지 않았다면 성공할 수 없었다고 조리 있게 반박한다. 이에 노숙은 입을 실로 봉한 듯 말이 없었다.(緘口無言)

나중에 노숙은 "그냥 돌아간다면 자기의 처지가 곤란하다" 말했고 제갈량은 유비가 서천(西川; 蜀)을 차지해 근거를 마련하면 형주를 돌려주겠다는 문서를 만들어 준다.

노숙의 보고를 받은 주유는 유비가 어느 세월에 서천을 차지할 수 있겠느냐 하면서 "제갈량의 꾀에 넘어 갔다"고 말한다. 그 문서에 대해 손권도 "너는 어찌 이리 멍청하냐(你却如

---

373) 緘(봉할 함)

此糊塗)"고 말했다.

降易戰難 374)

(항이전난) 항복은 쉬운 일이고 전쟁은 어려운 일이다.

조조가 형주를 차지하고 난 뒤, 손권에게 강하에서 서로 만나 사냥을 하자고 제의한다. 이는 같이 협력하여 궁지에 몰린 유비를 토벌하자는 명분이지만, 손권의 항복을 은근히 강요하는 뜻이었다.

이에 대해 오(吳)에서는 조조에게 항복한 뒤 오의 영토를 지키느냐 아니면 유비와 협력하여 싸우느냐 하는 논쟁이 벌어진다. 일반 문신들은 투항을, 무신들은 전쟁을 주장하는 가운데, 손권에게 가장 결정적인 조언을 할 수 있는 주유(周瑜)는 여러 사람들의 의견을 묻고 그 의향을 떠본다. 나중에 주유를 찾아온 제갈근(諸葛瑾)에게 주유가 의견을 묻는다.

이에 제갈근은 자기 동생 제갈량이 유비의 사신으로 왔기에 자기는 무어라 말할 수 없다고 의견 개진을 회피한다. 그래도 주유가 다시 묻자 제갈근이 말한다.

"항복하는 것은 쉽고 편안하지만 전쟁은 그만큼 힘듭니다.

---

374) 降(항복할 항) 易(쉬울 이) 難(어려울 난)

(降者易安 戰者難保)”

行非常之事 有非常之功

(행비상지사 유비상지공) 비상한 일을 해야 특별한 공을 이룰 수 있다. 평범한 생각, 행동으로는 특별한 일을 성취할 수 없다.

동탁의 횡포와 그 부장 이각 곽사의 난으로 수도 낙양은 완전히 파괴되었고 건안 원년(建安 元年, 서기 196년)의 대 기근으로 상서랑 이하 모든 관리들이 성밖에 나가 초근목피로 연명할 때, 헌제를 옹위하고 있는 조조에게 허도(許都)로 천도를 건의한 사람은 정의랑 동승(正議郎 董昭)이었다.

동소는 조조에게 패업(覇業)을 이루려면 조정 대신들이 싫어하지만 허도로 천도를 결행해야 한다고 말한다.

“대개 비상한 일을 해야만 특별한 공적이 있는 것이오니(行非常之事 有非常之功) 장군은 결단을 내리시기 바랍니다.”

이후 조조는 모사들과 더불어 천도 계획에 착수한다.

건안 4년(서기 199년) 원소(袁紹)가 조조를 토벌할 때, 원소가 각 주군에 뿌린 격문에는 “이 때문에 비상한 사람이 있은 뒤에 비상한 일이 있고(是以有非常之人 然後有非常之事) 비상한 일이 있은 뒤에 비상한 공을 이룰 수 있다(有非常之事 然

後立非常之功)"고 하였다.

許楮眞忠 375)

(허저진충) 허저의 변함 없는 충성심.

허저(字 仲康)는 본래 초국 초현(譙國 譙縣) 사람으로 8척 장신에 황소 2마리의 꼬리를 잡아 끌만큼 힘이 장사였다. 조조를 만난 이후 변함이 없는 충성심으로 조조의 목숨을 여러 번 구했다.

건안 원년 조조가 낙양에서 헌제를 옹립하고 세력을 키워나갈 때 이각의 잔당 부장 2명을 한번에 죽였다. 이에 조조는 허저의 등을 두드리며 "정말로 나의 번쾌로다(眞吾之樊噲也)"라고 말하며 기뻐했다. 번쾌는 한(漢) 고조 유방(劉邦)과 동향인으로 한 건국에 큰 공을 세운 장군이다.

虛虛實實 376)

(허허실실) 허와 실이 일정하지 않음. 허한 듯 보이는 곳이 실하고 실한 것 같으면서도 허함.

---

375) 許(허락할 허) 楮(닥나무 저)
376) 虛(빌 허; 비워두다) 實(열매 실; 채우다)

적벽대전의 개시와 함께 공명은 각 장수들에게 소임과 작전을 지시한다. 그러나 관우에게는 아무런 임무를 주지 않는다.

공명은 나중에 화용도(華容道)에서 조조를 잡으라는 지시와 함께 조조를 살려보내면 군법에 의거 처리한다는 군령장을 작성하게 한다. 또 공명은 화용도에서 연기를 피워 조조를 유도하라고 관우에게 지시한다.

관우는 "그리하면 복병이 있는 줄 알고 조조가 다른 길을 택할 것"이라고 반대한다. 그러자 공명이 웃으며 말한다.

"병법에 허와 실이 일정하지 않다는 말을 아직 들어보지 못했습니까?(豈不聞兵法 虛虛實實之論) 조조는 용병(用兵)에 아주 능한 만큼 이렇게 해야 그를 속일 수 있습니다. 조조가 피어오르는 연기를 보면 이를 우리의 허장성세(虛張聲勢)라 생각하고 틀림없이 그 길로 접어들 것이니 장군은 절대로 온정을 베풀지 마십시오"

공명의 예측은 정확했다. 조조는 주유의 공격을 받아 대패한 뒤, 오림(烏林) 서쪽에서 한바탕 웃다가 조자룡한테 당하고, 강릉(江陵)으로 도주하는 중간에 호로구(葫蘆口)에서 또 한바탕 웃다가 장비한테 혼이 난다. 그리고 화용도에서 연기가 피어오르는 것을 보고 화용도로 가라고 명령하며 말한다.

"병서에 있는 허한 곳은 실한 듯, 실한 곳은 허한 듯 꾸미라는 말을 듣지 못하는가?(豈不聞兵書有云 虛則實之 實則虛之) 제갈량은 지모가 많아 병사에게 연기를 피우게 하여 우리를 저 길로 들어서지 못하게 하고 지금 대로변에서 우리를 기다리고 있을 것이다."

그러자 모든 부장들이 "승상의 신묘한 계산을 누구도 따르지 못할 것입니다.(丞相妙算 人不可及)"하고 치하했다. 그러나 제갈량은 역시 조조보다 한 수 위였다. 조조는 화용도의 중간에서 주유와 제갈량이 이런 곳에 매복을 하지 않았다며 한바탕 웃다가 바로 운장을 만난다. (逢山開路, 義重如山 참고)

獻西施之計 377)

(헌서시지계) 미인 서시(西施)를 헌납하는 계략. 미인계.

제갈량은 기지로 주유를 격분시켜 오로 하여금 조조와의 싸움에 참전케 한다. 이때 제갈량은 주유에게 조조가 원하는 미인 강동이교(江東二喬)를 바치는 미인계를 쓰라고 말한다.

제갈량은 "옛날 범려(范蠡)가 서시라는 미인을 바친 것과 같으니 빨리 시행하는 것이 좋겠다"고 말한다.

서시는 춘추시대 월(越)의 미인이다. 월왕 구천(句踐)은 오왕 부차(夫差)에게 패해 목숨을 구걸한다. 부차의 용서로 목숨을 유지한 구천은 쓸개를 핥으며 재기와 복수를 계획한다. 구천과 그 신하 범려는 부차가 호색한다는 사실을 알고 서시라는 미인을 골라 걸음걸이와 가무를 가르친 다음 부차에게 바친다.

---

377) 獻(바칠 헌) 施(베풀시)

부차는 서시에 빠져 국정을 돌보지 않다가 재기한 구천에게 패하면서 나라도 멸망한다. 서시는 미인의 대명사로 중국 고사에 자주 등장한다. (江東二喬 참고)

兄弟如手足 妻子如衣服 378)

(형제여수족 처자여의복) 형제는 수족이요 처자는 의복과 같다.

술 때문에 모처럼 근거로 마련했던 서주를 상실하고 또 유비의 가족도 구해내지 못한 장비는 관우의 책망을 듣자 자결하려고 칼을 빼든다. 이에 유비가 장비를 끌어안고 칼을 뺏어 던지며 말한다.

"옛 사람이 형제는 수족과 같고 처자는 의복과 같다고 말했다.(古人云兄弟如手足 妻子如衣服) 의복이 찢어지면 다시 꿰맬 수 있지만 손발이 잘려나가면 어찌 다시 이을 수 있겠는가!(衣服破尙可縫 手足斷安可續) 우리 세 사람이 도원결의를 하면서 같은 날 태어나지는 않았지만 오직 같은 날 죽기를 바란다 했거늘, 지금 성하나와 처자를 잃었다고 어찌 형제를 죽게 하겠는가! 하물며 서주는 본디 내 것이 아니었고 처자권속이 성안에 있지만 여포가 해치지 않을 것이며 다시 구해낼 방도가 있을 것인데 아우는 어찌하여 한때의 실수 때문에 목숨

---

378) 如(같을 여) 妻(아내 처) 衣服(의복; 옷)

을 버리려 하는가?"

말을 마친 유비가 대성통곡하니 관우 장비도 크게 감격하여 같이 울었다.

虎踞鯨呑 379)

(호거경탄) 호랑이가 웅크리고 고래가 삼켜버릴 듯한 위세. 군세(軍勢)가 웅장함.

조조의 수군은 장강에 빽빽이 밀집대형을 이루면서 기세를 올리고 있었다. 주유의 군사는 물에 익숙했지만 숫자적으로 열세였다. 어느 날, 조조의 진영을 살펴본 주유가 갑자가 피를 토하고 쓰러져 인사불성(人事不省)이 되었다. 모든 부장들이 문병하고 서로를 바라보며 걱정했다.

"강북에는 호랑이가 웅크리고 고래가 삼켜버릴 듯 백만 대군이 있는데, 갑자기 도독이 이렇듯 쓰러졌으니, 만약 조조의 대군이 밀려오면 어찌하겠는가.(江北 百萬之衆 虎踞鯨呑 不料都督如此 倘曹兵一至 如之奈何)"

주유 진영에서 명의를 구한다고 서두를 때, 제갈량은 "주유의 병에는 자신이 바로 명의"라 하면서 주유를 찾아가 만난다. (萬事具備 참고)

---

379) 踞(웅크릴 거) 鯨(고래 경) 呑(삼킬 탄)

狐群狗黨 380)

(호군구당) 여우나 개의 떼. 악당의 무리.(狐朋狗友) 질서가 없는 도둑의 무리들.(황건적 잔당의 모습)

虎女嫁犬子 381)

(호녀가견자) 호랑이 딸이 강아지에게 시집가다.

한중(漢中)을 차지한 유비가 한중왕을 자칭하며 자립하자, 조조는 오의 손권에게 유비를 공격하여 형주를 뺏자는 제의를 한다. 손권은 조조의 사신을 좋은 말로 접대해 돌려보내고 형주를 지키는 관우의 동정을 살핀다. 손권은 제갈근을 관우에게 보내어 양가 혼인을 제의한다. 이에 제갈근이 형주에 가서 관우를 만난다.

"오후(吳候)에게 총명한 아드님이 한 분 계신데 듣자니 장군도 한 따님을 두었다니 특별히 청혼하오니, 양가 혼인을 맺고 힘을 합하여 조조를 격파한다면 이 얼마나 좋은 일이겠습니까?"

이 말을 들은 관우가 얼굴을 붉히며 벌컥 성을 내어 말한다.

---

380) 狐(여우 호) 群(무리 군) 狗(개 구) 黨(무리 당)
381) 嫁(시집갈 가) 犬(개 견, 하찮은 것)

"나의 호랑이 딸 같은 애를 어찌 강아지에게 시집보내겠는가?(吾虎女安肯嫁犬子) 당신 동생의 체면을 생각지 않았다면 당장 목을 자를 것이니 두 번 다시 여러 말하지 마시오.(不看汝弟之面 立斬汝首 再休多言)"

관우가 대노하자 제갈근은 '고개를 숙이고 쥐가 구멍에 숨듯(抱頭鼠竄)' 돌아간다.

虎無爪 鳥無翼 382)

(호무조 조무익) 발톱 빠진 호랑이 날개 잃은 새. 모든 세력을 완전히 상실한 모습.

이각의 옛 장수였던 양봉(楊奉)은 조조가 낙양에 입성 한 뒤, 조조를 피해 서쪽 대량(大梁)땅으로 이동한다. 조조가 혹 이들이 이각이나 곽사와 재결합할까 염려하자 동소(董昭)가 말한다.

"발톱 빠진 호랑이이며 날개 잃은 새입니다.(虎無爪 鳥無翼) 오래지 않아 주공에게 사로잡힐 것이니 마음 쓰지 마십시오."

382) 爪(손톱 조) 翼(날개 익)

虎父無犬子

(호부무견자) 호랑이 같은 아비에 개 같은 자식 없다. 엄한 아비 아래 나쁜 자식 없다. 용장 아래 약졸 없다.

관우가 전사하고 장비가 횡사한 뒤, 유비는 국력을 다해 오(吳) 원정에 나선다. 관우의 아들 관흥(關興)과 장비 아들 장포(張苞)는 여러 차례 공을 세운다. 관흥과 장포가 오 장수들을 죽이고 한당과 주태를 물리치자 유비가 감탄하여 말한다.

"호랑이 같은 아비에 개 같은 자식 없다.(虎父無犬子)"

또 오의 장수 반장(潘璋)을 죽이고 관우의 청룡언월도를 다시 찾아 온 사람도 관흥이었다. 관흥과 장포의 활약으로 관우와 장비를 죽인 사람들을 모두 잡아 원한을 씻지만 손권을 정벌할 수는 없었다.

皓月之明 383)

(호월지명) 밝은 달의 밝기.

조조는 유비가 제갈량을 맞이하고 신야성에서 군사를 조련한다는 보고를 받는다. 조조는 하후돈(夏侯惇)을 도독에 임명

383) 皓(밝을 호) 螢(반딧불 형)

하고 10만 대군으로 신야성의 유비를 정벌케 한다. 출정에 앞서 조조는 서서(徐庶)를 불러 제갈량에 대해 묻는다. 서서는 제갈량이 “경천위지(經天緯地)의 재능을 가진 천하의 기재(奇才)”라고 말한다.

이에 조조가 공과 비교한다면 어떠하냐고 묻는다. 서서는 “저를 어찌 제갈량과 비교하겠습니까? 내가 반딧불의 빛이라면 제갈량은 하얀 달의 밝음과 같다.(庶安敢比亮 庶如螢火之光 亮乃皓月之明也)”고 말한다.

그러나 하후돈은 제갈량을 초개(草芥; 가치 없는 물건)와 같이 생각한다면서 단 한 번의 전투로 유비와 제갈량을 생포해 바치겠다고 큰소리친다. 하후돈은 제갈량에게 첫 승리를 선사하는 적장이 된다.

狐疑不定 384)

(호의부정) 여우처럼 의심이 많아 일정하지 않음. 어떤 정책이나 이미 결정을 본 사실이 자주 바뀜.

주유는 조조의 남정(南征)에 대해 분연히 항거를 결심한 손권이 혹 의지를 바꿀지 걱정이 된다. 이에 주유가 손권에게 말한다.

---

384) 狐(여우 호) 疑(의심할 의)

“저는 장군으로서 이 몸이 일만 번 죽는다해도 조조와 사생결단의 혈전을 결코 사양하지 않을 것이나 혹 장군(손권)께서 뜻을 변경할지 걱정입니다.(臣爲將軍 決一血戰 萬死不辭 只恐將軍 狐疑不定)”

이에 손권은 칼을 뽑아 앞에 놓인 탁자 한 모서리를 친 뒤, 중신들에게 말한다.

“모든 관원이나 장군 중에 조조에게 항복하자고 말하는 자는 이 탁자처럼 될 것이다.(諸官將 有再言降操者 與此案同)”

손권은 주유를 대도독으로 임명하고 그 칼을 주유에게 준다.

好人難做 385)

(호인난주) 착한 사람은 해내는 일이 없다. 선인의 우유부단함을 책망함.

유비가 서주를 차지하고 있을 때, 여포는 유비에게 의탁하여 소패(小沛)에 머물고 있었다. 조조는 두 사람의 협력을 염려하여 이호경식지계(二虎競食之計)를 써서 유비에게 여포를 죽이라고 사주한다. 유비는 조조의 뜻을 간파하고 여포를 죽이려 하지 않는다. 그러나 장비는 당장이라도 여포를 죽여 후환을 없애야 한다고 주장한다.

385) 難(어려울 난) 做(지을 주)

유비는 세력을 잃고 나에게 의탁해온 사람을 죽이는 일은 의롭지 못하다고 말한다. 이에 장비가 한 마디 내뱉는다.

"착한 사람은 해내는 일이 없어!(好人難做)"

虎添爪牙 386)

(호첨조아) 호랑이에게 발톱과 어금니를 부쳐주다.

여포는 원술과의 싸움에서 미리 내통한 양봉(楊奉)등 원소 부장들의 도움으로 승리한다. 승리 후, 여포는 양봉을 서주 내 낭야(瑯琊)의 지방관에 임명하려 한다. 그러나 이미 조조와 연결된 여포의 모사 진규(陳珪)는 여포에게 다른 뜻을 말한다. 즉 양봉 등을 산동(山東)에 주둔케 하면 1년 이내에 산동을 다 차지할 수 있다고 건의한다. 이에 여포는 두 장군에게 낭야에 잠시 머물면서 조정의 명을 기다리라고 한다. 뒷날 진규의 아들 진등(陳登)이 "왜 한봉을 서주에 머물게 하여 여포를 죽이는데 이용하지 않았느냐"고 묻자 진규가 대답한다.

"만약 두 사람이 서주의 여포 휘하에 있어 여포를 돕게 되면 이는 도리어 호랑이에게 날카로운 발톱과 어금니를 붙여 주는 것과 같다.(反爲虎添爪牙也)"

---

386) 添(더할 첨) 爪(손톱 조) 牙(어금니 아)

虎癡(虎候) 387)

(호치, 호후) 허저(許褚)의 별명. 미련한 호랑이라는 뜻.

허저는 용기와 힘이 보통 장수보다 뛰어났고(勇力過人) 조조에 대한 충성심이 대단했다. 조조가 위수(渭水)를 건너 마초(馬超) 진영을 급습했다가 소년 장군 마초에게 거의 잡힐 뻔했을 때 조조를 구한 것도 허저였다.

양편이 대치했을 때, 조조가 출진하여 마초에게 대화를 요구했고 마초는 "그대 군중에 호후(虎侯)가 있다는데 누구인가?"라 물었다. 이에 허저가 조조 뒤에서 나오면서 "내가 초군(譙郡) 사람 허저이다"라고 대답했다. 이로부터 조조 진영에서는 허저를 호후라고 불렀다.

용력에서 여포에 뒤지지 않는다는 마초와 허저가 전후 200여 합을 싸우고 다시 두 사람이 다시 맨몸으로 육박전을 벌였다. 이날 싸움을 승패 없이 끝낸 마초가 말했다.

"나의 가장 힘든 적수는 허저이니 정말 호치이다.(吾惡戰者莫如許褚 眞虎癡也)"

387) 癡(어리석을 치)

狐兎未息 388)

(호토미식) 여우나 토끼가 죽지 않았다. 아직 사냥이 끝나지 않았다.

여포의 참모 진등(陳登)은 여포의 딸과 원술 아들의 혼사를 이루지 못하게 한다. 조조는 여포를 서주자사에 임명하여 원술과 대항하게 한다. 그리고 조조는 허도를 찾아 온 진등을 회유했고 진등은 서주로 돌아와 여포에게 보고한다. 즉 "조조는 여포를 호랑이가 아닌 사냥매를 키우는 것으로 생각하기 때문에 여우나 토끼가 죽지 않은 지금 매를 잡아먹지 않을 것이라(狐兎未息 不敢先飽)"며 여포를 추켜세운다.

그러자 여포는 누가 여우나 토끼에 해당되느냐고 묻는다. 진등은 "조조가 회남의 원술(袁術) 강동의 손책(孫策) 기주의 원소(袁紹) 형주의 유표(劉表) 익주의 유장(劉璋) 한중(漢中)의 장로(張魯)를 사냥의 대상으로 생각한다"고 말하자 단순한 여포는 "조조가 나를 알아주는구나(曹公知我也)" 하면서 기뻐했다.

388) 狐(여우 호) 兎(토끼 토) 未(아직 미) 息(그칠 식)

好學多才

(호학다재) 학문을 좋아하고 재능이 많음.

후한 말기의 대 학자로 마융(馬融)과 정현(鄭玄)이 『삼국지』에 등장한다. 마융은 정현의 스승이고 유비는 정현을 스승처럼 대우하고 교유했다. 호학다재(好學多才)한 정현은 마융한테 3년간 수업을 받았다.

마융은 "내 학문의 가장 깊은 곳까지 터득한 사람은 오직 정현 한 사람 뿐"이라고 정현을 높이 평가했다고 한다. 환제(桓帝) 때 상서(尙書)에 올랐던 정현은 뒷날 십상시 난 이후 서주에 살고 있었다. 여포와 원술이 죽고 난 뒤 서주를 다시 차지한 유비는 정현의 도움을 청하기도 했다.

弘羊潛計 安世默識 389)

(홍양잠계 안세묵식) 상홍양(桑弘羊)의 감춰진 지모와 장안세(張安世)의 박학다식.

전한의 상홍양은 무제 때 평준법(平準法)을 시행한 사람으로 무제(武帝)의 유조를 받아 소제(昭帝)를 보필한 정치가였다. 장

389) 弘(넓을 홍) 潛(잠길 잠) 默(묵묵할 묵) 識(알 식)

안세 역시 무제 때 사람으로 무제가 찾던 3 상자의 책 내용을 모두 외워 쓸 정도로 박학다식했다고 한다.

공융(孔融)은 이형(禰衡)을 초빙해야한다고 헌제에게 상주했는데, 공융은 이형의 재능을 상홍양과 장안세에 비유하였다. (腐儒舌劍 참고)

畵餠 390)

(화병) 그림의 떡. 아무 실효도 없음.

촉한 경요 원년(景耀 元年 서기 258년) 위의 실력자 사마소(司馬昭)가 대군을 동원하여 회남(淮南)의 진동대장군 제갈탄(諸葛誕)과 오의 연합 세력을 수춘(壽春)에서 격파하는 동안, 강유는 군사를 일으켜 위의 장성(長城)이란 곳을 공격한다. (以弱勝强 참고)

장성을 지키는 사마망(司馬望)은 많은 군량을 바탕으로 등애와 함께 장기전으로 버틴다. 강유는 온갖 방법을 동원해 성을 공격하지만 등애는 꿈쩍도 하지 않는다. 그러는 동안 사마소는 수춘을 함락시키고 제갈탄을 죽인다. 사마소의 대군이 장성을 구원하러 온다는 소식을 들은 강유는 놀라 외친다.

“이번 위 정벌도 끝내 그림의 떡이 되고 말았으니 회군하는

390) 畵(그림 화) 餠(떡 병)

것만 못하다.(今番伐魏 又成畵餠 不如且回)"

畵蛇添足 391)

(화사첨족) 뱀을 그리면서 발을 그리다.

사족(蛇足) 서기 255년 위(魏)의 실권자 사마사(司馬師)가 죽는다. 촉한의 강유는 후주에게 이 기회를 이용하여 위를 정벌해야 한다고 후주에게 말한다. 강유는 후주의 명을 받아 백만 대군으로 정벌에 나선다. 강유는 조수(洮水)에서 배수진을 치고 위군을 대파한다. 위장군 왕경은 싸움에 패해 적도성(狄道城)에 숨어든다. 강유가 적도성을 공격하려 하자 정서대장군 장익이 만류한다.

"장군께서 이미 큰공을 세워 온 천하에 명성을 떨치셨으니 이 정도에서 그만두어야 좋을 것 같습니다.(將軍功績已成 聲威大震 可以止矣) 만약 공격하여 뜻대로 되지 않으면 마치 뱀을 그리면서 발을 그리는 것과 같을 것입니다.(今若前進 尙不如意 正如畵蛇添足也)"

강유는 적도성을 공격했지만 연주자사 등애(鄧艾)에게 역전패 한다. 강유는 한중의 종제(鐘堤)란 곳으로 철수하고 이어 대장군으로 승진한다. 위의 등애 또한 이 공로로 안서장군으로

---

391) 畵(그림 화) 蛇(뱀 사) 添(더할 첨) 足(발 족)

승진한다. (聲東擊西 참고)

桓文之事 392)

(환문지사) 동주(東周) 춘추시대에 전 제후들을 호령했던 제(齊)의 환공과 진(晉)의 문공의 일.(패업을 성취함) 즉 전 중국을 호령할 수 있는 패권을 장악하는 일.

오(吳)의 손권은 노숙(魯肅)을 영입한 뒤에 주야로 기거를 같이 할 정도였다. 어느 날 밤, 손권이 노숙에게 묻는다.

“지금 한(漢) 황실은 기울어 위기에 처하였고 사방이 분열과 소요 속에 빠져있는데(方今漢室傾爲 四方紛擾) 나는 선친과 형님의 기반을 이어받아 옛날 제 환공이나 진 문공과 같은 패업을 이루고 싶습니다.(孤承父兄餘業 思爲桓文之事) 경은 나를 어떻게 이끌어 주시겠습니까?(君將何以敎我)”

이 질문에 노숙은 손권에게 “조조를 금방 제거할 수 도 없는 상황이니 강동 주변을 정벌하고 세력을 굳혀 뒷날 정세를 살펴서 제왕을 칭하다가 천하를 도모하는 것이 좋을 것”이라고 장기적 계략을 말해 준다.

---

392) 桓文(푯말 환, 문) 춘추시대 제(齊)의 桓公과 진(晉)의 文公; 춘추 시대 패권을 잡았던 제후.

環眼虎鬚 393)

(환안호수) 크고 둥근 눈과 호랑이 수염. 장비의 모습을 가장 잘 형용한 말. 이 때문에 장비는 "눈이 동그란 녀석(環眼敵)"이라는 욕설을 듣기도 한다.

탁군 사람 장비(字 翼德)는 신장이 팔 척에 부리부리한 눈과 호랑이 수염, 천둥소리 같은 목청에 그 기세가 마치 달리는 말(勢如奔馬)과 같았다. 제법 많은 농토를 갖고 있었으며 천하의 호걸들과 사귀기를 좋아했다. 황건적을 토벌하려는 의병을 모집한다는 방문을 보고 탄식하는 유비에게 "내게 약간의 재산이 있으니 향토 의병을 모집하여 공과 함께 큰일을 해보고 싶다"고 제의를 했고 이어 객점에 들어가 술을 마시며 의논할 때, 관우가 찾아온다. 세 사람이 형제 의를 맺은 도원은 바로 장비 소유의 장원이었다.

黃口孺子 394)

(황구유자) 젖비린내 나는 어린 아이.

서주에서 여포에게 대패한 원술은 손책의 군사를 빌려 원수

393) 環(고리 환) 眼(눈 안) 鬚(수염 수)
394) 黃口(어린 아이) 孺(젖먹이 유)

를 갚으려 한다. 그러나 손책은 자기가 맡긴 옥새를 갖고 황제를 참칭한 원술을 대역부도(大逆不道)하다며 어찌 군대를 내주겠느냐 하면서 정식으로 거절한다. 이 말을 전해들은 원술이 펄펄 뛰며 소리 지른다.

"젖비린내 나는 어린 아이가 어찌 감히 이럴 수 있는가!(黃口孺子 何敢乃爾) 내가 손책을 먼저 정벌하겠노라!"

그리고 "젖비린내 나는 어린 아이가 어찌 벼락치는 소리를 들을 수 있는가?(黃口孺子 怎聞霹靂之聲)"라는 말도 있다. 장판교에서 장비의 호통에 조조와 그 부장들이 혼비백산 20여 리를 도망간 사건을 두고 하는 말이다. (長板橋翼德獨立 참고)

黃忠老邁 395)

(황충노매) 늙은이 황충.

황충(字 漢升)은 장사태수 한현(長沙太守 韓玄)의 부장으로 60세 가까운 노장으로 강궁을 쏘아 백 보 떨어진 곳의 버드나무 가지를 맞출 정도로 활을 잘 쏘았다.

적벽대전 이후 운장은 단 500명의 병졸을 거느리고 장사 원정에 나섰고 황충의 목숨을 의리로 살려준다. 황충도 운장의 의기를 알고 일부러 활을 잘못 쏘아 운장을 죽이지 않았다. 그

395) 邁(늙을 매, 멀리갈 매)

러나 한현은 황충이 운장과 내통하였다고 참수형에 처하는 그 순간에 위연(魏延)이 황충을 구해낸다. 이어 위연은 한현을 죽이고 운장에게 항복한다.

황충은 유비가 서천(西川; 촉)을 차지하는데 많은 공을 세운다. 관우가 전사하고 장비도 횡사하자 유비는 두 아우에 대한 복수를 하려고 70만 대군으로 백제성에 주둔한다. 유비가 관흥과 장포 두 젊은 장수의 공적을 칭찬하면서 "늙은이는 쓸모가 없다(老邁無用)"고 무심코 말한다. 그 옆에서 우연히 이 말을 들은 황충은 '자신이 쓸모 없는 늙은이가 아님을 보여주겠다'고 혼자 오군 진영을 공격하다가 화살에 맞고 그 상처로 죽으니 당시 75세였다.

獲罪於天 無所禱也 396)

(획죄어천 무소도야) 하늘에 죄를 지으면 빌 곳도 없다.

건안 25년(서기 220년) 1월에 조조는 66세로 죽는다. 조조가 죽기 전, 조조는 말 세 마리가 같이 먹이를 먹는 꿈을 꾸었다고 말하는데 이는 위(魏)를 대신할 사마씨(司馬氏)의 뿌리가 심어졌다는 뜻으로 해석할 수 있다.

조조는 죽기 전 자기가 죽인 복황후(伏皇后) 등 원통하게 죽

396) 獲(얻을 획) 罪(허물 죄) 禱(빌 도)

은 사람들이 꿈속에 나타나는 시달림을 겪는다. 싸움터를 누비기 30여 년에 그 어떤 괴이한 일도 믿지 않았던 조조였기에, 도사를 불러 제사를 지내라는 신하들의 건의를 거절한다.

"하늘에 죄를 지으면 기도를 올려도 소용없다고 성인께서 말씀하셨거늘(聖人云 獲罪於天 無所禱也) 나의 천명이 다한 것 같은데 어찌 다른 것을 구하겠는가?(孤天命已盡 安可救乎)"

三國志故事成語辭典

初版 印刷●2001年 5月 19日
初版 發行●2001年 5月 25日

編 者●陳 起 煥
發行者●金 東 求

發行處●明 文 堂
서울특별시 종로구 안국동 17~8
대체 010041-31-001194
전화 (영) 733-3039, 734-4798
(편) 733-4748
FAX 734-9209
등록 1977. 11. 19. 제1~148호

값 10,000원
ISBN 89-7270-653-1 03820